異世界に転生して魂の番《つがい》に溺愛されてます

Kurosaki Atsushi
黒崎あつし
Illustration 蓮川愛

Contents

イラスト 蓮川 愛

異世界に転生して魂の番《つがい》に溺愛されてます

1

なにもかも捨てて、佑亜《ゆうあ》は身ひとつで夜行バスに飛び乗った。

(もうここに用はない)

ただひとりの家族だった母の四十九日も過ぎた今、この地に留《とど》まっていても不愉快な目に遭《あ》うだけだ。

(僕は自由になるんだ)

強欲な親族に振り回されるのはもうごめんだ。

まだ就寝時間には早く、バスの車内は明るい。佑亜の座席はちょうど運転手の斜め後ろで、後方からは大学生のグループが小声で楽しげに会話している声が聞こえてくる。その明るい声からは悩みなんていっさい感じられなくて、羨《うらや》ましいぐらいだ。

佑亜は大学生達の会話をぼんやり聞き流しながら、フロントガラスを眺めていた。

バスは峠道を走っている。フロントガラスには強い雨が叩《たた》きつけられ、ヘッドライトに照らされた道路はあまり整備されていないらしく所々に水が溜《た》まっていて、タイヤが派手に水しぶきをあげている。

と、その時。車道脇《わき》の急斜面から、轟音《ごうおん》と共に一気に土がなだれ落ちてきた。

土砂崩れだ。

「うわっ!!」

土砂崩れを起こした急斜面の反対側は崖《がけ》だ。逆側にハンドルを切って逃げることもできない。

運転手は慌《あわ》てて急ブレーキを踏んだようだが、すでにもう手遅れだった。

(駄目だ、間に合わないっ!!)

急斜面からなだれ込んでくる土に押されたバスの車体が、一気に崖へと押し出されていく。

「きゃあああっ!」「うわ!」「嫌っ! 誰か助けてっ!!」「嘘《うそ》だろお!」

乗り合わせた乗客達の悲痛な叫び声を聞きながら、佑亜もまたもう駄目だと絶望していた。

ここは隣県との境にあたる険しい峠道。車体ごと崖から転げ落ちれば、たぶんほとんどの乗客は助からないだろう。

(人生やり直すつもりだったのに……)

まさか、こんな形で強制的に人生を終了させられてしまうことになるなんて……。

一瞬の浮遊感の後、物凄《すご》い勢いで身体《からだ》が車体にぶつかる。

頭部と脇腹に強い衝撃を受け、これは死んだと佑亜が確信した時、不意に女性の声が聞こえた。

——見つけたわ。まさか、こんな所にいたなんて……。

その言葉の意味を理解する間もなく、佑亜は強い衝撃に意識を刈り取られた。

☆　☆　☆

次に目覚めると、青空が見えた。

「え？」

バス事故で死んだと思ったのに、これはどういうことだろう？

強く打ちつけたはずの頭部と脇腹からも痛みを感じないし、そもそも事故に遭ったのは夜で雨も降っていたはずなのに、この青空はどうしたことか……。

状況がわからず、柔らかな芝生の上に仰向《あおむ》けに横たわったまま、ぽかんと青空を眺める。が、すぐに我に返って慌てて起き上がった。

するとそこには、バスの中で見た覚えのある顔の男女が六人。

皆一様に、西洋風の白い長衣《トーガ》っぽい服を着ている。

「ここはどこだ？」「ってか、この服なんだよー。いつ着替えさせられたんだろ？」「俺に聞くな」

「私どうして怪我《けが》してないの？」

どうやら佑亜と同じように状況がわからず、混乱しきっているようだ。

佑亜は、とりあえず今いる場所を確認しようと周囲をぐるっと見渡した。

（遺跡っぽい？）

皆が倒れていた円形状の広場の周囲には、精緻《せいち》な彫刻が施された白い円柱が点々と立っていた。

さらにその向こう側には、はじめて見る種類の木々が密集している。どうやらここは深い森の中らしい。

そしてこの広場からは、どこに通じているのかわからない道が二本延びていた。

（――道があるならなんとかなる）

あの道は、きっとどこかに通じている。

自分がいったいどういう状況なのかも、なにに巻きこまれたのかもわからない。

だが、どうせなにもかも捨てて、いちからやり直すつもりだったのだ。

身ひとつで知らない場所に放り出されたからといって、必要以上に恐れる必要なんてない。

佑亜はなんとか自分を納得させて気持ちを落ち着かせた。

そうこうしているうちに、口々に騒いでいた他のメンバーも少し落ち着いてきたようだ。

「すみません。とりあえず自己紹介しませんか？」

真っ先に手をあげたのは、バスの中で楽しげに話していた大学生グループのリーダー格っぽい青年だった。

その呼びかけに、みんな戸惑いながらも集まってきて、自然と円座を組むようにして芝生の上に座った。

「俺は設楽貴史《したらたかし》。大学三年でサークル仲間と温泉に行った帰りです」

貴史は、爽《さわ》やかなイケメン風だ。

「じゃ、次は俺ねー。高遠計都《たかとうけいと》。同じく大学三年。バスに乗った理由も貴史と一緒」

キツネ目で細面《ほそおもて》、なにが面白いのかにやにや笑っている計都は、隣にいる女性を指差した。

「彼女も俺らと同じグループで鈴木美夢《すずきみゆ》ちゃん。シャイだから苛《いじ》めないでやってね」

「み、美夢です。よろしくお願いします」

美夢はやけにおどおどした女性で声も小さい。長いストレートの黒髪が少し重い印象だ。

「私は恩田香奈《おんだかな》。看護師よ。東京に舞台を見に行く予定だったんだけど、どうやら間に合いそうにないみたいね」

冗談のつもりだったのか、香奈は笑って肩を竦《すく》めた。

年齢は三十代後半ぐらいか。明るい茶髪に大きな目のちょっと気の強そうな美人だ。

「なにを悠長なことを！　俺は仕事があるんだ。明日までに東京に戻らなきゃならないんだよ。おまえらみたいな気楽な立場じゃないんだっ！」

五十代ぐらいの髪が薄く少し腹の出たサラリーマン風の男性が、苛々《いらいら》と自分の膝《ひざ》を叩く。

「気楽な大学生でごめんなさーい。――で、おっちゃんの名前は？」

あっさり計都に謝られてしまって気が削《そ》がれたのか、男性は「安藤《あんどう》だ」とムッとしたように告げた。

「僕は桐生《きりゅう》佑亜。高校を卒業したばかりで、仕事を探すために東京に行くつもりでした」

安藤の隣に座っていた佑亜も自己紹介して頭を下げる。

「俺は相田伸之《あいだのぶゆき》。バスの運転手です」

相田は四十代ぐらいのひょろりと背の高い男性だ。

「お前がっ！　お前が運転をミスったからこんなことに！」

突然、安藤が怒鳴って、相田に摑《つか》みかかっていく。

「ちょっ、安藤さん待って！」

「暴力反対っ！」

慌てて駆け寄った大学生ふたりが、あっさり安藤を止めると俯《うつぶ》せにして地面に押さえつけた。

「くそっ、放せ！　おまえらは腹が立たないのか!?」

それでもなお暴れようとする安藤を見て、佑亜は思い切って声をあげた。

「運転手さん――相田さんは悪くないと思います。座席が前のほうだったから見てたけど、あのタイミングで土砂崩れが起きたら、どうしたって避けられなかった」

「俺も同感。真横から押し流される感じだったし」

佑亜の意見に貴史が頷《うなず》いてくれる。

「そうそう。ついでに言うとさー。前の休憩の時に誰かさんが五分も遅れてこなければ、土砂崩れに巻き込まれずにすんだのかもよ？」

押さえ込んでいる安藤の顔を覗《のぞ》き込みながら、計都がにやにや笑う。

計都のその指摘に、休憩時に遅れた張本人である安藤は、さすがに運転手を責める気をなくしたのかおとなしくなった。

「暴れないなら放しますけど、どうしますか？」

「……放せ」

安藤が唸《うな》るように答えて、大学生ふたりは安藤を解放すると元の場所に戻ってまた座った。

「えっと……この状況を説明できる人、います？」

貴史が聞くと、隣の計都が「はいはーい」と真っ先に手をあげる。

「やっぱ異世界転生ってやつじゃね？」

「異世界転生？」

意味がわからず首を傾《かし》げているのは、安藤と相田のみ。

他の皆は、漫画やライトノベルズなんかでなんとなくわかっているようだ。

佑亜も友達から借りた漫画などでそういう話を読んだことがある。

「トラックとかにはね飛ばされて死んだ主人公が、神さまから異世界に生まれ変わらせてもらえるって流れなんだけど……。——誰か、事故の後に神さまに会った人いるー？」

「会ってないわね」

「俺も」

みんな怪訝《けげん》そうに首を横に振っている。

佑亜もそれに合わせて首を振ったが、少し気になることがあった。

（……あの瞬間、女の人の声が聞こえたような気がしたけど）

確か、『見つけたわ』と言っていたような気がするが、あれはいったい誰の声だったのか？

どうやら声を聞いたのは自分ひとりだけらしい。

あまり目立ちたくなかった佑亜は黙っていたのだが、香奈から思わぬ指摘を受けて強制的に注目されることになった。

「えっと……佑亜くんだったっけ。君、あのバスに乗ってた？」

「乗ってましたけど」

「そう？　佑亜くんぐらい綺麗《きれい》な子がいたら、絶対見逃さないと思うんだけどな」

「綺麗って……」

あまり言われたことのない表現だ。佑亜は思わず自分の顔に触れて、その原因に思い当たった。

「バスの中では眼鏡《めがね》かけてました」

佑亜は、母曰《いわ》く、父親に似て雅《みやび》な顔立ちらしい。

必要以上に睫毛《まつげ》が長く色白な自分の女顔があまり好きではなかったから、印象を変えようと中学の頃からずっとスクエアな黒縁の眼鏡をかけていたのだ。

「ああ！　ごめん、それならわかる。前のほうに座ってた色白な真面目《まじめ》くんかぁ」

真面目という馴染《なじ》んだ表現にほっとしながら、「そうです」と頷く。

「たしか、相田さんも眼鏡してましたよね？」

「うん。重度の近視だから眼鏡は欠かせなかったんだけど……どうしてか今は眼鏡がなくても見えてるんだよね」

「僕もです。眼鏡掛けてた時よりはっきり見えてるかも」

「あ、私もそうだわ。コンタクトがどっかいっちゃってるのに、視界くっきり。なんで視力が良くなってるの？」

香奈は首を傾げた。

「視力だけじゃなく、体調も良くなってますよ。俺、朝からずっと怠《だる》くて腹も痛かったんですけど、今はなんともないんで」

貴史が手をあげた。

「まじで？　具合悪かったんなら言ってよー」

「ごめん。心配かけたくなかったからさ。――思うんですけど、これって、まさに俺達が異世界転生した証拠じゃないですか？」

「かもね。あの事故で怪我してないってのも変だし。異世界に来るに当たって、壊れた身体を再生してもらったのかも」

「壊れたって、あの事故の怪我のことか……」

異世界転生という概念がうまく理解できていないのか、ずっとむすっとしたまま無言で話を聞いていた安藤が、バスの中で強く打ちつけた自分の左胸のあたりをさすっている。

「えっと……よくわからないんだけど。その異世界転生をした場合、この後どう行動したらいいのかな？　なにか決まりはある？」

「あるよ」

相田の質問に、計都がにんまり笑う。

「とりあえず、これだよね。――ステータスオープン!!」

と、大声で叫んだ計都は周囲をきょろきょろ見回した。

その後、かあっと真っ赤になって、そのまま芝生につっぷしてしまう。

「ステータス画面、出なかったか？」

「……うん」

（これは中二病っぽくて恥ずかしい）

きっと計都は、ゲームのようにステータス画面が目の前に現れるのを期待していたんだろう。佑亜もそういう漫画を読んだことがあるから、やってみたい気持ちはわかるので、つられて赤くなってしまった。

「俺つえーできるチート系の異世界転生じゃないのかも……」

「かもな。……えっと、じゃあどうしましょうか？　このままここで話し込んでいても駄目ですよね。迎えが来るかどうかもわからないし」

時間が経《た》てば、当然日が暮れて夜になる。ここがどんな場所かわからない以上、野宿は避けたい。

「野生動物とかがいたら厄介《やっかい》だ。近くに人家か、休めるような場所があればいいんだけど……」

周囲を見渡していた相田の視線が、白い柱の間から延びている道で止まった。

「道はふたつ。手分けして調べてみないか？」

「そうですね。えっと、どう分けたら……」

相田の提案に貴史が頷き、皆をぐるっと見回す。

「とりあえず俺ら三人、ひとグループでいいんじゃね？」

「そうだな。じゃあ、相田さんには、佑亜くんと香奈さんを任せてもいいですか？」

「了解。……安藤さんはどうしようか？」

「俺らが連れて行きますよ。――計都、いいよな？」

「了解！　おっちゃん、行こうぜー」

「なんで俺が」

「じゃ、ひとりでここに残る？」

それはいやだったようで、安藤も渋々立ち上がった。

「それじゃあ、とりあえず体感で一時間ぐらい歩いてみて、人家を見つけられたらよし、見つけられなくてももう一度ここに戻ってくるってことで。あと食べられそうな木の実とか見つけたら、とりあえず味見はせずに収穫してきてください」

「わかった。——じゃあ、俺達はあっちの道を見に行こうか」

「はい」

「スマホも時計もないって不便よね」

相田に促されて、佑亜と香奈も立ち上がって歩き出す。

足元はバスに乗っていた時に履いていたスニーカーではなく、編み上げの革靴になっていた。

「この靴、革が柔らかくてけっこう歩きやすいですね」

「そうね。でも靴下履いてないからすぐに肉刺《まめ》ができるかも。——ちなみに下着はどうなってる？着替えさせられてる感じする？」

「……します」

ボクサータイプの下着特有の締めつけ感がない。感触的に紐《ひも》で縛るタイプの短パンみたいなものをはかされているような気がする。

「やっぱりか。私もなのよね。下はともかく、上がねぇ。上げて寄せる高機能な下着じゃないみたいだから、ちょっと嫌な感じ」

このままじゃ垂れそう、なんて言われて、佑亜は思わず赤くなった。

経験値の差か、相田は特に気にしていないようだ。

「異世界転生っていうんだっけ？　よくわからないけど、とりあえず今は腰痛がなくなって嬉《うれ》しいよ」

「職業病？　運転手ってずっと座りっぱだもんね。――私も外反母趾《ぼし》が痛まなくて良い感じ。佑亜くんはなにか変わってるところないの？」

「僕は特に……。目が良くなったぐらいです」

「あー、まだ若いから」

「身体がまだまだ新品で、俺達みたいに傷んでないんだな」

「佑亜くん、私達より二十歳近く若いもんね」

和気あいあいと会話しながら道を歩く。

もちろん、周囲を観察しながらだ。

「あの木、白樺《しらかば》……じゃないわよねぇ」

「銀色に輝く幹を持つ木なんて、はじめて見たよ」

「葉っぱも緑と銀のストライプですよ」

綺麗だなぁと、立ち止まって木を眺めていると、ドドドッという地響きと共に、微《かす》かな怒声や悲鳴が遠くから聞こえたような気がした。

「今の声……。向こうのグループよね？」

「戻ろう！」

相田の声に頷いて、三人で来た道を走って戻る。

さっきの芝生が敷かれた丸い空間を通り抜けてしばらくした所で、「ストップ」と相田に指示されるまま足を止めた。

「隠れて進もう。ヤバイことになってるとまずい」

木の陰に隠れて、音を立てないようそろそろと進む。

すると道の先に、薄汚れた服を着た十人近い男達に囚《とら》われている貴史達の姿が見えてきた。

「見て。剣を持ってる」

「馬もいる。走って逃げるのは難しいな」

人生経験の差か、相田と香奈は比較的落ち着いている。

だが、佑亜には無理だった。

(なにあれ？　盗賊？　ならず者？)

男達は中世の農民のような薄汚れた服に、革製らしき胸当てや籠手《こて》を身につけていた。

なぜか大学生三人だけを縄で縛りあげ、道路にへたり込んでいる安藤は放置したままだ。

「声が聞こえるところまで進もう」

相田の指示に従って、音を立てないよう身を低くしてじりじり進むと、やがて男達の会話が漏れ聞こえてきた。

「こいつら、本当に『招かれ人』か？」

「間違いない。この真っ白な服が証拠だ。それに、こいつらの手を見ろ。お貴族様みてぇに指先まで綺麗だろ？」

「おっ、ほんとだ。肉刺ひとつできてねぇ」

「ちょっやめろよ！　――ぐっ」

「計都っ!!」

縛られた手を引っ張られた計都が文句を言った途端、男から思いっきり腹を蹴《け》られた。

「おい、怪我させんなよ。服も汚すな。どっちも高く売れるんだ」

(売れるって……)

異世界転生には、よく奴隷という存在も出てくる。

「招かれ人に、どんだけの値がつくか楽しみだぜ」

「で、このおっさんはどうする？」

「そいつは招かれ人でも、さすがに買っちゃくれんだろう。連れていくだけ無駄だ。服だけいただいて、始末しとこうぜ」

「ちょっ、待て待て！　殺すな！　止《や》めてくれ!!」

剣を向けられた安藤は、座り込んだまま慌てて後ずさった。

「いいことを教えてやるから、助けてくれ！」

「いいことだぁ？　言ってみろ」

「あと三人いるんだ。少しとうがたっているが女ももうひとりいる」

「女か……。それは見逃す手はないな」

安藤は、佑亜達の情報を男達に売ることで命乞いをはじめたようだ。

「誰がとうがたってるって」

「今は怒ってる場合じゃない。なんとかして逃げないと……」

怒る香奈を相田が宥《なだ》める。

「馬相手に、走って？」

「無理だな。この白い服じゃ森の中に隠れていてもすぐ見つかりそうだし……。よし、俺が囮《おとり》になる。君たちふたりは森の奥に逃げ込むんだ」

そんな相田の指示に、香奈が待ったをかけた。

「私も囮になるわ。ぶっちゃけ私、致命的に足が遅いのよ。足手まといになっちゃうから、佑亜くんひとりで逃げて。そのほうが逃げ切れる確率は上がると思う」

「そうか。……確かに囮がふたりの方が攪乱《かくらん》になるか。俺はこの道を挟んだ向こうの側の森に逃げるから、香奈さんはこの森を向こうに逃げてくれ。佑亜くんはあっちだ」

「私が派手に音を立てて逃げるから、佑亜くんはなるべくこっそり逃げるのよ」

「え、ちょっ、待ってください。僕ひとりだけ逃げるなんて……」

「いいから逃げるんだ。あいつらに捕まったら人身売買待ったなしだぞ」

「うまく逃げた後に、この世界で親切な人達に会うことができたら、その時は助けに来て。――じゃあね。頑張って」

ぐいっと、香奈に肩を押された。

待ってと止める間もなく、香奈が森の中をガサガサ音を立てながら走って行く。

「おいっ、居たぞ！」

「逃がすなっ!!」

「やだ怖い。こっち来ないで〜っ！」

ならず者達の声に被《かぶ》せるように、香奈のわざとらしい大きな声が聞こえる。

「そっちにも居るぞ！　捕まえろ！」

香奈より一瞬遅くスタートした相田も見つかったようで、ならず者達の怒声が、続けざまに聞こえてくる。

聞こえてくる声を背に、佑亜も無我夢中で走り出した。

(逃げなきゃ。……でも、どこに？)

答えなんてあるわけがない。

ここは異世界、右も左もわからない土地なのだ。

このまま突っ走ったところで、人のいる場所に出るかどうかもわからない。誰かに出会ったとしても、助けてもらえる保証もない。もしかしたらさらに深い森の中に向かっている可能性だってある。

(こんな森の中、ひとりでなんて生きていけない)

食べるものも水もない。どれが食べられる植物なのかもわからない。

さっきのならず者達に捕まったら、奴隷として売られはしても衣食住は確保されるはずだ。生き延びることだけを考えたら、立ち止まって戻ったほうがいいのかもしれない。

だが、佑亜の足は止まらなかった。

(ふたりとも逃げろって言ってくれた)

たまたま同じバスに乗り合っただけの人達が、自分の身と引き換えに佑亜を助けようとしてくれた。

佑亜の背中を押した香奈の手は恐怖に震えていたし、相田だって怖くなかったわけがない。

それでもあのふたりは、佑亜を守ってくれようとしたのだ。

(……大人に守ってもらえたのは、はじめてだ)

今まで佑亜の周りにいたのは、佑亜を利用しようとする大人ばかりだった。

こんな時だというのに、守ろうとしてくれるその気持ちが本当に嬉しい。

だからこそ、自分の身を犠牲にしてまで逃がしてくれたふたりの願いを裏切るようなことはできない。

幸いにも、ふたりが囮になってくれたお陰で、ならず者達は佑亜の存在に気づかなかったようだ。

もう無理して走る必要はないが、それでも佑亜は足を止めなかった。

(誰か……誰か、皆を助けて……。神さま!)

これが本当に異世界転生で、自分達をこの世界に呼び寄せた神さまがいるのなら今すぐ助けて欲しい。

だが、どんなに祈っても神さまからの反応はない。

今の佑亜にできるのは、それでも助けを求めて祈ることと、ただがむしゃらに走ることだけ。

息を切らし、時に足元の不安定さにつまずいて転びそうになりながらも、下生えの草をかき分け木を避けながら無我夢中で走り続ける。

やがて、鬱蒼《うっそう》と茂っていた木々の隙間《すきま》に明るい日差しが見えてきた。

もしかしたらこの先に道があるのかもしれない。あともう一息と疲れた足を叱咤《しった》して進むと、どどっと地響きのような音が聞こえてくる。

(これ、さっきも聞いた。たぶん馬の足音だ)

もしかしたら、ならず者達の仲間かもしれない。

そんな不安が脳裏をよぎった。だが、ここで足を止めたら、きっと馬は通り過ぎて行ってしまう。

もしも、馬上の人が助けになってくれるような人だったら、救いの手をみすみす見逃すことにもなる。

(一か八か!)

佑亜はスピードを緩めずに走り続け、一気に森を抜けて道へと飛び出した。

その途端、目に入ってきたのは、目前に迫った猛スピードで走ってくる三頭の馬に乗った騎士らしき男達の姿。

先頭の馬に乗っている男は、はっきりと佑亜を視認して、目を見張った。

きっと彼は佑亜を避けてくれるだろう。だが、遅れて気づいた後続の騎士達が反応するには時間が足りない。

（このままだと、馬に蹴り飛ばされる！）

わかっているのに動けない。たぶん動けたとしても間に合わなかっただろう。それぐらい疾走する馬は速い。

「手を伸ばせっ！」

立ちすくみ呆然《ぼうぜん》とする佑亜に、先頭を走ってくる男が叫ぶ。

反射的に右手を上げると、男はすれ違いざまに佑亜の腕を掴んで、器用に馬上へと引き上げた。

「わあっ」

ふわっとした一瞬の浮遊感の後、気がつくと佑亜は力強い腕にしっかり抱き留められて馬に横座りしていた。

三頭の馬は徐々にスピードを緩め、やがて止まる。

「怪我は？」

「だ、大丈夫です。ありがとうございます」

お礼を言って見上げた先には、虹彩が縦に伸びた金色の瞳《ひとみ》があった。

（この世界の人間って、僕らと身体の造りが違うのかな？　……瞳以外は同じに見えるけど）

身長が百七十以上ある佑亜をすっぽり抱き込んでいるのだから、かなり大柄な男だ。

男は西洋人風の彫りの深い顔立ちに、ルビーのような不思議な色合いの赤い髪をしている。

（こんなに綺麗な人、はじめて見た）

美麗という言葉がこれほどしっくりくる人がいるとは。

意志の強そうな切れ長の目に理想的なラインを描く鼻筋、うっすら笑みを浮かべている唇は厚めで男性的な魅力を感じさせる。

人の理想を集積したようなその美しい顔立ちに、佑亜はしばし見とれてしまった。

「やっと見つけた。――招かれ人で間違いないか？」

招かれ人という、ならず者達も使っていたキーワードで、佑亜はハッと我に返る。

（この人なら大丈夫だ。きっと皆を助けてくれる）

この人は、さっき見た薄汚いならず者達とはまったく違う、信じられる人だ。

佑亜は、そんな自分の直感を信じた。

「はい！　助けてくださいっ!!　他にも仲間がいるんです！　ならず者達に襲われて、僕を助けるために囮になってくれて、きっと今ごろ捕まって――」

「落ち着け。大丈夫だ。おまえを助けた恩人ならば必ず助けよう」

「は、はい」

「場所はわかるか？」

聞かれた佑亜は、最初に目覚めた円形の広場から道なりに進んだ場所だと答えた。

「なるほど……。ならば、森を突っ切るより、このまま馬で道なりに走ったほうが早いな。しっかりつかまっていろ。――行くぞ！」

「はっ」

男は振り返って、背後に控えていたふたりの男に声をかけると、再び馬を走らせはじめた。

「わっ、わわ……」

馬に乗るなんてはじめてだ。

振動が凄いし、横座り状態だから踏ん張りも利《き》かなくて怖い。

このままじゃ吹っ飛ばされるか滑り落ちるかしそうで、佑亜は恥も外聞もなく男にぎゅうっとしがみついた。

「大丈夫だ。絶対におまえを落としたりしない」

佑亜の不安に気づいたのか、男は手綱《たづな》を片手で持つと、もう片方の腕で佑亜の腰を力強く抱き寄せる。

その力強さが今はとても心強い。

安心すると同時に、今の自分の体勢が少し恥ずかしくなってきた。

(馬に横座りだなんて、まるで女の子みたいだ)

とはいえ、馬が走っている状態で座り直すのは不可能だ。そもそも長衣を着ている状態で普通に馬にまたがったりしたら、太股《ふともも》までむき出しになってみっともない。どんなに恥ずかしくとも、ここは我慢するしかなさそうだ。

(……女の子じゃなくて、子供だと思えばいいんだ)

大柄な男の腕の中にすっぽり収まっている今の自分を、佑亜はそう思い込むことで折り合いをつけた。

だが、それはそれでなんだか妙にむずむずする。

（あそこでは、誰も守ってくれなかったのに……）

ここでの自分は、自然と皆に子供扱いされてしまうようだ。

転生仲間の中で一番年下だったことと、この男との体格差のせいだろう。

それでも佑亜は、かつて欲しい時に与えられなかったために自分の中に生じていた飢餓感が、少しだけ埋まったような気がしていた。


全速力で走る馬はあっという間に先程の広場を通り抜け、ならず者達がいる場所まで辿《たど》り着いた。

ならず者達は、ちょうど佑亜の捜索を諦《あきら》めたところだったらしい。人身売買には向かない年齢の安藤を、またしても殺そうとしていたようだ。

「招かれ人達にあまり惨《むご》いものは見せたくない。生け捕りにせよ」

「はっ」

金の目の男の指示に頷いた男達は、乗馬したまま剣を引き抜き、ならず者達が集まっている場所に突っ込んでいく。

一方、佑亜を乗せた男は、招かれ人の周囲にいるならず者達に向かった。

「香奈さん！　相田さん！　無事ですか!?」

「佑亜くん！　ホントに助けを呼んできてくれたの!?」

両手を縛られたまま、香奈が嬉しそうに応じる。

こちらに居たならず者は三人。扱いやすい香奈や美夢を人質にとってなんとかこの場をやり過ごそうとしたようだが、その利き手に投げナイフが突き立つ。

「そこまでだ！　逆らうようなら、次は容赦なく排除する」

佑亜を片手で支えたまま、投げナイフを三本同時に投げるという離れ業《わざ》を見せた男が馬上から告げた。

「き、金の目！」

「ヴェンデリンの守り神か」

「なんでこんなところにいやがるんだ」

「むろん、女神エルトリアより招かれ人が現れたとのご神託があったからだ。招かれ人は女神の客人だと知っているな？　神罰を恐れぬ愚か者よ」

「……もうおしまいだ」

「ヴェンデリンの守り神からは逃げられねぇ」

馬上から厳しく見下ろす男に、ならず者達は意外な程あっさりその場に膝を屈し、恭順を示した。

「佑亜くん、怪我しなかった？」

「してません。香奈さんこそ大丈夫？」

「私は平気。でも、相田さんが酷《ひど》く殴られちゃって……」

駆け寄ってきてくれた香奈と話していると、男が馬上から地面に降ろしてくれた。

「これで皆の縄を切ってやるといい。それから怪我人にはこのポーションを飲ませろ。おまえも飲みなさい。擦《す》り傷だらけだ」

男から鞘《さや》に入った小刀と、男性の親指サイズの小さな小瓶《こびん》が複数入った袋を手渡された。

「ありがとうございます」

「ポーション？　本物!?」

ゲームやライトノベルズで有名な万能薬、ポーション。

佑亜が香奈の両手を縛っている縄を切ると、彼女はさっそく嬉しそうにポーションを受け取って相田の元に駆け寄って行った。

相田は余程抵抗したのか手酷い暴行を受けていた。あちこち殴られた痕《あと》があるし出血もしている。

「本当に飲むだけで外傷が治っちゃうのかしら？　相田さん、飲んで飲んで！」

佑亜が慌てて縄を切っている脇で、香奈が興奮している。

「え、ちょっ……わかった、わかったから」

異世界転生は知らなかった相田も、さすがにポーションは知っていたらしい。香奈の剣幕に押されたように、口に添えられた小瓶の中身を飲み干した。

その途端、ふわっと相田の身体が一瞬だけ白く光った。

「わあ、綺麗」

「……痛みが消えた」

「ホント？　見せて見せて」

看護師という仕事柄、興味があるのだろう。香奈は、相田の顔にこびり付いていた血をぬぐって傷跡の有無を確かめている。

「すげー！　ポーションだ！　貴史、あれ本物！　俺も飲みたい！　さっき蹴られたとこ痛いし」

「わかったから落ち着け、計都」

佑亜は、興奮している計都とそれを宥めている貴史の腕の縄を切ってポーションを渡すと、俯《うつむ》いたままずっと震えている美夢にも話しかけた。

「腕の縄、切りますね」

びくっと大きく震えた美夢が、無言のまま小さく頷く。

（この人、もう限界っぽい）

計都も美夢のことはシャイだと紹介していたし、元々気が弱い人なんだろう。

バス事故からの異世界転生、そこにならず者ときて、精神的にぎりぎりの状態に見える。

「助けが来たから、もう大丈夫ですよ」

少しでも励ますことができればと声をかけたが、逆効果だったみたいでビクッとして俯いたまま。

困っていると貴史達が来てくれた。

「佑亜くん、ありがとう。美夢ちゃんは俺達で面倒みとくから」

「ゴメンねー。悪気はないんだよ。ちょっとシャイなだけで」

「はい」

元々サークル仲間なんだから彼らに任せるのが一番いい。

佑亜は、彼らに美夢を任せると、ならず者達に殴られていた安藤にもポーションを渡してから、自分もポーションを飲む。

(……ハッカ水みたいだ)

ポーションは爽やかで飲みやすかった。やっぱり一瞬だけ身体が白く光り、次の瞬間には草木をかき分けながら森を走っている間にできた擦り傷が綺麗に治ってしまっていた。

佑亜は残りのポーションと小刀を手に男の元に戻った。

男から預けられた小刀の鞘には宝石が埋め込まれ、細やかな彫刻も施されていた。こういう高価そうなものはさっさと返すに限る。

「あの！　これ、ありがとうございました」

「その小刀はおまえが持っているといい。身を守るものは必要だからな。——もっとも、おまえのことは、なにがあろうと私が必ず守るが」

「「えっ⁉」」

男の言葉に、ならず者達を縛り上げていたふたりの部下が手を止め、なぜかびっくりしている。

(あっちの人達の目は普通だ)

そんな彼らを、佑亜は冷静に観察していた。

目の虹彩は佑亜達と同じ形だし、剣を扱うからか体格はいいが、身長は佑亜より少し大きいぐらいだ。

髪の色はそれぞれ黒とアッシュブラウン、瞳は黒とグリーン。顔立ちは西洋人ほどのメリハリはないが、日本人よりもくっきりはっきりしているようだ。肌の色もうっすらオークルがかっていて、ハーフっぽい感じだ。

これならば佑亜達が彼らに混じって暮らしたとしても、多少のっぺりしていると思われる程度で、さほど目立たずにいられそうだ。

「そういえば、まだ名乗っていなかったな。私の名は、シルヴァーノ・ディートヘルム・ルートシュテット。ヴェルデリン王国では、公爵の地位を賜っている。ヴァンと呼んでくれ」

「「ええっ⁉」」

シルヴァーノの普通の自己紹介に、やっぱり部下達はびっくりしている。

なんであんなに驚いているんだろうと不思議に思いながら、佑亜も名乗った。

「僕は桐生佑亜。こちらでは、佑亜・桐生になるのかな？　佑亜と呼んでください」

「ユーアか。口に馴染むいい名前だ。末永くよろしく頼む」

「――っ‼」

後ろでずっと驚き続けていた男達は、シルヴァーノの言葉にさらに目を見開く。いっそ気絶しそうだ。

（なんなんだ、あれ？）

そんな男達をいぶかしみながらも、佑亜はシルヴァーノが差し出した手を握りかえした。

「こちらこそ、よろしくお願いします。それと皆を助けてくださってありがとうございます。本当に助かりました」

「なんの。助けがいるならいつでも言え。私の手はいつでもおまえのものだ」

「……はあ」

佑亜は大袈裟《おおげさ》すぎるシルヴァーノの物言いに戸惑った。

一方、シルヴァーノの背後にいる男達は、とうとう互いの肩をバンバン叩き合いながら泣き出してしまった。

(ホントになんなんだ?)

シルヴァーノの態度も気になるが、それ以上に背後の男達の反応が謎《なぞ》すぎる。

いつまでも握った手を放そうとしないシルヴァーノに困惑しつつ、佑亜は首を傾げていた。

2

この場にいる全員で軽い自己紹介を済ませた後、馬に乗れない佑亜達はならず者達の荷馬車を拝借して、この近くにあるというヴェンデリン王国の西の砦《とりで》に向かうことになった。

ならず者達は縛り上げて馬にくくりつけ、その手綱を荷馬車に繋《つな》いで連行中だ。シルヴァーノの部下のドミニクがそれを見張り、もうひとりの部下であるミランは荷馬車の御者を務めてくれている。

荷馬車はぼろぼろで幌《ほろ》もなく、とても汚かった。

見かねたドミニクとミランが自分達のマントを敷いてくれたので、皆はその上に座っている。

ちなみに、なぜか佑亜だけはシルヴァーノの膝の上だ。

「あの……僕も下に座ります」

「遠慮するな。じかに座ると振動が辛《つら》いぞ」

降りようとしたがシルヴァーノが放してくれない。

救いを求めて香奈に視線を向けたら、「いいじゃないの。甘えときなさいよ」と、あっさり見捨てられた。それどころか、「それとも、おねえさんの膝に座る？」と膝をぽんと叩いてからかわれる始末だ。

「……遠慮しておきます」

女性の膝の上に座るだなんてとんでもない。

佑亜は諦めて、渋々そのままでいることにした。

それでもどうにも収まりが悪い。

佑亜がもぞもぞするたび、心配したシルヴァーノがいちいち佑亜の顔を覗き込んでくる。

「ユーア、喉《のど》でも渇いたか？　それとも空腹だったか？」

そして水筒や携帯食の入った小袋を取り出しては、いそいそと面倒をみようとするのだ。

大丈夫ですからと、いちいち断るのが正直面倒くさい。

やけに佑亜を子供扱いして面倒を見ようとするシルヴァーノのせいで、それを見ている皆の目がなんだか徐々に生温《なまぬる》くなってきていて、たいそう居心地も悪い。

「それより、『招かれ人』について教えてもらえませんか？」

「そうだった。あいつ等も俺達のこと招かれ人って呼んでたんだけどさー。いったい誰が俺達を招いたの？　やっぱ神さま？」

急にイキイキしだした計都の質問に、シルヴァーノは「そうだ」と深く頷いた。

「おまえ達を招いたのは、女神エルトリア。この世界の創世神で全ての神々の母だ」

女神エルトリアはこの世界全ての産みの親なのだと、シルヴァーノは教えてくれた。

遥《はる》か古《いにしえ》の時代、女神は空と大地と海を造り、そこに住まう命を造り、いずれそれらを守り導くことになる六人の兄弟神を産み出した。

女神としても世界創世ははじめてのこと。イレギュラーな事態に悩まされながらも、徐々に世界は安定していく。

世界が落ち着くと、女神はその全てを六人の兄弟神に引き継がせることにした。

「兄弟神に世界を預けた女神だが、後になってちょっとした問題が発生した」

自らの産み出した世界を眺めながら時を過ごすうちに、女神エルトリアは徐々に退屈を覚えるようになってきたのだ。

とはいえ、すでに六神に渡した世界だ。退屈だからといって、親が子のものに手を出すわけにはいかない。

「女神は、退屈を紛《まぎ》らわせるために異世界へと目を向けた。そして異世界で死ぬべき定めの者達を、こちらの世界に招き、己の客人として見守るようになったのだ」

「それが、招かれ人？」

「そうだ」

女神からすれば、見知らぬ世界に戸惑う異世界人を観察するリアリティショーでも見ている感覚なのだろうか？

佑亜は、テレビ画面に釘《くぎ》付けになっている女神をうっかり想像して、場違いにも笑いたい衝動にかられてしまった。

「招かれ人は大体百年ごとに一組ずつ、あちこちの国に現れる」

「じゃあやっぱり、私達はあのバス事故で死んでるのね？」

すでに覚悟はできていたのだろう。香奈が真面目な顔で聞く。

「私には、バスと言ったか？　それがなにかはわからないが、間違いなく死んでいると断言できる」

「くそっ」

「うそ……」

断言するシルヴァーノの言葉にショックを受けたのは、安藤と美夢のふたりだけ。

他の者は、その事実を静かに受けとめていた。

「じゃあ、こちらに来なかった人達は生きてるってことですか？」

「きっとそうだよ！　カッくんたち来てないもんな」

あのバスに乗り合わせた大学生達は十人近いグループだった。こちらに来ていない友達を思ってか、貴史達は少しほっとした顔をしている。

「残念だが、生きているかどうか、こちらではわからない。全ての者が招かれるわけではないのだ」

女神エルトリアに招かれるには、ふたつ条件があるのだとシルヴァーノが言う。

ひとつは死亡した者。

そしてもうひとつは、人生のやりなおしを願っている者だと……。

「人生のやりなおし」

思わず呟《つぶや》いた佑亜の顔を、「心当たりがあるか？」とシルヴァーノが覗き込む。

（あの時、確かに人生をやりなおそうって考えてた）

佑亜は黙ったまま、深く頷いた。

「あの……」

声を上げたのは美夢だ。皆の視線が集まったのが怖いのか、美夢は思いっきり俯いて言った。

「も、元の世界には戻れないんですか？」

「戻れない。向こうの世界での君たちは死んでいる。当然、死体も向こうにある」

「じゃあ、この身体は？」

「怪我を治して連れてきてくれたんじゃないの？」

相田と香奈が続けざまに問いかけると、シルヴァーノは違うと答えた。

「女神エルトリアは、招かれ人を肉体ごと連れてくることはしない。それをすると世界に歪《ゆが》みが生じるらしい。招かれたのは魂だけ。おまえ達のその肉体は、こちらの世界で作り直されたものだと聞いている」

「まっさらな新しい身体になったのか。どうりで」

「あちこち傷んでたから、新品になってうれしいわ」

貴史と香奈は嬉しそうだ。

だが、美夢は絶望したように肩を落として俯いたまま。

「……あたしヤダ。死んでもいいから、元の世界に戻りたい」

「美夢ちゃん、そんなこと言うなよ」

「そうそう。死んじゃったらそれで終わりじゃん。こっちで新しい楽しみを見つけようよ」

大学生達が慰めるが、美夢は俯いたまま嫌々と首をふるばかり。

シルヴァーノは、そんな彼女を見ながら言った。

「おまえ達の今のその身体は、かりそめのものだ」

「かりそめ？」

どういう意味だろうと佑亜がシルヴァーノを見上げると、シルヴァーノは嬉しそうに佑亜を見つめ返した。

「女神はおまえ達を強引にこちらに連れてきたかもしれないが、こちらで生きる道を選ぶかどうかはおまえ達自身の選択に委《ゆだ》ねている」

「それはどういう意味ですか？」

相田の質問に、「選択肢がふたつあるのだ」とシルヴァーノが答える。

「洗礼を受けて、この世界の命として正式に生まれ変わるか。それとも、その身体のまま一月後に消滅するか」

「消滅？」

「消えるのはかりそめの身体だけだ。魂は本人の望む場所に戻る」

このかりそめの身体が生きられるのは、きっかり一ヶ月だけ。

それを過ぎると、苦痛無く眠るように穏やかに消滅していくのだという。

「じゃあ、あいつらに攫《さら》われてたら、俺たち一月後にはまた死んじゃってたわけ？」

計都は馬にくくりつけられているならず者達を指さした。

「そういうことだ。あれらは招かれ人がどういう存在なのかよく知らなかったのだろう」

招かれ人がこちらの世界で生きることを拒絶するなら、なにもせずに一ヶ月後を待つだけでいい。

だが、こちらの世界で生きていくつもりならば、女神エルトリアの神殿にある聖なる泉で洗礼を受ける必要があるのだとシルヴァーノは言う。

「洗礼を受けると、なにか変わるんですか？」

「この世界の生き物として、完全に生まれ変わることになる」

「この世界の生き物？」

佑亜は意味がわからず首を傾げた。

だが計都はピンときたようで、「わかったー！」と元気に手をあげた。

「こっちの種族に変化するんだ！　シルヴァーノさんみたいに、俺も虹彩が縦になったりするんじゃない？」

「私と同じになるのは無理だな。特殊な種族なのでね。縦の虹彩だけを望むのなら、獣人族かリザードマンあたりか」

「魔物にもなれんの？」

「獣人族もリザードマンも魔物ではない。人間だ」

エルフにドワーフ、コボルトやケンタウロス等々。この世界では、独自の文化を持ち社会を築く概念を持つ種族を総称して人間というのだそうだ。

「え？　じゃあ私達も人じゃないものになっちゃうの？」

ひゃーっと香奈は呑気《のんき》に驚いているが、美夢はすっかり怯《おび》えて目に見えるほどブルブル震えている。

「いや、たぶん、人族のままだろう。といっても、この世界の者の顔立ちに近くなるだろうが」

基本の顔立ちはそのままに、この世界の人族の特徴を受け継いだ形に変容するのではないかとシルヴァーノが言う。

「女神エルトリアの聖なる泉で洗礼を受けた者は、より魂の形に近い姿に変容するのだ。……そうだな。実際に私が会ったことがある招かれ人達の例で説明するか。――彼らは、リザードマンに近い姿の招かれ人だったのだが」

「人族じゃない招かれ人もいるんだ」

大興奮した計都が聞く。

「いる。人族が一番多いが、他国ではエルフやドワーフに似た種族の者が招かれた記録も残っている」

リザードマンに近い姿の招かれ人達は、基本的な性格もこの世界のリザードマンに近かったようで、ほとんどがリザードマンに変化した。

だが、数名違う種族に変わった者もいた。

「人族とエルフになった者がいたのだ。彼らは元の世界にいた時から、生まれた社会に馴染めずにいたようだ」

その招かれ人達は武を好み名誉を重んじ、なによりも集団の中で生きることを好む種族だった。

だが人族とエルフに変じた者は、元の世界ではそれぞれ平和や自由を好む変わり者だったらしい。

「え、じゃあ、性格によって違う種族に変わることもあるってこと？」

「そうだ。男性が女性になることもあるし、その逆もある。大人が子供になったり、若者が老人になることもあるようだ」

それを聞いた計都が急に焦りだした。

「貴史大丈夫？　爺《じい》さんになったりしねぇ？」

「お前、俺のこと爺《じじい》だと思ってたわけ？」

「えー、だってさ。貴史って妙に達観してるし、ろくに遊ばずに、まったりお茶ばっか飲んでたじゃん」

「……それは……俺にも色々事情があったんだよ。——シルヴァーノさん、変化した後の生活はサポートしてもらえるんですか？」

「それは大丈夫だ」

すでにこちらの世界で生きる気満々の貴史の質問に、シルヴァーノは深く頷いた。

「招かれ人は女神エルトリアからの預かりもの。国がしっかり保護する。それに、おまえ達には女神エルトリアから賜ったその衣もある」

「これ？」

計都は自分が着ている長衣をつまんだ。

「そうだ。その衣、女神エルトリアの神殿に売れば金貨百枚になるぞ」

「金貨の価値がわからないんだけど」

「そうだな。家族四人で金貨五枚あれば、一年はゆったり楽に暮らせると考えてくればいい」

「え、これ、そんな高い服なの？」

「ああ。なにせ、女神エルトリアが自ら創造した布だからな」

この布を傷にあてがえば治癒が早まり、お守りにして持ち歩くと女神の守護があるとか。強い魔力を持たない平民にとっては霊験あらたかな有り難い布らしい。神殿では、この布を小分けにして信者に売るのだそうだ。

「新しい人生をはじめるための準備は全て整えてもらえるんですね」

貴史は安心したように微笑《ほほえ》んだ。

「言葉に関しても不自由はしないはずだ」

シルヴァーノが言うには、佑亜達は女神によってこちらの言語を普通に使えるように調節されているらしい。

会話だけではなく、読み書きも自然にできるようになっていると聞いて、相田が嬉しそうな顔をした。

「一から勉強しなおさなくてもいいのは助かるな」

「そうね。こっちで新しく仕事を見つけるにしても、読み書きができないと困るもの」

見た感じ、貴史と計都、相田と香奈はすんなりこちらの世界で生きることを受け入れている。

佑亜ももちろんそうだ。

（この身体には、もうあの人達と同じ血は流れていないんだ）

これで本当の意味で自由になれたのだと思うと、嬉しくてたまらない。

だが、そうは思わない者達もいた。

「……妻と子がいるんだ。俺が稼がなきゃならないのに……」

ぶつぶつ呟いている安藤と、俯いたまま黙り込んでしまった美夢だ。

少し心配だったが、今の佑亜ではなにもしてあげられない。

「先程も言ったが、選択肢はおまえ達に委ねられている。今すぐ決める必要はない。ゆっくり考えてみてほしい」

皆に聞こえるように、シルヴァーノがはっきりとした口調で言った。

そして少し屈《かが》んで、佑亜の顔を覗き込んでくる。

「無理強《じ》いはできないが、この世界で生きる道を選んでくれると嬉しい」

そうするつもりだった佑亜が頷くと、「そうか」と嬉しそうに目尻を下げて笑って、なぜかぎゅっと背後から抱き締めてきた。

「ちょっ、なにするんですか！」

すっぽり抱き締められた佑亜は、びっくりしてお腹《なか》に回ったシルヴァーノの腕を掴んで引きはがそうと試みた。

が、ビクともしない。

「子供や人形じゃないんだから、お膝抱っことか勘弁して欲しいんですけど……」

諦めて抱っこされたままぶつくさ文句を言っていると、佑亜の苦情を意に介さないシルヴァーノが「見えてきたぞ」と遠くを指差した。

見ると、遥か先まで続いている白い城壁と立派な砦がある。

「あれが西の砦だ」

「凄い。あの壁、どこまで繋がってるんですか？」

「あれはヴェンデリン王国をぐるりと囲んでいる。かつてこのヴェンデリン王国は、魔獣のスタンピードに蹂躙《じゅうりん》されたことがあった。その後悔から、後の王達が作り上げた城壁だ」

「ってことは、壁の外のここは王国内じゃないってこと？」

「言い方が悪かったな。ヴェンデリン王国は二重の防壁に覆われている。あの壁は王都周辺を守る内側の壁だ」

「へえ」

佑亜は荷馬車の上から、ぐるっと周囲を見渡した。

どこまでも長く続く白い城壁に通じる道の両脇には、まだ青々とした麦畑が遥か遠くまで広がっている。

(本当に異世界に来たんだ)

こころなし以前の世界より大きく感じられる太陽は、夕方を迎えて金色の光を放ちはじめていた。

その光を受けて輝く麦の穂が、吹き抜けていく風に次々に揺れて、風の通り道がどこまでもどこまでも長く続いていく。

以前の世界では見られない、スケールの大きな光景に心が弾む。

夢中になって麦畑を見つめる佑亜を、シルヴァーノは微笑ましそうに見つめていた。


砦に到着するとすぐ、大浴場に案内された。

それぞれ男女に分かれて湯をつかい、佑亜達の世話係になったという十代半ばぐらいの若い兵士達が用意してくれた服に着替える。

用意されたのは木綿《もめん》のような素材の水色のシャツと濃茶のズボンだ。

「急なことでこんな服しか用意できずにすみません」

「いえ。用意してもらえるだけでありがたいです」

兵士達に案内されて、食事の場所に向かうと、香奈と美夢が先に来ていた。

やはり二人とも湯をつかい、水色のシャツと濃茶のロングスカートに着替えていた。

「あ、ほら。お仲間が来たわよ。――二人とも、早くこっち来て」

落ち込んでいる美夢をずっと世話していたのだろう。香奈は貴史や計都を呼んだ。

「香奈さん、面倒見てくれてありがとうございます。――美夢ちゃん、大丈夫？」

貴史の問いに、美夢は俯いたままブルブルと首を横に振る。

大丈夫じゃなさそうだなと見ていたら、ささっとこっちに来た香奈が「そんなに心配しなくても大丈夫よ」と耳元でこっそり言った。

「ああいう子は、周囲が構ってあげてさえいれば滅多なことにはならないから。それより、心配なのはむしろあっち」

香奈がこっそり指差した先は安藤だ。

こちらは気力がごっそり抜け落ちてしまったようで、砦に来て以来一度も口を開かず、自ら動こうともしないので、ずっと相田が面倒を見ているような状態だ。

「あれはちょっとしたことで変なスイッチ入っちゃうかも。相田さんひとりだと大変だと思うから、佑亜くんもなるべく用心して見てあげて」

「了解です。香奈さんって、心療内科とか、そっち系の看護師さんだったんですか？」

「いいえ、内科よ。でも長期入院の患者さんの面倒をずっと見ていたから、色々気づけることもあるの」

明るくハキハキしている彼女は、患者さんからもきっと好かれていただろう。

(頼れる女性って感じ)

こういう人と一緒にこの世界に来られて幸運だったと佑亜は思った。


夕食は鶏っぽい肉がごろごろ入ったホワイトシチューと温野菜のサラダにナッツやドライフルーツがぎっしり練り込んであるパンだった。

急だったので兵士達と同じものしか用意できずに申し訳ないと世話人達に謝られたが、佑亜に不満はまったくない。

「充分です。これ、すごく美味《おい》しい」

「ほんと……。素材の旨《うま》みが強いのかしら。野菜も甘くて、何もつけなくても美味しいわ」

「このワインもいける」

「うん。濃厚だね」

男性陣はみなワインを楽しんでいる。

まだ未成年なので佑亜はいったん遠慮したのだが、こちらの世界では十六歳で成人扱いだと聞いて飲んでみることにした。

とはいえ、いきなりワインではなく、それよりアルコール度数が少ない発酵酒だ。

「ん？　ヨーグルトドリンクっぽい」

「微発泡で爽やかよね。はじめて美味しくお酒を飲めたわ」

香奈も美味しそうに飲んでいるが、以前はひと口飲んだだけで顔が真っ赤になるぐらいお酒が体質に合わなかったらしい。

皆の肉体が以前のものとは根本的に変わったことを実感させられるエピソードだった。

「夕食はどうでした？　お口に合いましたか？」

食事が終わり、食後のお茶を飲んでいると、シルヴァーノの部下であるミランがやってきた。

「とても美味しかったです。ありがとうございました」

皆を代表して答えた貴史に、「それなら良かった」とミランがにこやかに頷く。

「シルヴァーノさんは？」

「閣下は現在、通信用の魔道具で王宮と話し合いをなさっておいでです」

「俺達のことででしょうか？」

「はい。捕らえた男達が、少々気になることを言っているものですから」

「気になることって？」

「招かれ人の誘拐を依頼されたと言ってるんですよ」

ならず者達は、招かれ人を連れてくれれば大金で買い取ると誰かに唆《そそのか》されたようだった。

そもそも、招かれ人が出現したタイミングで、あそこにならず者達がいたこと自体がおかしかったのだとミランは言う。

「招かれ人がいつ、どこに現れるのかは国家の極秘事項です」

「誰かから俺達の情報を得ていたってことですか？」

「そのようです」

女神エルトリアの神殿が、招かれ人を降ろすという女神からの神託を受け取ったのは一昨日のこと。

神殿は、王にのみ口頭でその連絡をした。そして王は、王族にしか使えない特殊な魔道具を使って、東の砦に滞在していたシルヴァーノに、招かれ人を迎えに行くようにと直接依頼した。

「情報が漏れる余地があったとすれば神殿です。本来ならば、皆さんにはこのまま神殿に向かっていただく予定だったのですが、犯人をあぶり出し安全が確認されるまで、神殿での洗礼は待たねばならなくなりました。その間、皆さんには王城に滞在していただければと思っています」

「貴史、王城だって！」

「楽しみだな」

大学生達は観光気分で喜んでいるが、佑亜はちょっと憂鬱《ゆううつ》だった。

ここは爵位などがある階級社会だ。そこら辺のしがらみや礼儀作法とかが面倒だったのだ。

「あの……ヴァンも一緒に行くんですか？」

シルヴァーノも一緒なら、きっとなにかと手助けしてくれそうだと思って聞いてみる。

「もちろんです。閣下が皆さまの後ろ盾になられますので、王城でも安心してお過ごしいただけますよ」

「ねえねえミランさん。シルヴァーノさんって、けっこう偉い人？」

気軽に聞く計都に、ミランは苦笑した。

「とても偉いお方です。ですのでこれからはシルヴァーノさんではなく閣下、公式の場ではルートシュテット公爵と呼んでいただけると助かります」

「そういえば、私達を襲った男達も『ヴェンデリンの守り神』って呼んでたわね」

「はい。閣下は竜人と呼ばれる高貴な種族なのです。かつて女神エルトリアが世界を安定させるために産み出した七体の竜の子孫です」

創世の時代、いまだ安定していない世界に産み出された人類は幾度か存亡の危機に陥った。そのため、女神エルトリアは世界の安定と人類の保護のために七体の竜を産み出し、その力によって世界を安定させたのだという。

使命を果たした竜のうち三体は、今もこの世界のどこかで眠っていると伝えられているのだそうだ。

「残りの竜はどこにいるの？」

「すでに滅しておられます」

香奈の質問にミランが答えた。

「竜はもっとも神に近く不老不死の存在ですが、『魂の番《つがい》』を得ると同時に寿命も発生してしまうのです」

「魂の番って、ロマンチックな響きね。具体的にはどういうものなの？」

「運命によって結びつけられた最愛の恋人——伴侶のことをそう呼んでいます。竜にのみに現れる性質なのです。魂の番は唯一無二の存在。出会ってしまえば互いに強烈に惹《ひ》かれあい、婚姻の絆《きずな》を結ぶことで魂の番にも竜の力が分け与えられるのだと伝わっています」

不思議なことに、竜は同族には決して恋をしない。

番の相手は、常に他種族。

彼らからすれば、儚《はかな》い命しか持たない者達だ。

だが互いの魂を深く結びつけることで、番の寿命は飛躍的に延びる。と同時に、竜はその番と同じ寿命を得ることになる。

「強制的に同じ寿命になっちゃうのか」

「そうですね。婚姻の絆を結んだ時点で、人族側の番の寿命も飛躍的に延びて肉体も強化されます。

——閣下のご先祖も、竜の番となることで偉業を成し遂げられたんですよ」

「ヴァン……じゃなかった、閣下のご先祖って？」

先程の注意を思い出して佑亜が言い直すと、ミランから「ユーア様はどうぞそのまま愛称でお呼びください」と微笑みかけられた。

「そのほうが閣下も喜ばれるでしょう。——閣下のご先祖は、三の竜が嫁いだ、ヴェンデリン王国の初代国王です」

三の竜の番となることで長い寿命と頑強な肉体を得た初代国王は、魔獣の脅威に喘《あえ》いでいた人族をまとめ上げ、魔獣から広い平原を取り戻すことに成功したのだと、ミランは実に誇らしげに話してくれた。

「じゃあ、ヴェンデリン王国の王族はみんな竜人なんだ」

「いいえ。人族です」

「え、だって……」

「竜の力を引き継ぐ子供、竜人は、基本的には最初に産まれたお子様ただおひとりなのです。次子からは人族ですし、竜人から産まれた子供達も人族です」

「じゃあ、ヴァンは初代国王の子供ってこと？」

「いいえ。初代国王の長子であった竜人は、魂の番を得て寿命を全うなさいました。閣下は竜の血を引く王族に産まれた、珍しい先祖返りなのです」

ヴェンデリンの王族は、竜の血の恩恵で通常の人間より寿命が延び、毒や病気にも強い肉体を持つ。

その中でもシルヴァーノは、特に濃い血を引き継いで産まれてきた珍しい先祖返りなのだそうだ。人族の血が混じった竜人は竜と違って不老不死ではないが、それでも確実に千年以上生きるし、巨大な竜に転変することもできるのだとか。

「三代前の国王であった閣下の兄王が在位中は、その強大な竜人の力で将軍としてこの国を守ってくださいました。その後は王位継承権を放棄して臣下に下り、軍からも距離を置いた上で、独自に国を守護してくださっているのです」

「いっそのこと王様になっちゃえばよかったのに」

気楽な調子で言う計都に、「そうだな」と貴史も頷いた。

「強い王様が千年以上君臨すれば国家も安定するし、社会基盤だって整う。文明も発展するんじゃないか」

「実際にそういうお話もあったようですが、閣下は首を縦には振らなかったようです」

ミランは苦笑した。

「強い王の存在に甘えてしまっては、むしろ世の中が停滞することになりかねないとおっしゃって」

だからこそシルヴァーノは国家運営には積極的に係《かか》わらず、王家の守護者としてのスタンスを貫いているのだそうだ。

「へえ、深いなぁ」と軽い調子で言う計都の声を聞きながら、佑亜はひとり物思いに沈んでいた。

(千年以上生きるって、どんな感じなんだろう)

魂の番の説明を聞いた時、利点があるのは人間側だけで、竜側にとっては寿命が短くなるだけで損だと感じた。

でもよくよく考えてみれば、むしろ魂の番と同時に寿命を得ることは祝福なのかもしれないとも思えてくる。

人族の国家に生まれた、ただひとりの先祖返りの長寿の竜人。

家族や親しい人々が寿命を迎え、永遠の眠りにつくのを見送る定めを背負っている人。

これまでの人生の中で、シルヴァーノはいったいどれだけの人々を見送ってきたんだろう。

つい先日、最愛の母を見送ったばかりの佑亜は、親しい人々を見送るシルヴァーノの辛さを思って胸を痛めた。

そんな佑亜の背中を、「大変！　どうするの？」と興奮した香奈がいきなり叩いた。

「ちょっ、え？　なにが？」

びっくりして周囲を見ると、なぜかその場にいる全員の視線が佑亜に集まっている。

「今の話、聞いてなかったの？」

「うん」

「ミランさんがね、閣下の魂の番は佑亜くんじゃないかって言ってるのよ」

「は？　僕？」

思わず自分を指差して確認すると、ミランは深く頷いた。

「なんで？」

「ユーア様と出会ってからの閣下の言動を見て、そう判断しました」

愛称で呼んで欲しいと願ったことや、末永くよろしくと告げたこと。荷馬車の中ではずっと膝の上に乗せていたし、なによりも食料や水を手ずから与えようとしたこと。

「給餌行為は一番わかりやすい竜の求愛行動なのです」

「求愛行動って……。単に子ども扱いされてるだけでしょう？」

「子供には見えませんが」

ミランから戸惑ったように言われて、この世界の成人が十六歳だったことを佑亜は思い出した。

「えっと……。でも僕、男ですよ？」

女顔なのは否定しないが、それだって一目で男だとわかるレベルだ。

「佑亜くん、ここ異世界。男同士でも子供ができるのかもよ？」

「そっか。見た目が似てても、中身まで同じ種族だとは限らないものね」

なにがそんなに面白いのか。計都と香奈はやけに楽しそうだ。

他人事《ひとごと》だと思ってと、佑亜はちょっとふくれる。

「人族の場合、同性同士では子供はできませんよ。ただ人族は、他種族との婚姻を否定していないので、性別に関するタブーはないのです」

単性生殖や両性具有の種族との婚姻もあるために、婚姻を異性間のみと定めると色々と支障が出てしまうのだそうだ。

「ただし我が国では一夫一婦制を重んじています。禁止はしていないのですが、複数婚を基本とする種族と人族が婚姻する場合は、そちらの種族のテリトリーで生活するのが主ですね」

「……俺つぇーだけじゃなく、ハーレムもなしなんだ」

「おまえ、中二病こじらせすぎ」

がっくり落ち込む計都を、貴史が小突いている。

「ちなみに、私の最愛の伴侶も同性ですよ」

「その場合、跡継ぎの問題はどうなるんですか？」

自分の胸に手を当て堂々と告白するミランに、相田が問いかける。

「親族から相性の合う子供を選んで、養子縁組を行うのが常ですね」

この世界の人々は多産らしく、通常五〜六人の子供がいるのだそうだ。そうなれば当然、親の財産を受け取れない子供も出てくる。そういった子供達はある程度の年齢になると、職業訓練がてら養い親の元に引き取られることがよくあるらしい。

ミランの伴侶はシルヴァーノの本宅で働く庭師で、つい先日養子を迎えたばかりで少しずつ庭師の仕事を教え込んでいる最中なのだとか。

「皆さまがいらした世界では、同性婚はなかったのですか？」

「俺達がいた国ではまだ認められていませんでしたね。他国でぼちぼちといったところでしょうか。個人的には否定しませんが」

「俺も偏見ないよ」

「私も」

「俺も大丈夫ー」

皆から生温い視線を向けられて、「ちょっと待って」と佑亜は慌てた。

「番かもしれないって、ただの推測ですよね？　勝手に決めつけないでください」

招かれ人仲間はからかっているつもりなのかもしれないが、佑亜からすれば凄く困る。

シルヴァーノは、この世界に来てはじめて助けてくれた人だ。

子供扱い（だと佑亜は思っている）されていたこともあって、保護者のようにも感じていた。

これから先、この世界で生きて行くにあたって、色々手助けしてもらえるだろうと期待もしている。

こんな風にからかわれたら、過剰に意識して今までのように普通に話しかけることができなくなってしまいそうだ。

「ユーア様は閣下と出会った時に、なにか感じませんでしたか？　通常、魂の番は強く惹かれあうと言い伝えられているのですが」

「直感で信頼できる人だとは思ったけど、それ以外にはなにも……」

「そうですか……。これまでに招かれ人が魂の番になられたことがなかったので、もしかしたら前例通りには進まないのかもしれませんね」

「そもそも、その……会ったばっかりの人と、どうこう言われても困るっていうか……」

困惑している佑亜を見て、ミランが悲しそうな顔になる。

「このような話、ユーア様はご迷惑でしたか？」

「まあ……ヴァンには助けてもらったし感謝してるから、迷惑ってほどじゃないんだけど……」

ごにょごにょと誤魔化《ごまか》す佑亜に、「それはよかった！」とミランが被せるように言う。

「祖父の代から閣下に魂の番が現れることを待ち望んでおりました。閣下の守護のお陰で、ヴェンデリン王国の民は安心して暮らしていられるのに、閣下ご自身には心の安寧を与えてくださるお方がなかなか現れなかった。――私共は、ずっと閣下の魂の番が現れることを祈り続けてきたのですよ」

ありがとうございますと頭を下げられて、佑亜はちょっと引いた。

（これって、魂の番だって決めつけられてる？）

もしかしてミランは、思い込みが激しい人なんだろうか？

（ヴァンからなにか言われたわけでもないし……困るんだけど……）

仲間達はなんだか生温い目で見てくるし、ミランはキラキラと期待に満ちた目で見つめているし……。

気まずくなった佑亜は、すっかりぬるくなったお茶を飲んでその場を誤魔化した。


翌朝、朝食を食べてすぐ王都へ出発した。

今度の乗り物は、小型バスほどもある六頭立ての立派な馬車で、馬に乗った護衛の兵士達が周囲を固めていた。

馬車の内部にはソファやテーブルが作り付けられていて、簡易キッチンやトイレまであって居心地はいい。

とはいえ、王都へ向かう道は踏みならされただけの土の道だ。昨日の荷馬車ほどではないにしろ、走り出したらきっとがたがた揺れるのだろうなと覚悟していたのだが、意外にも動き出した車内はほとんど揺れを感じなかった。

「全然揺れないけど、どういう仕組みなんですか?」

「車軸に、スライム材を利用した衝撃吸収用の魔道具を取り付けてあるのだ」

不思議に思った佑亜が聞くと、隣に座るシルヴァーノが嬉しそうに教えてくれた。

ちなみに隣同士なのは、乗車してすぐにまた膝の上に乗せられそうになった佑亜が断固拒否した結果だ。

「スライム!　ほんとにいるんだー」

見たい見たいと、相変わらず計都ははしゃいでいる。

他の皆も旅行気分で窓の外に目を向けたりして楽しんでいるが、美夢と安藤は相変わらず浮かない顔をしていた。

「さて、王都まではこの馬車なら二日といったところか……。王宮の者からは、できることなら到着前におまえ達の選択を聞いて、早馬で先に知らせて欲しいと頼まれているのだが、心が決まっている者はいるか?」

この世界で生きると決めた者と、それを望まない者を同じように扱うことは控えたい。永遠の眠りを望む者には安らげる静かな環境を用意して、ひっそりと出迎えてあげたいとの気遣いからの申し出だった。

「お気遣い、ありがとうございます」

シルヴァーノの説明に、相田が軽く頭を下げる。

「俺は洗礼を受けたいと思っています。……もう一度、教師になりたいんです」

「相田さん、先生だったんだ」

「うん。以前は小学校で教壇に立っていたんだけどね。いわゆるモンスターペアレンツの被害に遭って、辞めざるを得なくなってしまったんだ」

世間にあることないこと吹聴され、マスコミが取材に来る程の騒ぎになってしまったのだと相田は言った。

その後、悪評を振りまかれたせいで塾の講師になることもできずにバスの運転手に転職したが、それでもずっとなんとかして教師に戻ることはできないかと考え続けていたらしい。

「この世界の常識を学ぶ必要があるけど。とにかく助手みたいな形でもいいから教壇に立ちたいんだ」

「子供の教育者はいくらいてもいい。きっと歓迎されるだろう」

「それはよかった」

相田はホッとしたようだ。

「私も洗礼を受けるわ。こっちでも看護師みたいな仕事ができれば嬉しい。あと結婚もしたいな。

向こうではダメンズに引っかかったりして、なんだかんだで独身だったのよね」

　ずっと子供が欲しかったのと言う香奈は少し恥ずかしそうだ。

「俺も洗礼を受けます。せっかく健康な身体を手に入れられたんだ。人生をやり直したい」

　手をあげた貴史を、計都が不思議そうに見た。

「なにそれ。前は健康じゃなかったって言ってるみたいじゃん」

「まあな。もう入院も決まってたし」

「マジ!?」

「ああ」

　貴史は、発病すれば死が待っている遺伝性の病気を持って産まれてきたのだそうだ。

　息子の発病を恐れる両親から家の中に閉じ込められるようにして育てられ、大学生になっても夜遊びはしなかったし、成人しても酒は飲まなかった。発病しないよう遊びたい気持ちを抑えて人一倍健康に気をつかって生きてきたのに、半年程前に発病してしまった。

「今回のミニ旅行は、入院前の最期《さいご》の我《わ》が儘《まま》だったんだ。後は死を待つだけだと思ってたのに、思いがけず生き直せるチャンスをもらえて、女神様には感謝してる」

「……そうだったんだ」

　知らなかったとショックを受けながらも、「当然、俺も洗礼を受けるよ」と計都も手をあげる。

「こんな楽しそうなこと見逃す手はないもんな。——自分が社会に出て働くなんてイメージできなかったし、就活とかうんざりしてたんだ。面倒なことから逃げられてちょうどよかった」

計都はあっけらかんと楽しげだ。

「美夢ちゃんはどうする？」

「え？　えっと……」

「洗礼受けないなら、この後、俺達とは別行動になるね」

「あ……じゃあ、……あの……受けます」

「じゃあって……。自分の意志で決めなきゃ駄目だよ」

困ったような貴史の言葉に、美夢はびくっとして俯いた。

「じ、自分の意志なんてないもの。私……ずっと、お姉ちゃんに言われた通りに生きてきたし……」

「お姉ちゃんって、一々口出ししてくるあのきっつい人かぁ。モンスターペアレンツならぬモンスターシスターだよねー」

「不可抗力とはいえ、あの怖いお姉さんから離れられたんだから、もっと自由に生きればいいのに」

「……そんなこと言われても……」

どうしたらいいのかわからない、と美夢は囁《ささや》くような声で呟いたきり黙り込んでしまった。

「まだ選択をしなおす猶予はある。とりあえず今は洗礼を受けるということにしておこう。——おまえはどうする？」

強引に話をまとめたシルヴァーノは、安藤を見た。

「お、俺は……。……洗礼とやらを受けなければ、魂だけでも元の世界に戻れるのか？」

「そうだ。女神エルトリアに願えば、魂となっても家族に別れの挨拶《あいさつ》をするぐらいのことはできるだろう」

「別れの挨拶か……」

安藤は、はあっと深く溜め息をついて苦く笑った。

「会いに行ったところで、きっと誰も喜んじゃくれねぇよ。あいつ等のためにあくせく働いて、下げたくもない頭を下げて単身赴任までしたってのに、やっと家に戻れたら邪魔者《じゃまもの》扱いだ。俺は、金を運ぶ以外に家族から必要とされちゃいねぇんだ。もういい。……俺も洗礼とやらを受けるよ」

「そうか」

女神エルトリアは、人生をやり直したいと願っている者を招くのだと聞いたが、どうやら真実のようだ。

招かれ人仲間はそれぞれの人生に問題を抱えていて、なんらかの変化を願っていたように思える。

「ユーアも心は変わらないな？」

「はい。洗礼を受けます。――この際だから白状するけど、実をいうと家出してきたところだったんですよね」

「あら、家出なんて駄目よ。親御さんが心配するじゃないの……って言いたいところだけど、向こうの世界ではもう死んでるんだから今さらよね」

香奈は苦笑して肩を竦めた。

「ですね。それに親はもういません。ちょうど母親の四十九日も過ぎたところだし」

「お父さんは？」

「いません。母が病弱で、ずっと親戚の家に厄介になってたんです。でも、ちょっと問題のある人達だったんで、自由になるために逃げ出してきたところです」

「苦労したんだな。だが、これからは私がユーアを守る。安心するといい」

よしよしと大きな手が、佑亜の頭を撫《な》でる。

その力強さにぐらぐらと揺れる頭や、生温い仲間達の視線にうんざりしたが、それでも佑亜は大きな手の感触に不思議な安心感を覚えていた。

（これって、やっぱり子供扱いだよなぁ）

魂の番だとか言われても、よくわからない。

同性だとか種族の違いとかを気にするより先に、そもそも佑亜は恋愛というものに対して忌避感《きひかん》がある。

佑亜は、母と妻子ある男との間にできた子供だった。

相手の男の迷惑にならないようにと母はシングルマザーとなる道を選んだが、生来身体が弱かった母は子育てしながら働くことなどできなかった。仕方なく頭を下げて実家に戻り、佑亜を産んだのだ。

そこでの扱いは酷いものだった。

養ってやっているのだからと、親子ふたり使用人のようにこき使われた。母が倒れてほぼ寝たきりになってからは、佑亜ひとりで働いた。掃除洗濯に庭の手入れで毎日が忙しく、友達と遊ぶ暇もほとんどなかった。

佑亜は認知もせず養育費も払ってくれない父を憎んでいたが、母は違った。

『ごめんね。全部お母さんが悪いの。お父さんは悪くないのよ』

妻子ある人を愛した自分が悪いのだと母は言う。

それでも、愛する人の子供を産めて幸せだったと言い続け、死の瞬間まで父を愛し続けていた。

母の死後、父の代理人が来て、孤児となった佑亜を引き取るとの申し出があった。

佑亜はそこではじめて自分が認知されていたことを知った。

充分すぎるほどの養育費が支払われていたことも……。

その事実を佑亜達に知らせないまま、叔父夫婦が金を搾取していたのだ。しかも、父にその事実を知られるのを恐れたのか、佑亜を脅しつけて監禁まがいのことまでしてきた。

叔父夫婦のことは元から嫌いだったし、誤解してずっと憎んできた父と今さら一緒に暮らしたいとも思えない。何もかも嫌になった佑亜は、もうひとりで生きていこうと家を飛び出したのだった。

（……養育費は払われてたんだから、ただ捨てられたわけじゃなかったんだ）

その金が手元に届かなかったことは悔しいが、少しだけホッとした。

生前の母がこの事実を知っていたら、きっと喜んでいただろうにとも思う。

それでも、佑亜の心には消せないわだかまりがある。

妻子ある男を愛さなければ、母はもっと幸せな人生を送れていたはずだ。

愛した男の子供を産めて幸せだったと母は言っていたが、佑亜にはどうしても母の一生が幸せなものには思えない。

むしろ愛した男への思いに縛られたせいで、不自由な人生を送ったように思えるのだ。

(僕は自由でいたい。愛も恋もいらない)

ましてや魂の番だなどという、完全に誰かひとりに縛りつけられるようなシステムは一種の呪いみたいで恐ろしいとさえ思う。

(……きっと違うよね)

きっとシルヴァーノは、佑亜に対して庇護《ひご》欲のようなものを感じているだけだ。

魂の番だとか、そんな大袈裟な感情じゃないはずだ。

その証拠に、過剰なほどにあれこれ面倒を見てくれてはいるけれど、恋愛感情を仄《ほの》めかすような言葉は一切口にしていない。

(きっとミランさんが早とちりしただけだ)

下手《へた》に意識してシルヴァーノとの関係がおかしくなるのがいやだった佑亜は、そうに違いないと思い込もうとしていた。

3

ヴェンデリン王国の王都は明るく活気に満ちあふれていた。

王都の中央門をくぐってそのまま大通りを進むと、噴水がある大広場に行き当たる。

そこでは、各地から集ってきた商人達が露店を広げていた。

「ちょうどバザールの時期だったか。この混雑では案内することも難しい。せめて窓から雰囲気を楽しんでくれ。――ユーアも見るといい。この窓は外から中が見えないように加工されている。人目を気にせず見られるぞ」

「へえ、マジックミラーみたいな感じなのかな」

佑亜は、シルヴァーノに促されるまま窓に張り付いて外を見た。

食べ物屋の出店からは美味しそうな湯気が漂い、大道芸人らしき人々が奏でる賑《にぎ》やかな音楽も聞こえてくる。

露店に集う人々は、みな思い思いの買い物を楽しんでいるようで、その表情は明るく楽しそうだ。

バザールは年に二度行われる行事で、庶民にとってのお祭りのようなものらしい。

「招かれ人が現れたと知ったら、皆も喜ぶだろうな」

馬車の窓にくっついていた佑亜は、シルヴァーノの言葉に振り返った。

「僕らの存在って、皆に好意的に受けとめられるものなんですか？」

「もちろんだとも。招かれ人は女神エルトリアの客人だ。客人が穏やかに暮らせるようにとの神々のご配慮で、招かれ人がいる国には大きな天災は訪れないとも言われている。民にとっても招かれ人は、有り難い存在なのだ」

「俺達自身がお守りみたいなもんかー」

「それでちやほやしてもらえるんなら楽でいいな」

大学生ふたりがお気楽に笑う。

実際に、招かれ人が訪れたことを発表するのは洗礼後だ。洗礼で他種族に変化して、そちらの国に移動する者もいるため、ぬか喜びにならぬよう国に残る人数がはっきりするまでは極秘扱いにしているのだとか。

大広場を通り過ぎた馬車は更に進み、豊かな水をたたえた堀にかかった石橋を渡った。やがて広大な前庭を挟んで豪華な建物が見えてくる。

「すげー。本物のお城！」

「素敵。ベルサイユ宮殿みたいね」

御者席側にある小さな丸窓から見える建物は、香奈が言うように確かにベルサイユ宮殿を彷彿《ほうふつ》とさせる造りだった。

「今見えている建物はファレッリ門だ。行政や軍関係の施設が入っている。本城は更にその奥にある」

そうシルヴァーノが教えてくれた。

「あれで門扱い……」

スケールの大きさに唖然《あぜん》としてしまう。

よくよく見ると確かに左右に大きく広がった建築物の中央には、巨大な城門らしきものがあった。

その上部にはバルコニーがあり、行事の際にはファレッリ門の前庭まで国民を入れて、王族がそこから挨拶するのが習わしなのだそうだ。

大扉は特別な催事の時以外は閉ざしているとのことで、馬車はその左右にある日常使いの門を通り抜け、更に王城深くへと入っていく。

「おおっ」

「……綺麗」

門を抜けて見えてきた光景にみんなあっけにとられた。

整然と整備された緑と水と彫刻で飾られた広大な前庭が広がるその先に、なんとも壮麗な白亜の城が現れたからだ。

複数の尖塔を有したその優美な城の正面上部には、ステンドグラスの巨大窓が複数あり、太陽の光を弾《はじ》いて鮮やかな光を放ってる。まるで寺院のような神聖な雰囲気すら感じられた。

黙ったまま城に見とれている皆に、「気に入ってくれたようだな」とシルヴァーノは少し得意気だ。

「さて、ここからは馬車を降りて歩きになる」

城の馬車どまりに辿《たど》り着き、馬車が停まる。

馬車から降りた一行を出迎えてくれたのは、華やかな雰囲気の女性が率いる一団だった。

「招かれ人の皆さま、ヴェンデリン王国にようこそいらっしゃいました。心より歓迎いたしますわ。わたくしは王の末の姫、アンジェリア・メイベル・ヴェンデリンと申します。どうぞよしなに。

——伯父様《おじ》、お帰りなさいませ」

「ただいま、アンジェリア」

シルヴァーノはごく自然にアンジェリアにハグして、その頬《ほお》にキスをした。

「おまえが招かれ人の采配を任されたのか？」

「はい。お父様が良い経験になるだろうと。わたくし、こんなに大切なお仕事を任されたのは初めてで緊張しておりますの」

「心配いらない。おまえなら大丈夫だ。女性ならではの細やかな心配りもできるだろうからな」

赤い髪に緑の瞳、アンジェリア姫は十七、八歳ぐらいにみえた。シルヴァーノのものと似た色の豊かな赤い髪には白い花飾りが散らしてあって、乙女らしい愛らしさを加えている。

「皆さま、長旅の後でお疲れかとは存じますが、まず最初に国王陛下にお会いになってくださいませ」

アンジェリアに促されるまま、一行は王城の奥深くへと足を踏み入れていく。

招かれ人仲間の中で最年少だったこともあって、佑亜は自然と行列の最後尾についていった。

ずっと世話になっていた親戚の家で使用人扱いされ、出しゃばったことはするなと頭を押さえつけられて生きてきたせいか、こういうとき自然と後ろに下がってしまう癖がついているのだ。

それに気づいたシルヴァーノが、わざわざ先頭から戻ってきて横に並んだ。

「歩くスピードが速かったか？」

「いえ。大丈夫です」

「そうか。もし歩くのが辛くなったら言え」

「……はあ」

（言ったら、どうなるんだろう？）

歩くスピードを遅くする程度で済めばいいが、すぐに膝に乗せたがるところからして、いきなり抱っこされそうで怖い。

下手なことを言わないようそのまま会話を打ち切った佑亜は、視線をシルヴァーノから外して周囲を見渡した。

王城の内部も外から見たイメージを裏切らない華やかさだ。

煌《きら》びやかな彫刻飾りの細やかさや、手の込んだ建築物の美しさには溜め息が出る。

（綺麗だけど、掃除は大変そう）

高い位置の飾りは埃《ほこり》を払うのが大変だろうな、などと心配になってしまうのは、佑亜がずっと親戚の家でこき使われてきたせいか。

国王に会うのだから、きっと謁見の間と称されるような玉座に連れて行かれるのだろうと思っていたのだが、アンジェリアが案内してくれたのは国王の私的スペースにあたる応接間だった。

招かれ人達がこちらの世界の礼儀作法に詳しくないことを考慮して、緊張しないよう気を使ってくれたらしい。

「招かれ人の諸君。君たちの来訪を心から歓迎するよ」

そこで出迎えてくれたのは、アンジェリアに面差《おもざ》しが似ている、赤い髪に緑の瞳の三十代に見える美丈夫だった。

「皆さま、こちらにおられるお方が我が国の国王。カーティス・クリプトン・ヴェンデリンでございます」

「国王って、お姫さまの父親だよね？　若くね？」

国王が目の前にいても、マイペースを崩さない計都が不思議そうな顔になる。

「ありがとう。こう見えてもうじき百歳だ。竜の血を引く王家の人間は寿命が長いんだよ」

カーティスは計都の軽口を気にせずおおらかに笑った。

王家の者は青年期までは普通に年を重ねるが、そこからは緩やかに年を重ねていくのだそうだ。その寿命はだいたい二百年ほど。代を重ねるごとに人族の血が濃くなり寿命も減ってきているらしい。

「王太子である兄は今年二十五になるのですが、父と並ぶとまるで兄弟のように見えますのよ。――さあ、どうぞ皆さま、あちらにお座りになって。お茶をご用意いたしますわ」

応接室の一角にある会議用の長テーブルに皆で移動する。

佑亜がやっぱり皆の最後尾についていって、余った端の椅子《いす》に座ると、なぜかシルヴァーノまでがやってきて隣の椅子に座った。

しかも何を考えているのか、アンジェリアの合図で侍女達が一斉に部屋に入って来てお茶の準備をすると、「お茶にハチミツを入れるか？」といそいそと佑亜の面倒をみようとしはじめる。

「いえ、そのままで大丈夫ですから……」

子供じゃないんだから甘くなくても平気だ。

佑亜は勝手なことをされる前にと急いでお茶を飲んだ。

（ほっとする香りだ）

ふんわり花の香りがするお茶を楽しみ、カップをテーブルに戻すと同時に、ぐいっとフォークに刺さったケーキの欠片《かけら》が脇から口元に差し出された。

不意を突かれた佑亜は、ついうっかりぱかっと口を開けてしまう。

（あっ、やっちゃった）

後悔先に立たず。

すかさず口の中に放り込まれたのは、オレンジの香りがするケーキだった。

しっとりとして美味しかったが、こんな風に強引に食べさせられるのは困る。

もぐもぐしつつ恐る恐る視線を向けた先には、生温く微笑む仲間達の顔。

そしてカーティスをはじめとするヴェンデリン王国の人々は、呆《あき》れたのか、あっけにとられた顔でこっちを見ている。

「もっと食べるか？」

一方、そんな視線をものともしないシルヴァーノは、喜々としてケーキをもう一切れ佑亜の口元

に運ぼうとしていた。

佑亜は断固としてそれを拒み、「けっこうです。――あの、お騒がせしてすみません」と誰にともなくペコッと頭を下げた。

「いや……謝る必要はない」

気を取り直したカーティスが穏やかに微笑み、シルヴァーノに注意してくれた。

「伯父上、彼は戸惑っておられるようですよ。少しお控えになっては？」

どうやら王家の人々は皆、シルヴァーノのことを伯父として扱っているようだ。

「ん？　そうか。――迷惑だったか？」

注意されたシルヴァーノに真正面から聞かれた佑亜は、戸惑いながらも首を横に振った。

「迷惑とかじゃなく、恥ずかしいというか……。人前ではちょっと……」

親切心からの行為を迷惑だと切り捨てるのにはためらいがある。

ただ、露骨に子供扱いされるのは恥ずかしいので、控えて欲しいというのが正直な気持ちだ。

「ユーアは慎み深いんだな」

遠慮しながら曖昧《あいまい》に答える佑亜に、シルヴァーノは嬉しそうに笑う。

（……なんかずれてる）

だがここで下手に突っ込みを入れて、この話題を長引かせたくない。

佑亜は賢く黙って、お茶を飲むだけに留めた。

「伯父上、後で少しお話を聞かせてください」

「わかった。――それより、神殿の調査はどうなった？」

「ちょうど今からそれを招かれ人の諸君に話そうと思っていたところです」

カーティスはカップをテーブルに戻して、居住まいを正した。

「まずは諸君に謝罪する。諸君がこちらの世界へと招かれた直後に襲われたのはこちらの落ち度だ。すまなかった」

「閣下――ルートシュテット公爵に助けていただいたお陰で、この通り皆無事でした。気にしないでください。それよりも、俺達を襲った男達に情報を流した人は捕まったんでしょうか？」

皆を代表して貴史が質問する。

「いや。残念ながら逃げられてしまったようだ」

カーティスが言うには、犯人はたぶん神殿の下働きの男だろうとのこと。

招かれ人が誘拐されかけたことを知り、神殿に連絡を取った時にはすでに行方《ゆくえ》をくらましていた人物で、調査の結果怪しいと判断されたのだとか。

「身元の保証人も経歴も全て偽りだった。下働きだからと、あまり厳しい調査はしていなかったらしい」

とはいえ、その男が犯人だという確証もない。

神殿では、招かれ人の安全を確保するために、現在神殿内で働いている全ての者に宣誓魔法をかけている最中なのだそうだ。

「宣誓魔法？」

「その者が真実だと誓う言葉が真実か否かを判別できる魔法だ。神々に認められた高潔な人物にのみ発現すると言われている。女神エルトリアの神殿では、三人の神官がその力を賜っている」

その力で神殿で働く全ての人々をチェックしているのだが、内部で働く者だけで軽く二百人を超え、魔力も有限なので、全員を調べるには少し時間がかかるのだそうだ。

「どうして俺達を誘拐しようとしたんでしょうか？　洗礼を受けなければ一ヶ月後には消えてしまう身体だってことは、神殿にいる人なら知ってるものなんじゃないんですか？」

貴史の質問に、カーティスは少しためらってから頷いた。

「そう。知っている。だからこそ洗礼前を狙《ねら》ったのだろう」

それはつまり、招かれ人の消滅を願っている者がいるということだ。

仲間達に緊張が走った。

「俺達が存在することを望まない人達がいるんですね？」

「犯人を捕まえなければ確かなことはいえないのだが……」

ふたつ推測できると、カーティスは言う。

ひとつ目は、招かれ人の恩恵でヴェンデリン王国が利益を得ることを望まない場合。

「我が国は強国だ。正面切って敵対しようとする国家はないが、今以上に富み栄えることを望まない国ならいくつか思い当たる。だが、さすがに招かれ人に手を出すほど愚かではないと思いたいところだ」

ふたつ目は、招かれ人を自国に引き入れようと目論《もくろ》んでいる場合。

「招かれ人のこちらの世界での出生地は、基本的に洗礼を受けた神殿がある国となる。洗礼前に連れ去り、自国の神殿で洗礼を受けさせれば、招かれ人の恩恵を我がものとできると考えたのかもしれない」

「まじか」

「え、でも、それってありなの？　女神様はこの国を選んで、私達を転生させたんでしょう？　なのに強引に移動させたりしたら、逆に女神様に怒られるんじゃないの？」

香奈の質問に、カーティスは深く頷いた。

「その通りだ。女神は招かれ人が国家のために利用されることを望まない。だがね、残念ながら長く招かれ人の訪れがなかった国は、そういったことをあまり理解していないのだよ」

招かれ人が幸せな人生を送ることを望んでいる女神エルトリアは、政情が安定している豊かな国へと招かれ人を送り届けるのが常だ。

他種族に閉鎖的だったり、社会概念が個性的だったりする種族も避けられる。

そのせいか、招かれ人は他種族との交流が盛んな人族の大国に現れるのがほとんどなのだという。

「洗礼後に他種族に変化した者は、女神の恩恵ごとそちらの国に移動することになる」

エルフやドワーフ、獣人族やリザードマン等、そのような形で恩恵を受けた種族も多い。

彼らは人族ほど人口が多くなく、国家や集落の数も少ない。同種族で争うこともほとんどないために、招かれ人の取り合いなどは起こらないのだが、人族の場合は違った。

「人族は人口も多く、大小様々な国家が存在する。戦乱が絶えない地域では、頻繁に新しい国家の樹立が宣言されている。そういった新参の国家は招かれ人に関する正しい知識を持たないことも多いのだ」

招かれ人を手に入れさえすれば大きな天災から免れられると考えて、他国から無理矢理奪い取ろうとした事件が実際に起こった。そして、それに巻きこまれた招かれ人が不幸にも命を落としたこともある。

「その国は、失われた命を悲しんだ女神によって長雨に見舞われることとなった。そして、招かれ人の悲劇を知った国民の反乱に遭い一年と持たずに崩壊した。それ以降、招かれ人に手を出すことは御法度だと言われてきたのだが、残念ながら近年になっておかしなことを言う輩《やから》が現れてね」

女神エルトリアの神殿で洗礼を受ける前の招かれ人は、まだ女神の守護を受けていない。故に、招かれ人に手を出すなら、このタイミングを狙うしかない、と……。

「もちろん、そんなのは根も葉もない話だ。招かれ人としてこの世界に現れた時から、間違いなく諸君は女神の守護下にある。そういったことは新参の国家にも伝えているのだがね」

女神エルトリアは、兄弟神に渡した世界に過度の干渉を加えないよう自らを律している。招かれ人のための祝福や悲しみも、神々の御業としてはほんの些細《ささい》なものだ。

だが、そのほんの些細な祝福が魅力的なのだ。

大きな水害や日照りが起こらなければ、それだけ作物の収穫は安定し国庫は潤う。厳しい自然環境にある貧しい国家にとっては、収穫量がほんの少し上がるだけでもありがたい。

そして成り上がったばかりの権力者にとっては、民草の求心力を得るための手段としても招かれ人は非常に魅力的だ。

話を聞く限り、この世界の権力者にとっての招かれ人は、利用しがいのある偶像のようなものらしい。

「……こわっ」

自分達が狙われているのだという実感に、佑亜は思わず身震いした。

「怖がることはない。ユーアには私がついている」

佑亜の小さな呟きを聞き取ったシルヴァーノが、よしよしと頭を撫でてきた。

（いや……だから子供じゃないんだけど……）

体格差的に、撫でやすい位置に頭があるのかもしれないが、人前でこれは恥ずかしい。

「……ありがとうございます」とお礼を言いつつも、佑亜はそっと上半身を斜めに動かしてシルヴァーノの手の平から逃げた。

「皆のことも守ってくれますよね？」

念のために発した佑亜の質問に、「もちろんだ」と頷いたのはカーティスだ。

「諸君は、女神エルトリアによって我が国に預けられた客人だ。責任を持って、その身の安全は保障しよう。幸いなことに、洗礼後の招かれ人に危害を加えれば災害が起きることは、すでに民草レベルで周知されている。とりあえず洗礼を受けてしまえば危険はなくなるだろう。しばらく窮屈な思いをさせるかもしれないが耐えて欲しい」

洗礼の期日がはっきりしたらすぐに伝えると、カーティスが約束してくれた。

「それまでの間、わたくしが皆さまをおもてなしいたします。なにかございましたら、遠慮なく申しつけてくださいませ」

「わかりました。よろしくお願いします」

はじめての大役に緊張しているのだろう。生真面目《きまじめ》に目礼するアンジェリアの愛らしさに、思わず場がほっこりした。

洗礼までの間、招かれ人達は皆、王城内にある離宮で暮らすことになるのだそうだ。

「警備の都合から騎士団の者達が複数出入りしますが、信頼の置ける者ばかりを選んでおりますのでご安心ください」

アンジェリアの案内で、また皆でぞろぞろと王城内を移動する。

シルヴァーノも一緒について来たがったが、カーティスに呼び止められて渋々さっきの部屋に残った。

「この世界の人達って、絶対以前の俺達より体力あるよねー？」

「健脚なのは確かだな」

例の如《ごと》く一番後ろにいた佑亜は、前のほうを歩く大学生ふたりの会話に、確かにそうだと心の中で頷く。

王城の門からここに至るまで合計で三十分ぐらいか。けっこうな距離を歩いている。アンジェリアなどは重そうなドレスを着た上で、この距離をかなりのハイペースですたすた歩いているのだからたいしたものだ。

幸いにも女神に新しく与えられたこの身体は体力もあるようで、汗ばむことも息切れすることもなくついていけているが、前の身体だったら動く歩道や自転車が恋しくなってくる距離だ。

王城内の通路をひたすら歩き続け、やがて奥まったところにある離宮に辿り着く。

「わあ、素敵。お洒落《しゃれ》な建物ね」

横浜あたりにありそうなしゃれた洋館風の離宮に、香奈が歓声をあげた。

「部屋の種類も数も充分にありますので、どうぞお好きなお部屋を選んでくださいませ」

アンジェリアに案内されて見た離宮内はまさに豪華絢爛《けんらん》。

天蓋《てんがい》つきのベッドがある寝室に、魔道具によって潤沢なお湯が注ぎ続ける広い浴室、そして鮮やかな花々が咲き誇る庭に面した居心地のよさそうな談話室。ゲーム板や楽器などが並ぶ遊戯室などもあり、他にも必要なものがあったらすぐに取り寄せるというから至れり尽くせりだ。

「ただ申し訳ないのですが、警備の都合上、食事は離宮内で取っていただくことになります。もちろんシェフは王宮勤めの者ですので、料理の内容は王宮と遜色《そんしょく》ないものをお出しできますわ」

「……ねえ、佑亜くん。お姫さまがなにを申し訳ながってるのかわかる？」

「わからないです」

「本来なら、王宮のダイニングで晩餐会みたいなものに招かれるところだったんじゃないか？」

香奈とこそこそしゃべっていると、相田が会話に混ざってきた。

「ああ、そういうこと……。それだったら、こっちで食べたほうが気楽で良いわよね」

「ですね。……離宮から王宮までいちいち歩いていくのも大変だし」

「同感だ」

庶民にはわからない感覚には苦笑するしかない。

「離宮の外に出てもいいんでしょうか？」

貴史の質問に、アンジェリアは「もちろんですわ」と頷いた。

「ただ王城内からは出ないでくださいませ。それから、護衛をひとりにつき二人ずつつけさせていただきます」

「了解しました」

外出できるのは嬉しいが、ずっと護衛がつくのはやっぱり少し窮屈だ。

（みんなの安全のためだし、諦めるしかないか……）

その後、みんなで部屋割りを決めた。

どうやらアンジェリアは、ひとり部屋を選ぶものだと思っていたようだが、皆はふたり部屋を選択した。

見知らぬ異世界に来たばかり、しかも狙われているかもしれないという状況でひとり部屋というのはやはり少し心細いものがあったのだ。

貴史と計都、香奈と美夢、佑亜は相田と、自然とペアができていく。

「安藤さんは俺達と一緒の部屋でどうですか？」

ひとりあぶれた安藤に相田が声をかけたが、「俺はひとりがいい」と拒絶された。

「洗礼の日まで部屋に籠《こ》もる。食事も部屋に運んでくれ」

酒も頼むと言い置いて、さっさと目星をつけていたらしい奥まった場所にあるひとり部屋に行ってしまう。

「大丈夫でしょうか？」

こっそり香奈に聞くと、「洗礼を受ける気はあるみたいだし大丈夫でしょ」と気楽な答えが返ってきた。

それでもやっぱり気にはなっていたのか、離宮の使用人達に異変があったら知らせてくれるようにと頼んでくれていたので、ちょっとほっとする。

離宮には、護衛だけじゃなく身の回りの世話をしてくれる侍女まで揃《そろ》っていた。

佑亜の護衛は、騎士団から派遣されてきたバルトとクレフという青年達で、侍女はマルタという女性だ。

気さくで明るく、一緒にいても苦にならないタイプの人達で助かったが、侍女の存在にはちょっと戸惑った。

この世界の常識や勝手がわからないから、色々と説明してくれたりちょっとした身の回りの世話をしてくれるのは助かる。だが、油断すると服の脱ぎ着にまで手を出そうとしたり、風呂場で背中を流そうとしたりと過剰なサービスをしてくるのだ。

「こちらの世界の貴族階級の人達は、こういうサービスを当然のこととして受けとめているようだね」

お風呂場でマルタの襲撃を受けた佑亜がタオルを巻いたままの姿で部屋に逃げると、先に同じ目に遭いかけた同室の相田に笑われた。

「笑い事じゃないですよ。相田さんはどう対処したんですか？」

「庶民の出だから、身の回りのことは自分ひとりでできると言って断ったよ」

侍女達は、招かれ人を国家の賓客と認識して、最高のおもてなしをしようとしてくれているだけ。下心があるわけではないから、ちゃんと説明すればわかってくれると大人の対応だ。

佑亜は、お風呂場に若い女性が入ってきただけで慌てて逃げ出した自分が恥ずかしくなった。これではまるで、童貞だと自分からばらしてるみたいなものだ。

大学生達はどうしただろうかと後で聞いてみたところ、貴史は相田と同じような対応をとったらしいが、計都のほうは背中だけじゃなく髪まで洗ってもらったのだとか。

「可愛《かわい》いメイドさんに洗ってもらえるなんてサイコーだよねー」

無邪気に笑う姿に、佑亜は大物だと感心したのだった。

4

「皆さま、本日の御予定はお決まりですか？」

翌朝、朝食時に訪ねて来たアンジェリアに聞かれた。

「俺達は騎士団の訓練を見学させてもらうよ」

「魔法使いもいるんだってー。攻撃魔法を見せてもらうんだ」

大学生ふたりは、護衛の騎士達と仲良くなったようで、早々に遊びに行く予定をたてていた。

「俺はこちらの世界の書物を見せてもらいたいのですが。可能でしょうか？」

「もちろんですわ。王城内の書庫にご案内いたします」

相田の質問に、アンジェリアが頷く。

「書庫にはどんな種類の本があるの？　難しい本ばかり？」

香奈が聞いた。

「いえ。市井《しせい》の者達が好んで読むようなお話なども所蔵しております」

「じゃあ、私も書庫に行く。この世界でどういう話が流行《はや》ってるのか興味あるしね。――美夢ちゃんもこっちに来る？　騎士団の訓練を見てるよりは楽しいと思うわよ」

「……はい。そうします」

香奈の誘いに、美夢はほっとしたように小さな声で呟いて頷いた。

「佑亜くんもどう？」

「いえ。僕はとりあえずここの庭園を散策してみます。向こうの世界ではよく庭の手入れをしていたんで興味あるんです」

「王城には自慢の庭が複数ございます。一日では見きれないほどですわ。護衛の者達が案内いたしますので、どうぞ楽しんでくださいませ」

「はい。ありがとうございます」

親しげに微笑みかけてくれるアンジェリアに、佑亜も笑顔を返した。

朝食の席にも姿を現さず部屋に閉じこもったままの安藤を置いたまま、皆それぞれ興味ある場所に移動していく。

佑亜も護衛騎士のバルトとクレフの案内で、王城内の庭を散策することにした。

「どこから案内しましょうか。招かれ人の皆さまは王城内ならどこにでも入れることになっているので、王族だけに開かれている花園や温室にも行けますよ」

「私達も入ったことがない場所です。一度見てみたかったので、ユーア様付きの護衛になれてよかった」

「それならよかった。王族の方々しか入れないような庭園を見てしまうと、普通の庭園の良さが目に入らなくなりそうなんで、先に王城で働く皆さんが普通に楽しめる庭園に案内してもらえますか？」

「わかりました」

護衛達は見たところ二十代半ばぐらい。気さくで話しやすい。

佑亜の希望を汲《く》んで、まずは王城で働く者達が休憩時に訪れる庭園から案内してくれた。

「こちらの庭園には昼休憩になると弁当を持ってくる者も多いんですよ」

「いいですね。気持ちよさそうだ」

あちこちにベンチもあるし、芝生の広場もある。今はまだ朝食を終えたばかりの朝早い時間帯で人の姿はまばらだが、昼時には城内の者達のいい交流の場になっているのだろう。

とはいえ、残念ながら散策はしょっぱなからつまずいた。

佑亜の質問に、ふたりの護衛がまったく答えられなかったからだ。

「すみません。わかりません」「不勉強でした」と、護衛達がしょげている。

「謝らないでください。僕のほうこそすみません。先に確認すべきでした」

佑亜も慌てて謝った。

「おふたりは騎士なのですから、専門外のことがわからないのは当然です」

この世界の人ならば、庭園に咲いている花の名前をある程度知っているだろうと簡単に考えたのが間違いだった。

元の世界の男子だって、きっと薔薇《ばら》やカーネーションぐらいのメジャーな花の名前しか覚えていないだろうから。

(僕のほうが特殊なんだ)

居候していた親戚宅での労働の中でも、唯一好きだったのが庭の手入れだった。

親戚達が暮らす母屋《おもや》の掃除や洗濯をいくらしても、自分にはなんの得もない。

でも庭の手入れだけは違った。

世話をした分だけ綺麗に咲き誇る花々は心を癒してくれたし、母と暮らす離れの窓からも綺麗な庭を見ることができたからだ。

身体を壊し寝込むようになってからの母は、父との思い出の中に心を飛ばしがちでぼんやりすることが多かったが、窓から見える花々はそんな母を佑亜の元へと引き戻してくれた。

『綺麗ね。きっと佑亜が丁寧にお世話しているからね』

そんな母からの褒め言葉が嬉しくて、母の部屋の窓から見える場所は特に念入りに手入れしていたものだ。

それが高じて将来は園芸家か花農家になりたいと思ったこともある。

向こうの世界では叶《かな》えるのが難しい夢だったが、こちらの世界でならなんとかなるかもしれない。

(招かれ人の特権で、王城の庭師として雇ってもらえたりしないかな)

そんな下心もあっての庭散策だったが、肝心の花の名前がわからないのではしょうがない。

(少しならわかるんだけど……)

不思議なことに、薔薇やガーベラなど、前の世界とほぼ同じに見える花がこちらにもある。こちらでもメジャーな花らしく、これだけは騎士達も名前を知っていた。

向こうと呼び名が同じなのは、女神様が向こうの言語とこちらの言語とを紐付《ひもづ》けして脳にインプットしなおしてくれたお陰なのかもしれない。

(オレンジとかチョコレートとかミルクとか、馴染んだ言葉で呼べるのは助かるな)

これが違う名前だったら混乱するし、いちいち対応表を作らなきゃならなくなるところだ。

そんな風に向こうの世界とほぼ同じものもあるのだが、当然目新しいもののほうがずっと多い。

佑亜としては少しでも早く新しい植物関連の知識を得たいと思って、庭園の散策に乗りだしたのだが……。

「花の名前を知りたいのなら、書庫に絵入りの専門書がありますよ。ご案内しましょうか?」

「お願いします」

「では、こちらへ」と、先導して歩き出そうとしていたクレフが、いきなり真顔になってビシッと直立不動の姿勢をとる。一瞬遅れてバルトも同じように背筋を伸ばした。

いきなりどうしたんだろうと佑亜はびっくりしたが、彼らの視線の先にこちらに向かって歩いてくるシルヴァーノとその護衛達の姿を認めて納得した。

「やあ、ユーア。庭を散策していると聞いてね。一緒に歩いてもいいかな?」

「えっと……。実をいうと庭の散策は中断して、書庫に行こうと思ってたところなんです」

花の名前が知りたくてと告げると、シルヴァーノはなんだそんなことかと微笑んだ。

「それなら、私が役に立てるだろう。なんでも聞くといい」

伊達《だて》に長く生きてないというシルヴァーノに、とりあえずすぐ側《そば》にある花を指差して聞いてみた。

「これはリオーラだ。この花は染料にもよく使われている」

ラベンダーに似た形の薄桃色の花を軽く指先で突いて教えてくれた。

「じゃあ、あっちのは？」

「あれはガウィニアだな。どんな所にでも咲く強い花で、乾燥させた葉を煎《せん》じて飲めば健胃効果もある。庶民の家の庭によく植えられているようだ。白だけじゃなく紫やピンク、オレンジ色の花も咲く」

佑亜が指差す花の名前をシルヴァーノがあっさり答えてくれるのが嬉しくて、「じゃあ、あれ」「そっちも」と次々に答えをねだった。

その度にシルヴァーノは答えをくれる。花の名前だけじゃなく、ミニ知識もつけ加えてくれるので得した気分だ。

ゆっくり歩いているうちにひとつ目の庭園を巡り終え、次の庭園へと移動する。

「凄い！　ここは薔薇園なんですね」

一面に広がる色とりどりの薔薇に佑亜は目を輝かせた。

遊歩道には蔓薔薇が巻き付くアーチが続き、その先には白い東屋《あずまや》もある。

佑亜は香《かぐわ》しい薔薇の香りを、胸一杯に吸い込んだ。

「薔薇は好きか？」

「はい！　あ、でも、茎にトゲがないから僕のいた世界の薔薇とは少し種類が違うみたいです」

「おまえの世界の薔薇にはトゲがあったのか？」

「はい。動物避《よ》けだって言われてました。これなら指先を怪我する心配もなくて世話も楽ですね」

元の世界では香りの強い種類の蔓薔薇《つる》を育てていた。見頃を終えた花はポプリにして、長く香りを楽しんでもらおうと母の部屋に置いていたものだ。

「母も薔薇の香りが好きだったから、毎年新しいポプリを作って渡すととても喜んでくれたんです」

佑亜は庭を歩きながら、母の思い出話をシルヴァーノに語った。

かつて世話をしていた庭には、母の好きな花を選んで植えていたこと。

いつでも見頃の花を楽しんでもらえるよう、季節ごとに窓から見える花の植え替えをしていたこと。

寝たきりで窶《やつ》れてはいたけれど、花を見て微笑む母の顔は、まるで少女みたいに見えてとても可愛かったこと。

高校生男子が母親の話なんてしたらマザコンだと笑われるだけだ。だから、向こうの世界では友達にも母のことを話せなかった。

でも、シルヴァーノは別だ。

佑亜がなにを話しても真摯《しんし》に聞いてくれるし、茶化したりもしない。

(この人なら大丈夫)

はじめて出会った時も同じことを感じた。

シルヴァーノに対する絶対的な信頼感が、いつの間にか心に根付いてしまっている。

母が死んだ後、佑亜は母の思い出話を誰ともできずにいた。

佑亜達親子を厄介者扱いしていた親戚達は母の死を悲しんですらくれなかったし、ずっと寝たきりだった母には病院関係者以外の知人さえいなかったから……。

だからこそ、こうしてゆっくり母の思い出話ができることが本当に嬉しい。

「母君はユーアに似ていたのか？」

「あまり似てないです。どちらかというと、僕は父親似みたいです。といっても、父とは直接会ったことはないんですけど……」

佑亜の父は、代々続く芸事の家に産まれた男だったから、テレビ画面越しにならその顔を見たことがある。

切れ長の目元が自分と良く似ていることに、複雑な気持ちになったのを覚えてる。

「事情を聞いても？」

「はい」

シルヴァーノに促されるまま、佑亜は自らの出生について語った。自分は不倫の末に産まれた子供で、一度も父と会ったことがないのだと……。

「そうか……。私は竜の血を引くが故《ゆえ》に不貞を働く者の気持ちを理解することはできないのだが、ユーアの母君の気持ちならばわかるような気がするな」

「母の気持ち？」

「ユーアの父君を本気で愛していたのだろう。過ちだとわかっていても止められぬほどに……。添い遂げることはできずとも、愛した証《あかし》である子を残すことはできたのだから、きっと幸せだったのではないか」

「……本当にそう思いますか？」

「ああ。母君は、病床にあっても、よく微笑まれていたのだろう？」

「はい」

「ならば、それが答えだ」

シルヴァーノの言葉が、ストンと佑亜の胸の隙間に収まった。

（……そうか。母さんは幸せだったんだ）

――男に騙《だま》された、不幸で馬鹿な女。

親戚から母がそんな風に悪《あ》し様に言われているのを、子供の頃からずっと聞いてきた。

だから佑亜も、いつの間にか母は不幸だったのだろうと思うようになっていたけれど……。

（違ったんだ。ちゃんと幸せだったんだ）

どうしても愛する人の子供が産みたかったのだと言って、まだ子供だった佑亜の頭を愛《いと》おしそうに撫でてくれたのを覚えている。

部屋に花を飾る度、ありがとうと嬉しそうに微笑んでくれた顔も……。

（それなら……いい）

ずっと心の中でくすぶっていた母の人生に対するわだかまりが、するりと解けていく。

四十九日が済んで心の整理を終えたつもりでいたけれど、今やっと本当の意味で母の死を受け入れられたような気がした。

「……ありがとうございます」

佑亜はシルヴァーノに軽く頭を下げた。

その際、こっそり滲《にじ》んだ涙をぬぐったのだが、目敏《めざと》いシルヴァーノに気づかれてしまった。

「ど、どうしたのだ？」

ぎょっとしたシルヴァーノがオロオロと意味も無く手を動かす。

自分よりずっと大きくて年齢も上なのに、その仕草がなんだか可愛く思える。

「どうもしません。見なかったことにしてください」

この世界ではすでに成人している年齢だ。泣いているところを見られるのは恥ずかしい。他に見ていた人はいないかと周囲を窺《うかが》ったのだが、いつの間にか護衛の騎士達は、けっこう離れたところで待機していたので大丈夫そうだ。

ほっとしていると、シルヴァーノが「ユーア、聞きたいことがあるのだが……」とためらいがちに声をかけてくる。

「なんですか？」

「昨夜、アイダと同じ部屋で眠ったというのは本当か？」

深刻な顔でそんなことを聞かれて、それがどうかしたのかと拍子抜けしてしまった。

「本当ですよ」

「アイダとは、以前からの知り合いだったのだろうか？」

「いいえ。偶然同じバスに乗ってただけです。招かれ人は誰かに狙われてるかもしれないって王様が言ってたし、ひとり部屋だとちょっと不安だったんで同室になってもらったんです」

「なるほど。では護衛だったのだな」

シルヴァーノはなぜかホッとしたようだった。

護衛というと語弊があるような気もするが、実際に相田が同室で心強かったので間違ってもいないのか。

「それがどうかしたんですか？」

「いや……。もしや以前から言い交わした仲で、それで同室になったのではないかと思ったものでな。……邪推だった」

すまないと謝られた佑亜は、思わずきょとんとしてしまった。

「え？　言い交わしたって……」

それはないと言いかけて、ハタと気づく。

(そっか。この世界では同性愛も普通にありなんだっけ)

だから、こんな風に勘ぐられてしまうのか。

(そういえば昨日も、僕達が当たり前みたいにペアを組んだら、お姫さまが不思議そうな顔してたっけ……)

後になって聞いたのだが、こちらの世界では、成人した後は同性同士であっても、こういう場合には同室で眠らないのだそうだ。

わざわざ相手の性的指向を問いただすのがマナー的によろしくないらしく、特別な事情がない限り自然とひとり部屋を選ぶことになっているのだ。

「僕らがいた世界では男女間での恋愛が普通なんで、同性同士で相部屋になるのは普通のことなんです」

「では、同性同士で番うのは珍しいのか？」

この質問に、佑亜は一瞬迷ってしまった。

（番うって、たぶん結婚のことだよね？）

だとすれば、答えはイエスだ。

「そうです。そういうのは少数派なので、僕らがいた国では同性婚は認められてなかったんです。よその国では認めてるところもあるんですけど……」

「そうだったのか……。ではユーアも、男と番うことを考えたことはないんだな」

「そりゃそうですよ。普通は女の子と恋愛しますから」

というか、これまでは母のこともあって恋愛自体を忌避していたのだが……。

なんてことを薔薇を眺めつつ呑気に考えていた佑亜は、ここにきてハタと気づいた。

（……そういえばミランさんから、僕がヴァンの魂の番の相手かもしれないって言われてたっけ）

きっと勘違いか早とちりだろうと、なるべく深く考えないようにしていたのだが、今の質問の内容からして雲行きが怪しくなってきたような気がする。

まさかねと恐る恐る顔を上げて見たシルヴァーノの顔は、酷く悲しげに見えた。

「えっと……」

まさか本当に？　と困惑して言い淀《よど》む佑亜に、「そんな顔をするな」とシルヴァーノが微笑みかけた。

「先走ったミランから、魂の番の話を聞いてしまったそうだな」

「はい。……でも、ミランさんの勘違いなんですよね？　招かれ人の中で僕が一番年下で、ヴァンから見れば子供みたいなものだから親切にしてくれてるだけなんですよね？」

そうであって欲しいと思って聞いたのだが、残念ながらシルヴァーノは首を横に振った。

「私から見れば、ユーアだけではなく人族の者はみな子供のようなものだ」

「そっか。ヴァンは長生きしてるから……。えっと、じゃあ、本当に？」

「そうだ。ユーアは私の魂の番だ。出会ってすぐにそう確信した」

シルヴァーノは断言する。

「私と出会った時、ユーアはなにも感じなかったか？」

「……はい」

頷いた途端、シルヴァーノがあまりにも悲しそうな顔をするので、佑亜は慌てて言葉をつけ足した。

「でも、ひとめ見て信用できる人だとは思いました」

「そうか。……普通、魂の番同士は出会ってすぐに惹かれあうものなのだが」

「勘違いだったってことはないですか？」

「それは有り得ない。おまえは私の魂の番だ。これればかりは間違えようがない。魂の番同士は惹かれあう運命なのだから……」

（運命なのだからって言われても……）

いまいちピンと来なくて、佑亜は首を傾げた。

「一目惚《ひとめぼ》れみたいなものなんですか？」

「似ているようだが、違う。魂の番は、元々ひとつの魂を分け合った者同士なのだ」

「あ、それなら僕らの世界にも似たような伝説があります。人が恋に落ちるのは、産まれる前に神さまによってふたつに分けられてしまった魂が、元に戻ろうとしているからだって」

確かそういう相手をベターハーフというのだと佑亜が説明すると、シルヴァーノは「まさにそれだ」と強く頷いた。

「私達は、女神によって魂をふたつに分けられた者同士なのだ」

「……は？　分けられるって……」

真顔で奇妙なことを口にするシルヴァーノに、佑亜はきょとんとした。

まさか、そんなこと有り得ない。伝説や神話と違って、現実に魂をふたつに分けるなんて不可能だろうと考えて、ふと気づく。

（ここって、本当に女神様がいる世界なんだ）

実際に佑亜達は女神によって、この世界に転生させられた。

かつていた世界とは違って、この世界では神々の実在が実証されているわけで……。

「え……じゃあ、僕の魂って生まれつき欠けてたってこと？」

というか、もしも本当に佑亜の魂がシルヴァーノの魂から分かたれたものならば、なぜ違う世界に産まれてしまったのだろう？

本来なら、こちらの世界に産まれるのが道理なのではないだろうか？

（……そういえば、あの事故の時）

――見つけたわ。まさか、こんな所にいたなんて……。

どこからともなく聞こえてきたあの女性の声。

もしもあの声が女神のものならば、佑亜が向こうの世界にいたことに気づいて、こちらに連れ戻してくれたということになるのだろうか？

「えー、でも……そんなことって……」

本当にあるんだろうか？

混乱する佑亜の背に、シルヴァーノがそっと触れた。

「休憩がてら、向こうの東屋で話をしよう」

「あ、はい」

促されて向かった白い東屋の丸テーブルには、いつの間にかお茶の支度がしてあった。

椅子を引かれて促されるまま座ると、わざわざ椅子を移動させたシルヴァーノが腕が触れ合うぐらい近くに座る。

「お茶は甘くないほうがいいんだったな。スイーツはどれを食べる？　ああ、軽食もあるようだ」

ケーキスタンドにはフィンガーサンドイッチやスイーツなどが並べられていて、さっとトングを手にしたシルヴァーノが「どれから食べる？」と聞いてくれる。

「あ、じゃあそのケーキを」

色とりどりのドライフルーツがぎっしり入ったパウンドケーキを取り分けてもらった佑亜は、とりあえず少し落ち着こうとお茶を一口飲んだ。

それからフォークを手に取ろうとしたのだが、それより先にシルヴァーノのフォークによって口元にケーキが運ばれてくる。

（す、素早い）

佑亜は仕方なくパクッとケーキを口に入れてから、シルヴァーノに手の平を向けてストップをかけた。

「後は自分で食べられますから」

「そうか、残念だ……。カーティスからもほどほどにと忠告されたのだが、やはり嫌か」

「嫌って言うか、プライドの問題です。この世界での僕はもう成人している年齢ですし、子供扱いされてるみたいで困ります」

「わかった。……初代国王も、王妃からの給餌行為にはずいぶんと困らされたらしいからな。私も少し自重しよう」

確かに、相手が王妃とはいえ王様が人前で「あーん」させられていては、威厳も何もあったものじゃないだろう。

佑亜は想像してちょっと笑った。

「その王妃様が竜だったんですよね？　僕らの世界では竜という存在は想像上の生物で、こう……凄ーく大きな恐竜っぽい姿で翼が生えてて、それで全身が鱗で覆われているっていうイメージだったんですけど……」

　身振り手振りで竜のイメージを説明すると、大体それであっているとシルヴァーノは頷いた。

「その姿でどうやって人族と結婚したんですか？　サイズ的にも問題がありますよね？」

「竜は転変できる。番の種族に合わせて身体を変えることができるのだ。だから三の竜も、魂の番である初代国王と同じ人族に転変したのだと伝えられている」

「へえ、都合よくできてるんですね」

「そうだな」

　佑亜の言い方がおかしかったのか、シルヴァーノはくくっと小さく笑った。

「先程の話に戻るが、魂の番がひとつの魂を分け合った存在だと教えてくれたのは三の竜なのだ」

　これは王族だけに伝わっている話なのだがと前置きして、シルヴァーノは自分が知っている魂の番の真実を話してくれた。

「竜は神に近い存在だ」

　この世界が産み出されたばかりの時代、天地は不安定だった。

　度重なる地殻変動によって地上は荒れ果て、山は火を噴き、海は荒れて渦を巻いた。

　それらを安定させるために、女神エルトリアが産み出した存在が竜だ。

「神々と等しい力を持ち不老不死の存在である竜に、女神は特別な魂を与えた」

強い力に溺《おぼ》れて道を誤らぬよう、長い時を生きることに倦《う》まぬよう、兄弟神に与えたのと同じ高貴なる魂を。

だが神々とまるっきり同じままでは、驕《おご》り高ぶり神々に反逆しかねない。

だから女神は、竜の魂から人ひとり分の魂を削り取ったのだ。

「そうして、分かたれた魂を持って産まれた者こそが魂の番となる」

そして正式な手順を踏んで婚姻の絆を結ぶことで、竜と番の魂は再び溶け合い、またふたつに分けられる。

その結果、竜の魂の番は強い力と長い寿命を得て、不老不死の存在だった竜にも死が訪れるようになるのだ。

「……死んだ後はどうなるんですか？　またひとつの魂に戻るとか？」

「いや、もう戻らない。分かたれたままだと三の竜は言っていたそうだ。ふたつに分かれたとしても只人《ただびと》よりもはるかに強い魂だ。その魂を持って生まれ変わった者は、ひとかどの人物として生きることになるだろう」

英雄や聖人などと呼ばれるような存在は、かつての竜やその魂の番だった可能性があるらしい。

そして竜の血を持たずに産まれることで、番を求める本能も消えるのだとか。

「三の竜は、生まれ変わったとしても、また初代国王の魂を捜し出して見せると豪語していたようだが」

「ヴァンは竜人ですよね？　竜とは違うんじゃないですか？」

「竜人の身体にも強い竜の力が宿っているために、やはり普通の魂では釣り合いがとれないらしい。竜と同じように特別な魂が宿っているといわれている。とはいえ私は珍しい先祖返りだ。イレギュラーな存在であるが故に、この魂も元から只人のものと同じなのではないかとずっと疑っていた。幾ら待っても魂の番が現れないのは、そのせいではないかとな」

「……魂の番なんて、現れないほうが良かったんじゃないですか？」

魂の番を得れば、シルヴァーノの寿命は確実に短くなる。

最初から強制的に相手が決められているというのも、なんだか縛られているみたいで嫌だ。

(これじゃあ、まるで母さんみたいだ)

母は不幸ではなかったのだと納得はしたものの、それでも生涯一度の恋に人生を使い切ってしまうことが良いことだとも思えない。

「そのほうが自由に生きられると思うんですけど……」

ためらいがちな佑亜の言葉を、シルヴァーノは「そんなことはない」と力強く否定した。

「私はずっと孤独だった。もちろん王族の者達は私にとって家族だ。大切に思ってはいるが、それでも彼らは皆、確実に私より先に死んでいく」

(ああ、そうだった)

愛する家族に置いていかれる寂しさを思い出して、佑亜は無言で頷いた。

「妻《めと》を娶ってはどうかと勧める者もいるが、竜人故に魂の番以外はどうしても愛することはできない。愛されずともいいという者もいたが、妻や子に先立たれることを思うと、どうしても頷く気にはなれなかった。――私はずっと、愛する者と共に生き、共に死ぬことのできる者達を羨んでいたのだ」

その気持ちは佑亜にも少しだけわかる。

佑亜もまた、両親が揃った家庭で育った友人達を密《ひそ》かに羨んできたから……。

「でも僕は、自分がヴァンの魂の番だとは思えない」

魂の番同士は、出会ってすぐ惹かれあうものだとシルヴァーノは言った。

だが佑亜は、そこまでの吸引力をシルヴァーノに感じていない。

今だってとてもいい人だと思うし信頼もしているけど、恋愛感情があるかと聞かれれば、ないと断言できる。

「それって、僕が魂の番じゃないからなんじゃないですか？」

「それはない。間違いなく佑亜は私の番だ」

「でも……」

「わかってる。なにも感じないというのだろう？　それに関しては、やはりユーアが招かれ人であることが関係しているのだと思う。今のユーアの魂は、まだ産まれ育った向こうの世界に属している。向こうの世界で作られた胞衣にくるまっているようなものだ。洗礼を受けることによってその胞衣を脱ぎ捨て、正式にこちらの魂に生まれ変われば感じ方も変わってくるのではないだろうか？それに、生まれ育った世界の常識が心を縛っている可能性もある」

「常識？」

「今のユーアは、同性を愛する相手として認識することはできないのだろう？」

「ああ、はい。確かに」

「そういったこともストッパーになっている可能性がある。だから私は、ユーアの心がこちらの世界に馴染むまでゆっくり待つつもりだ」

洗礼を受けて生まれ変わり生きていく間に、佑亜の常識もまたこちらの世界のものに書き換えられていく。抵抗なく魂の番であることを認められるその日が来るまで待つと、シルヴァーノは言った。

「でも、僕の常識が変わらなかったらどうするんです？　こちらの世界の女性に恋をすることだってあるかもしれないし……」

「それは耐え難いな」

その未来を想像したのか、シルヴァーノがギリッと拳《こぶし》を握りしめた。

その手に握られていたフォークが握りつぶされ、ぐにゃりと変形するのを見て、佑亜は本能的にぞくっとする。

「駄目だ。その相手を殺しかねない」

「え⁉」

（まじか！）

それは怖い。

思いっきり引いた佑亜に、「い、いや、大丈夫だ」シルヴァーノは慌てて握っていた拳を開いた。

「そんなことは決してしない。この手で佑亜を不幸にするわけにはいかないからな。……万が一、そんな日が来たら私は眠りにつくことにしよう。百年程眠れば、佑亜はまた生まれ変わり新たな肉体を得るだろう。この世界で生まれ変わったユーアと再び出会えたら、今度は間違いなく最初からお互いに魂の番と認識しあうこともできるはずだ」

「……気の長い話ですね」

（眠りにつくって、冬眠みたいなものなのかな？）

生き残っている竜も眠っているらしいから、竜にはそういう習性があるのかもしれない。

「私からすれば、百年ぐらいあっという間だ」

「ああ、そっか。そうでしたね」

魂の番を得なければ千年以上生きる人なのだ。

そして魂の番を得てその寿命が減ることを喜びと感じるのならば、番が生まれ変わるまでの百年などたいしたことはないのだろう。

（つまり、完全ロックオン状態ってことか）

シルヴァーノは佑亜を諦めない。

きっとどこまでも、佑亜の魂を追いかけてくるのだろう。

普通だったら、ストーカーだとびびりそうなものだが、不思議なことに佑亜はそれを嫌だとは感じなかった。

母の人生を認めたことで恋愛に対する忌避感が薄れたせいか、恋愛対象として見られていることに拒否感もない。

（ほだされてる？　それとも僕が魂の番だから？）

佑亜は自分の心の変化が不思議で首を傾げた。

「洗礼を受けたら、気持ちも変わるのかな？」

「そうであって欲しいと願っている。もしも気持ちが変わらずとも、洗礼を受けこの世界の者となった暁《あかつき》には、私とのことを真剣に考えてみてはくれないか？」

屈み込むようにして顔を覗き込まれた佑亜は、自然に頷いていた。

「この気持ちが変わるかどうかはわからないけど、ちゃんと考えてみます」

「ありがとう。今はそれで充分だ」

嬉しそうに笑ったシルヴァーノは、そうっと佑亜の身体に腕を回してぎゅっと抱き締め、その頬にキスをした。

「ちょっ、なにするんですか！」

びっくりした佑亜は、手の平でシルヴァーノの顔を押しのける。

「キスは駄目か？　頬ぐらいならいいのではないか？」

「僕の産まれた国では、恋人同士以外はキスしないんです。恋人同士だって、そうそう人前ではキスとかしないし……」

「なるほど、奥ゆかしい種族だったのだな」

ぎゅうっと押しのけられているというのに、シルヴァーノは幸せそうだ。

「……同感です。あ、でも僕が楽しみなのは、こちらの世界で生きていきたいと思ってるからですよ」

「洗礼の日が楽しみだ」

洗礼を受けないまま消滅したくない。

新しい人生をはじめるために洗礼を受けたいのだ。

「わかっている」

「できれば、こちらの世界では庭師か花農家になりたいと思ってるんです。——可能ですか？」

「もちろんだ。私の屋敷の庭師に弟子入りするか？」

シルヴァーノの屋敷の庭師といえば、確かミランの伴侶だ。

「是非お願いします」

佑亜が前のめりに返事をすると、シルヴァーノは嬉しそうに頷いてくれた。

5

「終わった……。もう夢も希望もないよー」

離宮に戻って皆のいる談話室に行くと、いつも元気な計都が珍しくどんより落ち込んでいた。

「そう凹《へこ》むな。こればっかりはしょうがないってわかってるんだろ？」

「うっせー。ちょっとぐらい夢見たっていいじゃないか」

「いい加減、夢から覚めな。大人になれ」

「いーやーだー」

貴史が一生懸命宥めているようだが、計都の機嫌は直らない。

いつもにこにこへらへらしている計都は、招かれ人仲間のムードメーカー的存在だから談話室の空気が妙に重い。

「あれ、どうしたんですか？」

佑亜は、計都達に気遣ってかコソコソと内緒話をしていた香奈達に近づいて小声で聞いてみた。

「それがね。計都くんったら、知識チートができないことにショックを受けたみたいなのよ」

「知識チート……ですか」

「佑亜くんは知ってる？　ちょうど知識チートのことを相田さんと美夢ちゃんに説明してたところなんだけど」

「いちおう知ってます」

異世界転生もののライトノベルズでファンタジー世界に転生した主人公が、現代知識を生かして内政に成功したり金儲《もう》けしたりすることだ。

「計都さん、ハーレムだけじゃなく、そういうのも狙ってたんだ」

「そうみたい。でもね、そういうことができないように女神様が私達の記憶を弄《いじ》ってるみたいなの」

「記憶を？」

「私も言われてはじめて気づいたんだけど。向こうで使ってた薬にまつわる開発の歴史とか、まるっと記憶から消えちゃってるの」

「俺も記憶してたはずの化学式や機械の構造を忘れてるよ」

香奈と相田の指摘に興味を持った佑亜も、ちょっと自分の記憶を漁《あさ》ってみた。

「……どう？　なにか忘れてそうなことある？」

「う〜ん、よくわかんないです。あ……でも、確かに機械関係の知識は抜け落ちてるかも……」

電化製品など、ちょっとした修理は自分で行っていたものがあるのだが、そこら辺の工程が綺麗さっぱり消えている。

「知識チートみたいなズルで成功するのは駄目ってことか」

「そうじゃなくて、この世界にとって有害な知識を持ち込まないように制限をかけられてるんですって」

「一足飛びに文明が進むのはいいことばかりではないからね」

産業革命によって環境破壊や労使の問題が発生したように、文明の進歩にはそれなりの弊害が伴う。もたらされた知識が武器開発に関するものだったら、国家間のパワーバランスを壊すことにもなるだろう。

自分が招いた客人が兄弟神が守っているこの世界を乱すことのないよう、女神も対策を講じているのだ。

「ちょっとぐらい記憶が欠けてても、新しい人生と言語をインプットしてもらえた代償だと思えば安いもんよ」

「そうだな。無くなって困るような知識でもないし」

「困るよ!! 俺のうはうは転生計画が台無しだ」

こちらの会話を聞きつけた計都が怒鳴り、うおーっと両手で顔を覆って泣き真似《まね》をしている。

「うはうはって……」

「聞き流してください。――こら、計都。八つ当たりは止めろ」

「うっせー」

「あ、でも、計都さん。チートの可能性はまだ残ってるかもしれませんよ?」

ふと思いついて佑亜が声をかけると、「マジで!?」と計都が飛びついてきた。

「はい。洗礼で僕たちはもう一度生まれ変わるんですよね? その時に、もしかしたら強い力をもった種族に生まれ変われるかもしれません」

「その可能性があったか！」

ぱあっと計都が笑う。

「その場合、なにになれば良いのかな」

「力なら、騎士団にいたオーガの兵士が一番だろ」

「脳筋はヤダ。どうせなら魔力特化がいい」

「魔力が強いのはエルフだって言ってたぞ。人族の場合は才能次第だって」

「そっかー。エルフかー」

計都はすっかり乗り気になっているが、肝心なことを忘れているようだ。

「洗礼って、魂の形に近い姿に変容するんですよね？　計都さんがエルフになる可能性があると思います？」

こそっと香奈と相田に聞いてみたら、ふたりともへらっと曖昧に笑った。

「いいじゃないの。夢を見させておきましょうよ」

「そうだね。そのほうが平和だし」

ですよねーと、佑亜も大人の判断に従うことにした。


「皆さま。明日の夜会に出席してみませんか？」

その日の夕食後に訪ねて来たアンジェリアが、そんな提案をしてきた。

月に一度、王城では貴族達の交流を目的とした定例の夜会が開かれるのが慣例になっているそうで、それに参加しないかと誘われたのだ。

「でも、招かれ人の存在はまだ公《おおやけ》にはしていないんですよね？」

「ええ。残念ながら、正式な招待客として紹介することはできません。ですが、場の雰囲気を楽しんでいただくことは可能です」

夜会の会場の中二階には、区切られたスペースがいくつかあるのだそうだ。そこは外からの視線だけを遮る薄いカーテンで覆われているので、こっそり夜会の光景を眺めて楽しむことができるらしい。

「ちょっとした会談を行ったり、夜会への出席が叶わない身分の者や子供達を同行させる時に使うこともあるんです。そこならば、きっと皆さまも安心してお過ごしいただけますし、他種族の方々を拝見するいい機会にもなりますわ」

今日一日、相田達に同行したアンジェリアは、今回の招かれ人達が人族のみで構成された世界から訪れたことが気になったのだそうだ。

ヴェンデリン王国内には人族以外の種族も多数居住している。それら他種族の者達に会うたびにいちいち驚かないよう、とりあえずまとめて見せておこうという作戦らしい。

「ああ、それはいいですね。是非《ぜひ》お願いします。皆はどうする？」

「もちろん参加する！」

貴史の声がけに真っ先に計都が手をあげる。

他の皆も異論はないようだ。

（カーテン内に隠れていられるんなら、夜会と言っても特別に着飾る必要も無いだろうし）

そう思って佑亜も頷いたのだが、翌朝になって自分の考えの甘さを後悔した。

「さあ、ユーア様。まずは礼服を試着してみてくださいませ」

起床直後に、佑亜の専属侍女のマルタとその同僚に、こちらの世界の礼服だという服を幾つか試着させられたのだ。

相田によると、これらは十八世紀ぐらいの西洋の紳士服に近いデザインらしい。ブリーチズという膝丈のズボンはなんだか気恥ずかしいし、胸元や袖口《そでぐち》を飾る繊細なレースはいかにも高価そうで引っかけたり汚したりしそうで怖い。

コートやウエストコートには全体的にびっしりと華やかな刺繍《ししゅう》が施され、所々に宝石類も縫い込まれていて、手間暇かけた高級品だということがわかる。

「この服、どこから持ってきたんですか？」

「お客様用に王宮で用意されているものですわ。サイズが合いそうなものを見つくろってきました。夜までにお直しをすませておきますので」

ああでもないこうでもないと何回も着替えさせられて、佑亜の目が死にかけた頃、金茶のコートにブリーチズ、そして赤のウエストコートという組み合わせに決まった。

これで解放されるとホッとしたのもつかの間、今度はお風呂に追い立てられた。

「全身磨き上げて、爪のお手入れもしましょうね」

「いや、女性じゃないし、そこまでしなくとも……」

「なにをおっしゃいます。夜会に出席なさる方は男女関係なく身ぎれいにするものですよ」

「そういうものなんですか？」

救いを求めて同室の相田を見たが、やはり同じように複数の侍女達に囲まれて彼女たちのされるがままになりながら死んだ目をしている。

（これは駄目そう）

佑亜も抵抗を諦めた。

きっと今の自分は、相田同様死んだ目になっているに違いないと思いながら……。


結局、ほぼ丸一日、夜会準備で潰《つぶ》れてしまった。

準備を終えて談話室に向かうと、他の皆も同じような目に遭っていたようだった。

とはいえ、佑亜達のように死んだ目になっていたのは貴史だけで、計都は可愛いメイドさん達にちやほやされて嬉しいときゃっきゃしていた。

女性陣ふたりは、全身エステやお洒落なドレスが気に入ったようでむしろ溌剌《はつらつ》としている。

「夜会に正式に参加するわけじゃないし、美味しい料理が沢山《たくさん》食べられるようにって、ウエストを締め上げるのは勘弁してもらったのよ」

ふたりともふわりと膨らんだ袖が可愛らしいドレスを着ている。やはり全体に繊細な刺繡が施されていて胸元を飾るレースが見事だ。

耳や首にはアンジェリアの私物だという高価なアクセサリーがキラキラ光っていて華やかさを増

している。

「ふたりとも凄く綺麗だ」

思わず賛美すると、ありがとーとほがらかに香奈が笑う。

重い印象を与える髪を綺麗に結い上げてもらってすっきりした美夢も、返事はなかったものの、珍しくはにかんだ笑みを浮かべていた。

「こんな格好、向こうじゃ絶対にできないもんね。得した気分。――佑亜くんも似合ってるわよ」

「そうですか？　なんか、このズボンがすっごく恥ずかしいんですけど……」

膝丈のズボンに白い長靴下は、幼稚園児の正装を連想してちょっと恥ずかしい。ちなみに靴は踵《かかと》の高いタイプの布製で、やっぱり刺繍が施されていた。

「スラッと軽快に見えるわよ」

「……そうなんだ」

「佑亜くん、諦めろ」

ぽんぽんと宥めるように相田から背中を叩かれて、佑亜は渋々頷いた。


「どうやら皆、準備はできてるようだな」

しばらくして、シルヴァーノが夜会の案内人として現れた。

アンジェリアは王族として夜会の客人を出迎えている最中なのだそうだ。

シルヴァーノの装いは、佑亜達と違って軍服の礼装だった。

黒地に金の刺繍の入った軍服に、シルヴァーノの赤い髪が良く映える。ごちゃごちゃとした余計な飾りがない軍服のストイックさは、スタイルの良さを引き立てていた。

(僕もああいうのが良かったな)

佑亜が思わずその姿に見とれていると、シルヴァーノが満面の笑みで歩み寄ってきた。

「ユーア、我が国の衣装が良く似合っているぞ。洗礼前でさえなければ、もっと身体に合う服を仕立ててあげたいところなのだが」

「……いえ、これで充分です」

ただでさえ軍服で五割増し格好いいのに、その神々しいばかりの美貌に浮かんだ笑顔があまりにも眩《まぶ》しすぎて、佑亜は思わずシルヴァーノから視線をそらした。

だがその途端、にやにやと生温い視線を送ってくる香奈と計都の顔が見えて、なんだか気まずくて俯いてしまう。

「では皆、夜会会場へ行こう」

シルヴァーノの声がけで離宮を後にする。

部屋に籠もっている安藤以外の招かれ人六人とシルヴァーノ、そしてそれぞれについている護衛達を合わせると総勢二十一人の大所帯だ。

いつも佑亜は一番後ろからついていくのだが、案内役のシルヴァーノは佑亜から離れるつもりがないようなので、仕方なく先頭を歩く。

「表から入ると人目につく。今日は裏通路を使おう」

そこは主に使用人達が使う道で、来客の目に触れないよう料理等を会場に運び込んだり、汚れ物を片付けたりするのに利用しているらしい。

裏通路だけあって絵画などの飾り物は一切なかったが、しっかりした造りの綺麗な通路だ。

複雑に枝分かれした通路を何度か曲がり、行き当たった階段を上がるとすぐに虹色に輝くカーテンに覆われた一角があった。

「さあ、中に入るといい。この中にいれば外からは見えないし会話を聞かれる心配もない。ゆっくり夜会の雰囲気を楽しめるぞ」

中には座り心地のよさそうなソファやテーブルがしつらえられていて、居心地のよい空間になっていた。

周囲を覆う虹色のカーテンは中から外を見る分にはほぼ透明で、眼下に広がる夜会会場が一望できる。

どうやら夜会は始まったばかりのようで、ホールの中央では一組の男女が踊っていた。

「今日のファーストダンスはコンラットか」

「どなたですか?」

「我が国の王太子、アンジェリアの一番上の兄だ。パートナーは婚約者だな」

カーテン越しに手すりを摑んでホールを見下ろした。

コンラットは父であるカーティスと同じ赤毛に緑色の瞳で、面差しもよく似ている。

見つめ合いながら踊るパートナーは、プラチナブロンドの線の細い美女だ。

（凄い美人……）

神秘的な雰囲気の繊細な美貌につい見とれていると、「あの美人の耳、少し尖《とが》ってない？」と、計都が自分の護衛の騎士に聞いた。

「あの方にはエルフの血が混ざっているのです」

「へえ。王族って人族以外との婚姻もＯＫなんだ。偉い人達って純血に拘《こだわ》りそうなものだけど」

遠慮会釈《えしゃく》のない計都の言葉に、シルヴァーノが苦笑して「それはない」と応じる。

「竜の血が混ざっている時点で、ここの王族は純血ではないからな」

寿命の長い王族が普通の人族を娶れば、人生の半ばほどで伴侶を失うことになってしまう。

それを厭《いと》うあまり、ここ何代かの国王は百歳前後に婚姻するのが常だったそうだ。

「だがコンラットの場合、伴侶も寿命が長いからむしろ都合がいいのだよ」

コンラットやアンジェリアの母親も、何代か前に王家の姫が降嫁した家系で只人よりも少し寿命が長いらしい。

「もっとも人族の国家の中で、ここまで混血を忌避しないのは我が国だけだがな」

「他の国では差別があるんですか？」

「残念ながら」

差別のない暮らしを求めて他国から移住してくる者も多いのだとシルヴァーノが教えてくれた。

「こっから見てるだけでもずいぶんと色んな種族がいるな」

「あ、天使もいる！」

「天使というと、神の御使いのことでしょうか？」

計都や貴史の質問に答えたのは、彼ら専属の護衛騎士だ。

「そだね」

「ならば、それは違います。あの方は有翼族の王族ですよ。あれだけ見事な白羽は滅多に産まれないそうです」

「腕に鱗《うろこ》が生えてる人は？」

「たぶんリザードマンと人族との混血でしょうね」

「リザードマンって卵生じゃないの？　人族と子供できるんだ」

「もちろんです。人族は最も他種族との混血が可能な種族ですので」

この世界の人族は身体のサイズと生息する環境が同程度ならば、大抵の種族との混血が可能らしい。

ファーストダンスが終わると、次々にダンスに興じるカップル達がホールに進み出る。

もちろんグラス片手に社交にいそしむ者達もいて、流れる音楽をバックにさざめくような声や笑い声でホールは賑やかになっていった。

「色んな人がいますね」

特に気になったのは、鈍色《にびいろ》に輝く下半身の蛇体を誇らしげにくねらせて進む、人族の若者と腕を組んだ美しいラミア族の女性だ。きらきらしいプラチナブロンドと長く尖った耳が特徴的な美形のエルフの集団にもつい見とれてしまう。

それ以外にも動物の耳や尻尾《しっぽ》のある人もいるし、まるっきり二足歩行の動物にしか見えない人もいる。

「あの小さい人達は？　ドワーフですか？」

佑亜は、スイーツ関係が並べられているテーブルの周りできゃいきゃい騒いでいる人族の半分ぐらいの身長の青年達を指差した。

「いや、あれらはホビットだ。ドワーフはあっちだな」

シルヴァーノが指差した先には、会場の隅の床に座り込んでワインを樽《たる》で飲んでいる髭《ひげ》ぼうぼうで小太りのおじさん達がいた。

夜会はまだ始まったばかりだというのに、すでにかなりでき上がっているように見える。

(ドワーフって、本当に酒好きなんだ)

エルフは金髪で耳が尖っていて美男美女揃い、ドワーフはずんぐりむっくりで髭ぼうぼうでお酒好き。

あまりにもファンタジー小説で読んだイメージ通り過ぎて、むしろ奇妙に思えてくる。

「僕らの世界にはエルフやドワーフはもちろん、ラミアやリザードマンだって存在していなかったはずなのに、どうしてその知識だけは伝わっていたんでしょう？」

「招かれ人の魂がこちらに来るように、こちらから向こうに渡る魂があるのかもしれないな」

「魂ですか？　肉体ごとじゃなく？」

「かつて、招かれ人の奇跡を自分達の手で行えないかと不遜《ふそん》な研究している者達がいたのだが、肉体を伴って界を渡ることはできないという結論に達したはずだ。だが魂だけならば可能なのかもしれない。現にユーアは、私の魂の番なのにこちらではなく向こうの世界で生を受けたのだから」

「……どうしてそんなことが起きるんでしょう」

「さて。どこかに穴でも開いているのか。もしくは女神の悪戯《いたずら》か……。女神に聞いてみたいものだが、神託スキルが無いのが残念だ」

神々から直接神託を受けるスキルを持つのは神殿の高位神官のみらしい。しかもほとんどが神々からの一方通行で、こちらから質問することは滅多にできないのだそうだ。

それからしばらくの間は、手すりにつかまったままカーテン越しにパーティー会場を眺めていた。隣に陣取っている大学生三人組は飽きもせず会場を眺め、騎士達にあれこれ質問をし続けているが、佑亜はさすがに飽きてきた。

振り返ると、とっくに飽きていたらしい相田と香奈が、ソファに座ってグラスを手にのんびり会話している姿が見えた。

（……なんかいい雰囲気）

ずいぶんと会話が弾んでいるようで、ふたりとも楽しそうだ。邪魔するのはちょっと申し訳ない雰囲気だ。

どうしようかなと考えていると、「下に降りてみるか？」とシルヴァーノに提案された。

「いいんですか？」

「ひとりぐらいならば、お忍びできた他国の貴族だと誤魔化せる。なんだったら、踊ってみるか？」

男同士で？　と問い返しかけて慌てて口を閉じた。

夜会会場では、男女問わず同性同士のカップルもそれなりにいたからだ。

(差別するようなこと言っちゃ駄目か)

この世界ではこれが普通なのだから。

だから佑亜は、「踊ったことがないので無理です」という理由で断った。

「それもそうか……。ならば、料理を見に行かないか？」

この部屋に用意されているのはオーソドックスな料理ばかりらしく、下にいくと珍しい他国の料理や創作料理、珍味も沢山あるのだとか。

夜会の席でしか見られない芸術性の高い凝った料理もあると聞いて、佑亜は興味を惹かれた。

「それならちょっと行ってみようかな」

とりあえずみんなにも、なにか食べたいものはないかリクエストを聞くことにした。

「麺料理」「肉！」「あの……珍しいフルーツがあったらお願いします」「スイーツがいいわ。手の込んだやつ」「酒がいいな。特にアルコール度数の高い酒があったらよろしく」

「了解しました」

てんでばらばらのことを言う皆の声に頷いて、シルヴァーノに促されるまま虹色のカーテンをくぐって個室の外に出る。

「階下に降りる階段はこちらだ」

「はい」

シルヴァーノから腕を差し伸べられた佑亜は、ごく自然にその腕に手をかけていた。

いつのまにか慣らされてきている自分にびっくりだ。

最初は驚いたシルヴァーノの縦に伸びた虹彩も、今ではすっかり見慣れて普通になってしまっている。

「このホール、上から見るよりずっと広いんですね」

「ああ、あのスペースからだと死角になっている部分も多いからな」

広いホールの所々に飲食や休憩できるスペースがあり、多くの人達が歓談している。

踊っている華やかな女性達や、グラスを手に立ち話をしている一団を遠目に眺めながら、料理のある一角へとゆっくり会場を移動した。

最初のうちこそ興味津々《しんしん》で周囲を眺めていた佑亜だったが、シルヴァーノの存在に気づいた人々がこちらに向かって次々に無言で深くお辞儀していくのを見て視線のやり場に困るようになった。

自分がシルヴァーノを独占しているせいで、彼らが話しかけられずにいるのかもしれないと思うと気まずくもある。

「あの……僕ならひとりでも元の場所に戻れますから、挨拶している皆さんの元に行かれても大丈夫ですよ」

「ユーアは優しいな」

どうぞと勧める佑亜に、シルヴァーノは目を細める。

「だがあれらは特に用があって挨拶しているわけではないのだ」

シルヴァーノが言うには、社交界のマナーとして身分の高い者に下位の者が直接声がけすることは禁じられているのだそうだ。

話しかけて欲しかったら、視界に入る場所でお辞儀して声をかけてもらえるのを待つしかないらしい。

特にシルヴァーノは定例の夜会に顔を出すことが滅多にないせいで、この機会にあわよくばお近づきになれればと皆期待しているのだろう。

「ご挨拶する方がいらっしゃるなら、遠慮せずどうぞ」

「気にするな。私の一番はユーアだ。——さて、料理は向こうだな」

シルヴァーノは挨拶してくる者達に軽く手を振ってその場を離れ、料理が並べてある一角へと佑亜を連れていった。

「うわぁ、どれもこれも美味しそう」

さっきの個室に用意されていたものとは違って、ここの料理は見た目にも拘っていて芸術的ですらあった。

薔薇や牡丹《ぼたん》等、植物を模して盛りつけられた肉料理や魚料理の数々に、クジャクの羽を思わせるゼリー寄せ。スイーツのコーナーには、全てお菓子で作られた小さな庭園もあり、果実水が流れる噴水には飾り切りされたフルーツがぷかぷかと浮いている。

「綺麗すぎて、食べるのが勿体《もったい》ないぐらい」

「食べられるために作られたものだ。遠慮せずに注文するといい」

シルヴァーノが呼んでくれた配膳係の説明を聞きながら、味見して気に入ったものを取り分けてもらった。

さすがプロだけあって、取り分けられた料理も綺麗に飾りつけされていたし、元々の皿も空いた部分を器用に飾りつけしなおしている。

料理でいっぱいになった大皿をいくつか、メイド達に皆のいる部屋に運んでもらった頃には味見だけでお腹がいっぱいになっていた。

「あとは強い酒だったな」

「はい。皆が言うには、この身体はアルコールに極端に強いらしいんです。どんなにワインを飲んでもほろ酔い止まりで、二日酔いにもならないみたいだって。だからきっと、どれだけ飲めば酔っ払うのか試してみるつもりなんじゃないかな」

昨夜は佑亜もワインを飲んでみたが、ボトル半分ぐらい飲んでもちょっとふわっとする程度で酔った感じはしなかった。

「たぶんおまえ達は、どれだけ強い酒を飲んでも酔わないと思うぞ」

「どうしてですか？」

「今のおまえ達は女神の加護によって作られた借りの身体で生きている。病気や毒には強い」

酒は百薬の長とも言われるが、それでも過ぎれば毒になる。

そして女神の加護によって守られているこの身体は、毒を受けつけない。

「いくら飲んでも無駄ですか」

「酔いを求めているのならば無駄だな。だが、純粋に酒の味を楽しむのならば問題ない。洗礼を受ければ普通に酔えるようになるだろう。今のうちに色んな酒を試して、好きな酒を捜すのもいいだろう」

「そうします」

この身体は、どんなに飲んでも酔わないし二日酔いにもならないのだから酒を試飲するには最適だ。

「飲み比べするのならば、酒は改めて離宮のほうに届けさせよう。そのほうがゆっくり試せるのではないか？」

「ですね。お酒でお腹がいっぱいになっちゃったら、せっかくの料理が無駄になっちゃうし」

とりあえず今日は料理に合うお酒を何種類か選んでもらってから個室に戻ることにした。

その途中、ホールに目をやると、中央で踊るアンジェリアの姿が目に入った。

「ヴァン、見て。お姫さまがちびっ子と踊ってますよ。すごく可愛い」

アンジェリアのお相手は、十歳に満たない銀髪の少年だ。

かなりの身長差だが、慣れているのか踊りはスムーズだし、ふたりともとても楽しそうだ。

「あれはロレンシオだな。王妃の甥《おい》で、アンジェリアの従兄弟《いとこ》だ」

王族直系のアンジェリアは寿命が長いので、婚約者を決めるまでには何十年かかかる。特定のパートナーを作ることができないアンジェリアにとって、年下で成人前のロレンシオは都合がいい相手なのだそうだ。

立ち止まったままアンジェリア達のダンスを眺めていると、ちょうど曲調が変わったタイミングで踊りを止めたふたりがこちらに歩み寄ってきた。

「伯父様、ユーア様も。どうしてフロアに？」

アンジェリアは普通に話しかけてきたが、ロレンシオのほうは身分差のせいか胸に手を当て無言のまま会釈するだけだ。

ふたりとも踊った直後で興奮しているのだろう。上気した頬が初々《ういうい》しくてとても愛らしい。

「珍しい料理や酒を皆のために物色してきたところだ」

「お姫さま、こんばんは。とっても素敵なダンスでした」

「まあ、ユーア様。ありがとうございます。――おふたりも踊られては？」

「こちらのダンスは踊れないんです」

「残念ですわね。もう少し時間があったらお教えすることもできましたのに……。――では伯父様、こんな機会はこれから先もう二度とないかもしれませんし、わたくしと一曲だけ踊ってはくださいませんか？」

「それもそうだが……。今日はユーアがいるからな」

「あ、僕なら大丈夫です。ここで大人しく待ってますから」

「そうか？　ならば一曲だけ。――ロレンシオ。ユーアはこの国の社交に不馴れだ。私が戻るまで側にいて守ってやってくれ」

「承りました」

ロレンシオは緊張した面持ちで頭《こうべ》を垂れた。

「頼むぞ。――では、いくか」

シルヴァーノはアンジェリアの手を取ると、ホールの中央へと進み出ていく。

やがてふたりは、曲に合わせて踊り出す。

ふたりとも華やかな容姿で人目を引くし、シルヴァーノが夜会に顔を出すのが久しぶりだったこともあって、人々の視線は踊るふたりに釘付けだ。

「おお。ルートシュテット公爵とアンジェリア姫が踊っておられる」

「ふたりともなんとお美しい」

ふたりのダンスを微笑ましく眺めながら、周囲から漏れ聞こえてくる会話をぼんやり聞いていた佑亜の耳に、「お似合いですよね」と、ぼそっと呟くロレンシオの暗い声が聞こえてきた。

「僕では、あんな風にしっかりホールドできませんし……」

「それは仕方ないのでは。ロレンシオくんも成長すればできるようになりますよ」

「……それじゃ遅いんです」

ぼそっと呟く声はやはり暗い。

(もしかして初恋?)

ロレンシオは、年上のアンジェリアに恋心を抱《いだ》いているのだろうか?

近くで見るとロレンシオの耳は少し尖っていた。もしエルフの血を引いているなら、長命な王族の相手としてはうってつけなのではないだろうか。

（ワンチャンありそう）

シルヴァーノを前にして勝ち目がないと挑む前から諦めかけている少年を励ましてあげたくて、佑亜は軽く屈んでロレンシオと目を合わせた。

「ヴァン……じゃなくて、ルートシュテット公爵は魂の番を持つ竜人ですよね。いくらお似合いでも、アンジェリア姫とどうこうなることはないのではありませんか」

「ユーア様は、アンジェリア姫が今お世話なさっている異国のお方なんですよね？」

「そうです」

「ならば、あまり詳しい事情をご存じないんですね。……ルートシュテット公爵が、とても珍しい先祖返りの竜人だということはご存じですか？」

「もちろん。それがどうかしたんですか？」

「先祖返りの竜人は、これまで前例がないのです。ですから、ルートシュテット公爵に魂の番が現れるという確証もありません」

シルヴァーノがこの世に生を受けて、すでに三百年以上の時が過ぎている。それなのにいまだに魂の番を得ていないのはおかしいと囁く者達がいるのだそうだ。

イレギュラーな存在である先祖返りの竜人だけに、もしかしたら魂の番が存在しない可能性もあるのではないかと……。

もしそうなら、魂の番が現れるのを待ち続ける意味がない。

現れるかどうかわからない魂の番の出現を待つよりも、身近にいる釣り合いの取れる相手と幸せになったほうがよいのではないかと。

「もしかして……お姫さまがその候補に？」

佑亜の質問に、ロレンシオはこくんと頷いた。

「ルートシュテット公爵は、王族の中でも特にアンジェリア姫を可愛がっておられます。ですから、その……魂の番でなくとも伴侶になれる可能性があるとしたら、アンジェリア姫以外にはいないと言われてて……」

それ故に、アンジェリア姫から弟のように可愛がられているロレンシオに、アンジェリア姫のほうはどう思っているのかと探ってくる者達が後を絶たないのだそうだ。

（好きな人のことをそんな風に何度も探られたら、落ち込みもするか……）

長きにわたって国を守ってきてくれたシルヴァーノの幸福を願えばこその暴走。

だが、シルヴァーノから魂の番だと宣言されてしまった佑亜としては、非常に居心地が悪い。

（今ここで、僕がシルヴァーノの魂の番だと宣言するわけにはいかないし……）

そもそも佑亜には、自分がそうだという実感がない。

しかも、招かれ人であることは秘密なので、これ以上ここで目立つわけにもいかない。

「ルートシュテット公爵は、これからも魂の番を待ち続けるつもりだとおっしゃってましたよ」

すでに自分がロックオンされていることは言えないので、仕方なく事実だけを告げると、ロレンシオはパッと顔を上げた。

「本当ですか？」

「はい。先日お話を伺った際に、そのようなことをおっしゃっておられました」

「それなら、僕が大人になるまで猶予があるかもしれませんね」

早く大きくならなきゃと焦ったように呟いたロレンシオは、ハッとして佑亜を見上げた。

「異国のお方に恥ずかしい話をしてしまいました。あの……どうかこのことはアンジェリア姫には……」

「大丈夫。内緒にしておきます」

佑亜は心配そうなロレンシオに微笑みかけてから、視線をホールに戻した。

（……猶予ね）

つまりロレンシオは、この先もシルヴァーノとアンジェリアの縁談が完全に消えることはないと判断しているわけだ。

たぶんそれが、この国における共通認識なんだろう。

（僕がシルヴァーノの魂の番だってことが知られたら、どうなるんだろう）

洗礼を受けて、魂の番である自覚を得られればよし。

だが洗礼を受けた後も、これまで同様シルヴァーノに対して魂の番としての感情を抱けなかったとしたら？

国の守り神とも言われて、国民みんなから慕われているシルヴァーノ。

その彼を幸せにするどころか、むしろ不幸にする存在だと思われてしまうのではないか。

（そうなったら、きっと針のむしろだ）

国中から嫌われることを想像して、ぞっと背筋が冷えた。

そうなれば、出来損ないの魂の番よりアンジェリア姫のほうがお似合いだと、縁談が再燃することにもなりかねない。

（まあ、確かにお似合いだけど……）

ホールの中央で楽しげに踊っているふたり。

客観的に見て、洗練された立ち居振る舞いも、その華やかな出《い》で立《た》ちも、文句のつけようがないぐらいにお似合いのカップルだ。

映画の一場面のような鮮やかなダンスシーンは見とれるほど素晴らしいのに、なぜか佑亜はどうしても見ていられなくなって、ふたりから視線をそらしてしまった。

（なんだこれ？）

どうしてだろう。

なんだか胸がもやもやする。

（まさか……嫉妬？）

魂の番だと自覚することができずにいる今の自分が、そんな感情を抱くはずはない。ないのだが……。

（こういうの、わかんないや）

ずっと忌避感があって恋愛事から逃げ回っていたせいか、佑亜はこの手の感情には不馴れだし、どうしても持て余してしまう。

（……洗礼を受けたら、色んなことがもっとはっきりするのかな）
その時まで、この感情は棚上げしておこう。
もやもやした感情を持て余しながら、佑亜は溜め息をついた。

6

王城の離宮でお世話になってから十日目、やっと女神エルトリアの神殿で洗礼を受けられることとなった。

「やっとか。もう待ちくたびれたよー」

「準備期間だったって思えばいいのよ。計都くん達だって、この間にこれからの計画を立ててたんでしょ？」

この知らせを受けて愚痴る計都を、すっかり皆のお姉さんポジションに収まった香奈が苦笑しつつ宥めてくれている。

実際、この十日間でほとんどの者が身の振り方を決めていた。

佑亜はシルヴァーノの屋敷の庭師に弟子入りする予定だし、貴史と計都は騎士団の見習いになるつもりのようだ。どうしたらいいのかわからないとずっとおろおろしている美夢は、貴史達に勧められるまま騎士団の事務所でお手伝いをすることに。相田と香奈は、それぞれ希望する職種の師匠をアンジェリアから紹介してもらったと聞いている。

ずっと部屋に閉じこもっていたせいで安藤だけはなにも決まっていないが、サラリーマンとして長く働いてきたんだから、洗礼を経て気持ちが落ち着いたら、それなりに仕事を得て生きて行くこともできるだろう。

「招かれ人が勤勉だというのは本当なのですね。望めば、働かずにこの王城でずっと楽しく暮らしていくこともできますのに」

これから先のことを真面目に考えて計画を立てる招かれ人達を見て、アンジェリアが感心したようにそう言ったことがある。

「えー、遊んでばっかじゃつまんないよ。せっかくファンタジー世界に来たんだから、もっとこの世界をちゃんと満喫しなきゃ」

「そうね。人生やり直せる機会を与えられたんだもの。今度は後悔しないように生きたいわ」

「同感だな」

仲間達の言葉に、佑亜も無言で頷いた。

なにもかも全てリセットして、もう一度新しく生き直すチャンスを得られたのだ。

なにもせず、ただ漫然と生きるだけでは勿体ない。

なんのしがらみもない世界で、思うまま自由に生きてみたかった。

(そっか。だから女神様は、人生をやり直したいって強く思ってる人だけをこの世界に招くんだ)

ただ漫然と人生を送っていた人がこの世界に来たら、王城での贅沢《ぜいたく》な暮らしに慣れて、流されるままなにも成すことのない人生を漫然と過ごしてしまうことになるだろう。

だが、人生のやり直しを強く望んでいた人は違う。

この機会を生かし、今度こそはと新しい人生に向かって力強く一歩を踏み出していく。

そう、佑亜達のように……。

（そうでなきゃ、女神様だって見てても楽しくないもんね）

招かれ人を主役にしたリアリティショーを楽しむのなら、怠惰な人生より、山あり谷ありの波瀾《はらん》万丈な人生のほうが面白いに決まってる。

きっとそういうことなんだろう。


神殿へ向かう当日、一行は六頭立ての大きな馬車で王城を後にした。馬車にはシルヴァーノだけでなく、招かれ人の世話役であるアンジェリアとその侍女も同乗している。

「わたくしが責任を持って、皆さまを無事に女神エルトリアの神殿までお送りいたしますわ」

初の大役に張り切っているアンジェリアは、襲撃者にとってはこの移動中が最後のチャンスだからと、王の許可を得て騎士団を総動員して馬車の護衛にあたらせている。

その結果、馬車の周りは騎士だらけ。神殿へと向かう道も騎士達にしっかり警備されていた。

そんな大袈裟な警備態勢を目撃した王都の住民達は、いったい何事が起きたのかと戦々恐々としているようだ。

「いたずらに皆の不安をかき立てるのはまずくないですか？　ほら、あそこ。子供が怖がって泣いてますよ」

不安そうにこちらを眺めている住民達の姿を馬車の窓から見つけた相田が、アンジェリアに意見した。

「可哀想《かわいそう》ですが、今だけ辛抱してもらいますわ。夜には招かれ人が我が国に現れたことを公表して、事情を説明することもできますもの」

招かれ人が現れたと公表すると同時に、民に酒やお菓子を振る舞う準備もすすめていると、アンジェリアが楽しげに教えてくれた。

「夜には花火も予定しておりますわ」

「花火？」

その単語を聞いた途端、佑亜だけじゃなく招かれ人全員が一斉に首をひねった。

（なんだろう？　なんか引っかかる……）

花火と聞いて脳裏に浮かんだのは、夜空に鮮やかに浮かんでは消える光の花だ。だが、その光を発生させるための仕組みがどうしても思い出せない。

つまりこれも、女神エルトリアによる記憶操作なのだろう。

（この世界には不要な知識ってことか）

そんな風にあっさり納得してしまった佑亜とは違い、好奇心旺盛な計都はアンジェリアに質問する。

「ねえねえ、お姫さま。この世界の花火ってどういう仕組み？」

「光魔法や火魔法を使うのですわ」

魔法を駆使して、夜空に花を咲かせるだけではなく、美しい風景や幻獣の姿を描き、さらには動かして見せることもできるらしい。

「我が国で一番人気なのは、やはり竜ですわね」

『建国記』でも一番人気のエピソード、三の竜に乗って魔獣を駆逐する初代王の姿を模した花火が王都の夜空を飛び回る時には、皆が夜空を見上げて大歓声を上げるのだとか。

「夜空を飛び回る花火って……」

「俺達が知ってる花火とは完全に別物だな」

「プロジェクションマッピングみたいなものなのかもね」

時間はどれぐらいかかるのかとか、どこから見ればいいのかとか、この世界の花火に興味津々の皆がアンジェリアに質問攻めをしている。

「お祭りみたいだ」

「みたいじゃなく、祭りなのだ」

ぼそっと呟いた佑亜に、シルヴァーノが答えた。

「招かれ人が我が国に預けられたのは、ひとえに女神が我が国の在り方を認めてくださったということ。ヴェンデリン王国こそが、今この世界で最も安定した幸せな国だという証明にほかならない」

その事実を全世界に高らかに宣言して皆で喜び合う。

きっと王都は、かつて無い程の歓喜に包まれるだろうとシルヴァーノが楽しげに告げる。

「祝祭の花火は、家族や恋人、友人などと共に見上げ、喜びを分かち合うものだ。私もユーアと共に喜びを分かち合いたい」

いいか？　と問われた佑亜は頷いた。

「もちろん。他の皆とも一緒ですけど」

「わかっている。こうして隣にいてくれるだけで充分だ」

(花火を見る頃には、僕の気持ちも変わってるのかな?)

洗礼で、身体だけではなく、心の在り方まで本当に変わるものなのだろうか?

未知の体験だけに少し不安だ。

だが、それ以上に新しい人生がはじまることへの期待感のほうが強い。

(きっと大丈夫)

なるようになる。それも、たぶんきっと良いほうに……。

佑亜は、漠然とそんな予感を抱いた。


馬車に揺られること一時間、やっと神殿に到着した。

「招かれ人の皆様、お待ちしておりました。私は大神官より皆さまの案内を仰せつかった上級神官のアロウと申します。どうぞこちらへ」

白い石造りの神殿の門をくぐったところで馬車を降り、出迎えの神官に先導されるまま神殿内部へと向かう。

神殿内に入ることを許されるのは護衛騎士だけで、その他の騎士団員は門前で待機だ。その代わり、神殿の内部には神兵と呼ばれる神殿独自の兵がいて、襲撃者に対する警戒を請け負ってくれていた。

神官に導かれるまま、招かれ人達はそれぞれの護衛騎士に両脇を固められて通路を進む。

一般の参拝客もちらほら見受けられる参拝用の通路を抜け、さらに奥まった場所にある大きな扉の前までくると、神官は足を止めた。

「この扉から先は護衛の皆さまもご遠慮ください。別室を用意してありますので、洗礼が終わるまでそちらでお待ちを」

ここから先は神域で、神に仕える者と招かれ人しか入ることは許されていないのだそうだ。王族も例外ではないらしい。

「わかりました。それでは皆さま、わたくし共は皆さまが無事に洗礼を終えられることを、ここでお祈りしております」

「ありがとうございます。それでは、行ってきます」

アンジェリアの言葉に貴史が代表で答え、神官に促されるままに扉の中へと入っていく。

「じゃ、また後でね」

「すっげー強くなって戻ってくるからさ。楽しみにしてて」

この十日間ですっかり親しくなった護衛達に香奈や計都が明るく手を振り、皆でぞろぞろと扉をくぐっていく。

佑亜も護衛やシルヴァーノに目礼して、その後を追おうとしたのだが、不意にシルヴァーノから腕を摑まれ、ぐいっと引き戻された。

「くれぐれもひとりにはならないように……。神兵の側から絶対に離れるな」

シルヴァーノはやけに心配そうな様子だった。

「……もしかして、まだなにか不安要素が残ってるんですか？」

「ああ、いや。違う。神殿の者達は信頼できると頭ではわかっているのだが……」

わかっていても、魂の番が自分の力が届かない場所に行ってしまうことに拒否感があって、不安になるのだとシルヴァーノが言う。

「大丈夫です。ちゃんと戻って来ます」

「そうだな。待っている。――共に花火を見よう」

「はい。楽しみです」

佑亜が頷くと、シルヴァーノの手が名残惜《なごり》しげに腕から離れた。

「じゃあ、行ってきます」

小さく手を振って、佑亜は駆け足で皆の後を追った。

「いちゃいちゃしちゃって」

「閣下は心配性ね」

振り返った計都と香奈がにやにやしてからかってくる。

「もう、やめてくださいよ。まだそういうんじゃないんですから」

「まだ？」

「ふうん。そっかー。つまり、いずれはってことね」

「あ、いや、まだなにも決まってないから……」

「いいからいいから」

「その時がきたら一番に教えてね？」

「知りません」

にやにやしてしつこくからかう二人から、佑亜は真っ赤になってぷいっと視線をそらした。

神域の中では、まず白い貫頭衣に着替えさせられた。

膝丈の長さの貫頭衣はまるでワンピースみたいで正直微妙だ。

「せめてもうちょっと裾《すそ》が長かったら、まだマシなんだけど……」

「なんでこんな微妙な長さなのかね」

ぶつくさ文句を言いつつ移動して、ゆったりした長椅子やソファがある部屋で待つようにと言われる。

ここからひとりずつ呼ばれ、洗礼を受けることになるのだそうだ。

洗礼を受ける順番は招かれ人に任せるとのことだったので、すでに昨夜のうちにあみだくじで決めてある。

あみだくじで一番を引いたのは美夢だ。

だが臆病な彼女が一番乗りなどできるはずもなく、二番目だった貴史が順番の交換を申し出ていた。

「じゃあ、お先に」

「いってらー」

神官が迎えに来ると、気軽に手を振って貴史は部屋から出て行く。

それから十分程経って、またさっきと同じ神官が迎えに来た。

「アロウさん、貴史は？」

「洗礼を無事終えられて、別室で皆さまをお待ちです。次はどなたが？」

「美夢ちゃん、行ける？」

「え……あの……」

計都に促されても、美夢はぶるぶる震えるばかりで座っていたソファから立ち上がれそうもない。

「待たせるのもなんだし、私が先に行くわ」

三番目だった香奈がすっくと立ち上がる。

「ありがと、ねーさん」

「どういたしまして。――じゃ、また後でね」

「いってらっしゃい」

香奈が出て行ってからから十分後、また神官が迎えにきた。

「まだ駄目そうだね。俺が先に行こう」

怯える美夢の様子をみて、四番目だった相田が立ち上がる。

「美夢ちゃん。そろそろ覚悟決めたほうが良い。最後のひとりにならないようにね。――じゃあ行ってくる」

相田が扉の向こうに消えると、さすがにこれ以上は駄目だと思ったのか、計都が美夢を説得しはじめた。

「次は美夢ちゃんの番だよ」

「え、でも……」

「でもはダーメ。五番目は俺だよ？　俺が先に行っちゃったら、美夢ちゃんの背中を押せる奴がいなくなっちゃうでしょ？」

　確かにそうだ。

　佑亜には怯える女性を無理矢理押し出すような真似はできそうにないし、安藤もそんな面倒なことはしないだろう。神官や神兵が、招かれ人の意に反する行動ができるとも思えない。

「洗礼が終わったら、貴史や香奈ねーさん達が待ってる部屋に行けるんだ。ひとりになるのは、ほんのちょっとの間だけだよ？　最後のひとりになって洗礼を受けられなくなったりしたら、一月後――もう半月後か――にはひとりで死んじゃうことになるんだよ？　それは嫌だろ？」

　ちょっとだけ勇気出して頑張ってみようよと、計都が必死で説得する。

　香奈は怯えつつもその言葉に頷いていたのだが、いざ神官が迎えに来るとやはり勇気が出ないようだった。

「美夢ちゃん？」

「あ……足がすくんで動かないの。こ、怖くて……」

「洗礼を受ける気はあるんだよね？」

「う、うん」

「だったら、ちょっとだけ我慢して。——すみませーん。ひとりこっち来てもらえますか？　この子、自分で歩けないみたいなんで、抱き上げて連れてってあげてください」

計都は扉の周辺を守っている神兵をひとり呼び寄せると、美夢を託した。

「招かれ人様に触れても、よろしいのでしょうか？」

「ご本人が是とおっしゃっておられるのですから、問題ないでしょう」

「美夢ちゃん、また後で。頑張ってねー」

「う、うん」

呼び寄せられ戸惑う神兵に神官が頷き、美夢は真っ赤になったまま神兵にお姫さま抱っこされて部屋を出て行った。

たぶん洗礼の場でも、美夢を怖《お》じ気《け》づかせることがあったのだろう。次に神官が迎えにきたのはそれから三十分も過ぎた頃だ。

「やっと俺の番だ。じゃ、後でねー」

「はい。いってらっしゃい」

ぴょこんと立ち上がった計都が、浮き浮きした様子で部屋を出て行く。

それから十分後、やっと佑亜の番が来た。

「行ってきます」

ソファに座るなり、ずっと目をつぶったまま黙っていた安藤に挨拶して立ち上がる。

きっと見送られることなく向かうことになるんだろうと覚悟していたから、「おう」と思いがけず返事があって佑亜は少し嬉しくなった。

最後のひとりである安藤には見送ってくれる人はいない。その代わりになればと「向こうで待ってますね」と伝えてみたのだが、これは無視された。

（しょうがないか）

洗礼を受けて変化すれば、安藤だって今より心を開いてくれるようになるかもしれないと気持ちを切り替えて部屋を出る。

神官を先頭に、数人の神兵に守られて白い通路を歩いた。

（この通路、どこまで続くんだろう）

見た感じずうっと先まで続いていて、果てがないように見える。無機質な白い通路を延々と歩くことを思うとさすがにうんざりした。思わず俯いて溜め息をついた佑亜は、ふと気づく。

（おかしい。十分ぐらいで迎えが来たんだから、聖なる泉がそんな遠い場所にあるわけがない）

どういうことだろうと慌てて顔を上げると、目の前に精緻な彫刻が施された大きな扉があった。

「はぁ？」

さっきまで確かに何もなかったのに、いきなり出現した扉に絶句する。

「ここが聖域の入り口です。普段は女神のお力で隠されているのですよ。女神が許した者以外見えませんし、触れることもできません。——どうぞ、中にお入りください」

扉を押し開けた神官に促され、聖域の中に招き入れられる。神兵達には門が見えていないようで、その場で待機だ。

「うわぁ……」

聖域の中に一歩入ると、そこには明るい草原が広がっていた。

そして目の前には一本の巨大な木がそびえ立っている。

幹周りは大人が十人以上手を繋いでも届きそうにないほど太く、邪魔するものが一切ない広い草原で枝葉をのびのびと大きく伸ばしていた。

「凄い。こんなに立派な木なんてはじめて見た」

感動して見上げたら、風にそよぐ枝葉からの木漏《こも》れ日がキラキラと眩しかった。

「……ここ屋内じゃなかったっけ？」

いつ外に出たんだろうと振り返ったが、なぜかついさっき通り抜けたばかりの扉が見当たらず、ただ草原が広がっていた。

「え？　え？　なんで？」

なにがなにやらわからず困惑していると、小さく笑う声が聞こえた。

「えっと……」

「これは失礼。皆さま同じ反応を示されるのでな。私はこの神殿の大神官、アスタールトと申します」

大神官は白い髭をたたえた、いかにもな好々爺《こうこうや》だ。

「ユーア・キリュウです。あの……ここって、どうなっているんですか？」

「ここは女神エルトリアの聖域。現世とは切り離されておるのですよ」

「はあ……」

(切り離されてるって言われても……)

やっぱり、なにがなにやらさっぱりだ。

女神様がいるファンタジー世界だから、そういうこともあるのだとふんわり納得するしかなさそうだ。

「えっと……ここで洗礼を受けるんですよね?」

「いかにも。ユーア殿には聖なる泉にその身を沈めていただきます」

こちらへどうぞと、手で示された場所は、大きな樹の下にある小さな泉だった。

「え、ここ?」

それは、直径一メートルぐらいの小さな泉。

周囲を水晶のようなきらきら光る石に囲まれ、底にはやはりキラキラ光る丸い石が敷き詰められている。水深は多分十五センチぐらいだろうか。

これでは泉というより、足洗い場だ。身を沈めることなどできそうにない。

「素足になってどうか中央まで」

疑問を感じつつも、言われるままサンダルを脱いで、そっと泉に足を踏み入れた。

(……気持ちいい)

澄んだ泉の水は、ほんのちょっとひんやりしている。

足の裏をくすぐる丸い石の感触にむずむずしながら、一歩進んで中央に立つ。

「これより泉に身を沈めていただきます。少しばかり驚かれるでしょうが、ほんの一瞬のこと。御身に害はないのでご安心を。――女神エルトリアよ。どうかこの招かれ人にご加護を賜らんことを」

両手を組んだ大神官が捧げる祈りを聞いた直後、佑亜はなぜか全身水の中にいた。

「ええっ⁉　なにこれ⁉」

驚いて叫ぶ声が水中に響く。

「苦しくない？　水の中なのに？」

なにがなんだかわからないが、これもファンタジー世界だからとふんわり納得するしかないのだろう。

上下左右、見渡す限りどこまでも澄んだ水の中、これからどうなるんだろうと考える間もなく強烈な眠気に襲われて、逆らうこともできないまま佑亜の意識は途切れた。


「――ユーア殿」

「え？」

名を呼ばれて、ハッと意識が戻った。

目を開けた佑亜は、自分が元通り聖なる泉の中央に立っていることを知った。

「水の中にいたはずなのに……」

不思議なことに着ている服も肌もまったく濡《ぬ》れてない。

髪はどうだろうと手を伸ばして、異変に気づいた。

「あれ？　なんで髪伸びて……——なにこの色っ!!」

短かった黒髪は艶《つや》やかなプラチナブロンドに変わり、緩やかなウェーブを描いて腰より下まで伸びていた。毛先に近づくにつれて緑がかったグラデーションになっているのが奇妙な感じだ。

髪の毛をつまんだ手の色は東洋人特有のオークルがかったものから乳白色に変わり、爪は真珠色に輝いている。

「え？　え？　なにこれ？　どういうこと？」

混乱している佑亜の気持ちに連動するかのように、顔の両脇でなにかがピコピコ動いている。

恐る恐る手で触れてみると、それは耳だった。しかもなぜか今までの丸い耳ではなく、上部が長く尖っている。

「どういうこと!?」

思わず佑亜は耳を見ようとして振り向いた。

が、当然ながら顔の脇にくっついている耳が見えるはずがない。

その代わりと言ってはなんだが、背中から生えた四対の羽が見えた。

「羽!?　え？　なんで？」

背中に羽が生えていると自覚した途端、それをどう動かせばいいのかが自然とわかり、手足を動かすのと同じ感覚でパタパタと動かすことができた。

蜻蛉《とんぼ》の羽に似た形をしているが、翅脈《しみゃく》は緑で、膜の部分は髪と同じように白金から緑へとグラデーションがかかっている。

「……耳が尖ってて、羽のある種族？」

耳が尖っていると言えばエルフだが、夜会で見かけたエルフ達には羽なんてなかった。グラデーションがかかった髪の持ち主も見当たらなかった。

自分はいったいなにに変わってしまったのだろうと呆然《ぼうぜん》としている佑亜に、大神官が手を差し伸べてくる。

「どうぞこちらへ」

促されるままその手を取って泉から出たら、ここまで案内してくれた神官が進み出てきて、「お御足をお拭きします」と震える手で足を拭いてくれた。

「ありがとうございます」

「いえ。御身が光臨なされたこの場に立ち会えて光栄です」

お礼を言う佑亜に、神官が感動したように頭を垂れる。

（御身？　光栄って……）

大袈裟だと笑い飛ばしたかったが、相変わらずピコピコ動いている耳や背中の羽が関係してるんだろうなと予想できてしまって、なんだか少し怖い。

（もしかして、なにかとんでもない種族に変化しちゃったのか？）

困惑したまま大神官を見ると、気持ちはわかると言わんばかりに白い髭を撫でつつ頷いていた。

「戸惑っておられますな。もうひとり洗礼を待つお方がおられますので、ここでの説明はご容赦くだされ。ユーア殿への説明は、そちらの扉より出た先にいる者達が行いますのでな」

大神官が手で指し示すと同時に、さっきまでなかった扉が突然出現した。

（……またこれか）

さすがにもういきなり扉が出現しても驚かない。

佑亜は促されるままその扉を開けて外に出た。

一歩外に踏み出した途端に扉はかき消え、佑亜は神殿内の一室にいた。

「まあ、なんて神々しいお姿なの」

棚やテーブルの上に沢山の服が折りたたまれて用意されている部屋で待っていたのは、三人の女性達だ。

「招かれ人様、無事洗礼を終えられたことお喜び申し上げます。私は神官長を務めておりますサリーと申します。こちらの二人は私の助手を務めている神官見習い達ですわ」

おっとりと優しげな老女が、眩しげに目を細めて佑亜を見上げている。

「ユーア・キリュウです。えっと……。ここで僕がどういう種族に変化したのか教えてもらえるって聞いたんですけど……」

「ええ、ええ。お教えいたしますとも。ですが、他の招かれ人様方もユーア様のお姿を見たらきっと同じことを聞きたがると思いますの」

どうやらユーアはかなり珍しい種族に変化したらしい。

そのせいで説明も長くなるようで、何度も同じことを説明するより、皆が洗礼を終えた後でまとめて話した方が良いだろうと神官長に言われた。

「もうじき、最後のお方もこちらにおいでになるでしょう。その前にお召し替えを済ませてしまいましょうね」

招かれ人がどんな種族に変化しても対応できるよう、王城から沢山の衣装が届けられていたのだそうだ。

「ユーア様には、エルフ族の衣装がよろしいでしょう」

「僕、エルフになったんですか？」

「いいえ。ユーア様はエンシェントエルフですわ」

「エンシェントエルフ？」

エルフの上位種だろうか？

もっと具体的に聞きたかったのだが、やっぱり説明は後でと流されてしまって叶わなかった。

今すぐ知りたいのにと不満に思うと、その気持ちに同調したように顔の脇で耳がピコピコ動く。

（やばい。この耳、勝手に動くんだ）

まるで犬や猫のように、本能的に動いてしまうようにできているらしい。

強く意識すればなんとか動きを止めることもできるようだが、気を緩めるとまたすぐに動き出してしまう。

面倒なことになったと、佑亜は小さく溜め息をついた。

「こちらでいかがでしょうか？」

「素敵ね。きっとお似合いだわ」

神官見習いの女性が持ってきた衣装に頷いた神官長は、ユーアを見た。

「ユーア様。その羽を服の中に収めることは可能ですか？」

「羽を服の中に？」

言われると同時に、その方法が脳裏に浮かんだ。

種族特性のようなものは最初から本能として刷り込まれているらしい。

（収めるっていうより、貼り付ける感じか）

意識すると、羽がすうっと小さく薄くなっていって、まるで小さなタトゥーのように背中に貼り付いた。触ってみたがつるりとしていて、肌にすっかり馴染んでいる。

「けっこうです。それではお着替えを」

見習いの女性が二人がかりでユーアからそれまで着ていた服をはぎ取り、新しい白い服を着付けていく。

エルフ男性の民族衣装だというその服は、少しアオザイに似ていた。

立ち襟で肩周りはすっきりしているが、袖と裾にはたっぷりとしたドレープがあり、膝あたりからスリットが入っている。

上衣《うわぎ》にもズボンにも金糸で刺繍が施されていて、最後にキラキラ光るビーズが編み込まれたサッシュを腰にゆったり巻いて垂らして完成だ。

「あつらえたようにぴったりですね。とても良くお似合いですわ。——どうぞ、新しいお姿をごらんになって」

仕上げとばかりに金の組紐で長い髪を背中の中程で緩く束ねると、神官長はユーアを鏡の前へと誘った。

「……うわあ」

鏡にうつった己の姿があまりにもキラキラしていて、佑亜はどん引きした。

他人だと思いたいところだが、動揺したせいで顔の脇で激しくピコピコ動く耳の動きが鏡の中のそれと同調していて、これが自分なのだと認めざるを得ない。

激しく動く耳がうっとうしくて、思わず両手でぎゅっと耳を握って止めると、神官長に笑われた。

「耳の動きは、訓練すればある程度は止められるそうですわ」

エルフ族は子供の頃から訓練して、大人になる頃にはある程度は耳の動きをコントロールできるようになるらしい。

「子供の頃からですか……。しかもある程度」

コントロールできるまでに何年もかかる上に、完全にコントロールはできないのか。

つまりこの先ずっと、感情の乱れが周囲にバレバレになってしまう危険性と隣り合わせで生きなければならないってことだ。

焦れば焦る程、ぎゅうっと握った手の中で耳がピコピコ動く。

(……しかも押さえつけてると痛いし)

勝手に暴れるこれが、自分の身体の一部なのだと否応なく実感させられて、面倒なことになったと溜め息が出た。

とりあえず、耳のことは諦めて手を放し、もう一度鏡を見る。

「目の色も変わってる」

黒からペリドットのような黄緑色に。

しかも虹彩は、よく見ると深緑だ。

髪や目が派手な色合いになったせいでやたらと美形っぽくなってしまったが、顔の造作はさほど変わっていないようだ。

以前より少し大人びて、より中性的になったのは、多分種族特性による補正がかかったせいだろう。

(顔があんまり変わってなくてよかった)

以前は父親似のこの顔立ちが余り好きではなかったが、わだかまりが消えたせいか、今はとくに気にならない。

むしろ、母が愛おしんでくれた以前の顔が失われなかったことが嬉しかった。

7

神官見習いの女性の案内で、佑亜は皆が待つ部屋へ向かった。

「エルフだっ!!」

部屋に入るなり、五、六歳ぐらいの子供が駆け寄ってきてピョンと身軽にジャンプして抱きついてくる。

銀灰色の耳とふさふさの尻尾を持つ獣人の男の子だ。

「わっ！　あれ？　もしかして計都さん？」

飛びついてきた子供を慌てて抱っこした佑亜は、特徴的な男の子の細目に思わず聞いた。

「そーだよ！　年下になっちゃったから、これからは呼び捨てでいいからね。ねえねえ、この尻尾ふさふさでいいでしょー？　お気に入りなんだ」

「はい。とっても素敵です。……えっと、狐《きつね》の獣人ですか？」

ぶんぶんと楽しげに揺れている尻尾の色合いからして狼《おおかみ》かとも思ったのだが、計都の顔立ちと耳の形からそう予想してみた。

「あたり！　銀狐《ぎんぎつね》族は獣人には珍しい魔法特化の種族なんだって。俺、チートできちゃうかもー」

「良かったですね」

洗礼を受けても計都はぶれないなと、佑亜は微笑む。

「計都、いつまでも抱きついてたら重いよ。こっちおいで」

「はーい」

計都を呼んだのは、十歳ぐらいの男の子だ。

金髪に青い目で、幼いながらもなかなか凜々《りり》しい顔立ちをしている。

「……貴史さん？」

「うん、そう。俺も子供になっちゃったんだ。呼び捨てでいいからね」

貴史はどうやら人族になったようで、駆け寄っていった計都と手を繋いでにこにこしている。

「佑亜くんはずいぶん綺麗になったわね。びっくりしたわ」

明るい茶髪に優しい緑の目の二十歳《はたち》ぐらいの女性が話しかけてきた。その隣では、黒髪に茶色の目の二十代前半の青年が穏やかに微笑んでいる。二人とも人族だ。

ひとめ見て、香奈と相田だとわかった。

「随分印象が変わったね」

「肌の質感も私達とは全然違うのね。内側から光ってるみたいに見えるわ。髪も爪もキラキラしてるし、光が当たるとハレーションをおこしそう」

「僕は電飾人間ですか？」

「そんな下品な感じじゃないわよ。もっと繊細で神聖な雰囲気ね。生きた芸術作品ってとこ」

「そだねー。すっごく美人！」

皆からまじまじ見つめられて、佑亜はちょっと照れくさい。

「顔立ち自体はさほど変わってないと思うんですけど……」

「そうね。皆もちょっとハーフっぽくなったぐらいで、面影はそのままだもんね」

「そのお陰で自分の新しい顔を違和感なく受け入れられたよ。ただ年齢が若返ってしまったのが、ちょっと恥ずかしいかな。より魂の在り方に近い形に変化するはずの洗礼で若返ったってことは、年相応に精神が成熟していなかったってことだからね」

「若返って得したと思えばいいじゃない。――ねえねえ、佑亜くんのその姿。エルフなんでしょ？」

「いえ、エルフじゃなく、エンシェントエルフだと言われました」

「エンシェントエルフって、たぶんエルフの上位種だよ。ファンタジーだと、たいてい支配者階級なんだ」

やったね！　と、計都がその場でピョンと飛び跳ねる。

「どうなんでしょう？　この世界では違うかもしれないし……。神官長からは皆が揃ってから説明すると言われてるんです。――ところで、美夢さんはどちらに？」

ひとりだけ姿が見えない。もしかして怖じ気づいて洗礼ができなかったのだろうか。

心配する気持ちが顔に出ていたのか、「大丈夫よ」と香奈が宥めるように肩を叩いてくれた。

「美夢ちゃんはちょっと特殊な種族に変化したみたいで、ここにはこられないんですって。やっぱり皆が揃ってから説明するって言われてるの」

「そうなんですか。よかった」

ホッと胸を撫で下ろしていると、「ねえねえ」と上衣の裾を計都に引っ張られた。

「ケーキあるよ。おっちゃんを待ってる間、ケーキ食べよ」

佑亜が来る前まで皆でお茶を楽しんでいたのだそうだ。大きなテーブルにはお菓子や軽食が所狭しと並んでいる。

「神殿って、質素倹約を旨《むね》としてるイメージがあったんだけど……」

「これはアンジェリア姫が用意してくれたんですって。毒味も済んでるから食べても大丈夫よ」

「ああ、そっか……。洗礼を終えて、僕らの異常耐性も消えちゃったんだ」

これからは毒物や病気にも注意しなくてはならないということだ。

「女性の神官から、お酒を飲むと普通に酔っ払うから気をつけなさいねってこっそり忠告されちゃったわ」

「失敗しないよう少しずつ試していけば良いさ」

「そだねー」

相田の言葉にちゃっかり頷いた計都に、「計都は飲んじゃ駄目」と貴史が注意する。

「俺達は子供なんだから、成人するまで酒はお預け」

「えー。ちょっとぐらいならいいでしょ？」

「駄目。どうせ子供舌になっちゃってて、飲んでも美味しいとは思わないよ。ほら、ケーキ食べな。甘くて美味しいからさ」

貴史からケーキが刺さったフォークを差し出され、計都は「あーん」と口を開けた。ふさふさの尻尾が嬉しげに揺れている。

（……人族だし、これは給餌行為じゃないよな）

二人とも幼い子供の姿なので、普通に微笑ましい光景だ。

和やかにお茶をしていると、やがて大神官と神官長がやってきた。

「ああ、どうぞそのまま。私共も混ぜていただいてもよろしいかな？」

「もちろんです」

こういうとき、これまでは貴史が代表して話をしていたが、子供になってしまった貴史に代わり、自然と相田が声をあげた。

「それでは失礼して……。王宮の菓子は久しぶりですな」

大神官と神官長が空《あ》いていた椅子に座り、側仕えの神官見習いの女性がふたりにお茶を供する。

「安藤さんはどうなりましたか？」

ふたりがお茶を飲み落ち着いたところで、皆が気になっていたことを代表して相田が聞いた。

「アンドー殿なら、そちらに」

大神官が手で指し示したのは、神官見習いの女性のひとりが持っていた大きな籐《とう》の籠《かご》だ。

「籠の中？　小さい種族になっちゃったの？」

好奇心旺盛な計都が駆け寄って行って、ぴょんと飛び跳ねて籠の中を覗き込む。

「赤ちゃんだ！」

「そうです。アンドー殿は人族の赤子に戻ってしまわれたのですよ」

神官見習いが少し籠を傾けて、皆にも中を見せてくれた。

籠の中には、くるくるした赤茶の髪の可愛い赤ちゃんがすやすやと眠っている。

「招かれ人が赤子返りしたなど始めてのことで、私共も戸惑っておるのです」

「洗礼では、より魂の在り方に近い形に変化するんですよね？　安藤さんの魂は、赤ん坊から成長していなかったってことになるんですか？」

「そんなこと有り得ないよ」

相田の疑問を貴史がきっぱり否定した。

「より魂の在り方に近い形に変化するっていうのは、種族に関することだけなんだと思う。年齢の変化に関しては、もう一度人生をやり直したいと思っている時点まで巻き戻してくれてるんじゃないかな」

「貴史くんには思い当たる節があるの？」

「うん。俺、少し前に発病してから、ずっと後悔してたんだ」

遺伝性の病気の発病因子を持って産まれた貴史は、息子の発病を恐れる両親から家に閉じ込められるようにして、それはそれは大切にされてきた。

「毎日の食事は栄養バランスも完璧だったし、疲れを翌日まで持ち越さないようマッサージやヒーリングにも熱心だった」

だが、そこまでやっても結局は発病した。

死に至る病にかかってしまったことを知った時、貴史は後悔したのだそうだ。

「こんなことなら、我慢せずにもっとみんなと遊んでおけばよかったなって……」

親の愛情は理解している。だから過保護だった両親を恨んだりはしない。

ただ、このままだらだらと衰弱して死んでいくのかと想像したら、とても虚《むな》しくなったのだと言う。

「やり直せるものなら、小学生に戻って友達と無邪気に校庭を走り回ってみたいと思ったよ。この姿は、その願いの結果だと思う。――計都にも思い当たる節があるんじゃない？」

聞かれた計都は、無言で貴史の膝の上によじ登ると、顔を隠すようにぎゅっと抱きついてイヤイヤをした。

「自分で言いたくない？」

黙ったままで計都が小さく頷く。

「わかった。――計都は、ちょうどこのぐらいの年齢の時に両親が離婚してるんです。それ以降、親に会うのは年に一度あるかないか。金だけはある家だったそうで、使用人夫婦に育てられたんだって聞いてます。……ここからは俺の想像ですけど、こいつ、親がいる子供が羨ましかったんじゃないかと思うんです。子供時代に親から与えられなかった愛情を今も心のどこかで求めていて、だからこうして子供に返ってしまったんじゃないかって」

貴史がそう言うと、計都は黙ったまま小さな手でぽくぽくと貴史を叩きだした。

図星を指されて照れくさいのか、それとも不正解だと言いたいのか。

顔が真っ赤だし、多分前者ではないかと佑亜は思った。

「その望みは叶いますわ。いま獣人族に連絡を取っています。すぐに良い里親が見つかるでしょう」

神官長が穏やかに微笑む。

だが神官長の言葉を聞いた計都は、ぼわっと尻尾を膨らませると、両手両足でひしっと貴史にしがみついた。

「やだっ!! 俺はどこにもいかないよ！」

「心配いりません。ちゃんとした人達を選びますから」

「ちゃんとしててもヤダ。もう他人の家に居候なんてしたくない！」

ヤダヤダと半泣きで貴史にしがみつく計都は、身体に引きずられたのか心まで子供に返ってしまったように佑亜には見えた。

だが、貴史には違って見えているようだ。

「そうだな。俺達もう親の愛情を求めるような年じゃないもんな。身体はともかく、精神的には二十年以上生きちゃってるんだ。親になる人達だって、おそらく以前の俺達と同年代だろうし……」

貴史は、しがみついている計都の背中をよしよしとぽんぽん叩きながら、なにか真剣に考え込んでいる。

やがて意を決したように顔を上げると、「俺がこいつの家族になります」と神官長に宣言した。

「大学で出会ってすぐに気が合って、それからはずっと一緒だったんです。同い年だけど、手のかかる弟みたいに思ってたからちょうどいい。種族は違っても兄弟ってことにできませんか？」

「まあ……。タカシ様も成人前ですし、里親を紹介するつもりでしたのよ」

「必要ありません。誰より愛してくれた親が向こうの世界にいますから……。ただ後見人というか、家業を継ぐ形での養子縁組には興味があるので、いずれ相談に乗っていただけると助かります」

「では王宮とも相談してそのように計らいましょう。しっかりしてらっしゃるわね」

「肉体はともかく、精神的にはすでに成人している大人ですからね」

貴史が肩を竦める。子供の姿でそういう仕草をすると、大人ぶっているように見えて微笑ましいばかりだ。

「なるほど。精神的に未熟だから若返ったわけじゃないのか……」

「相田さんは、その年齢まで若返った理由に心当たりある？」

ほっとしたように呟く相田に、香奈が聞いた。

「就職する時、私立校に行く選択肢もあったんだよ。教師を辞めざるを得なくなってから、向こうを選んでおけばよかったと後悔したんだ。その後悔で、大学卒業時の年齢まで戻ったのかもしれない」

「なるほどね。言われてみると、私も似たようなものかな。――佑亜くんはそのままね」

「ですね」

事故に遭った時、佑亜は全てを捨てて新しくやり直そうとしていたところだった。過去に戻ってやりなおしたいと思ってはいなかったから、年齢が変化することはなかったのだろう。

「おっちゃんは、人生そのものをリセットしたくて赤ちゃんに戻っちゃったのかな」

「たぶんそうなんだろうね。家族の記憶を抱えたままでは、新しい人生をやり直すことができなかったんだろう。――彼は今後どうなりますか？」

「もちろん里親を捜しますわ。招かれ人を育てることができると知れば、高位貴族の皆さまもこぞって手をあげられることでしょう。この子の将来は約束されたようなものです」

貴史の質問に、神官長が微笑んで答える。

だが皆は逆に難しい顔になった。

「それじゃ、おっちゃんが可哀想だよ」

籠の中の赤ん坊に視線を向けながら、計都が真っ先に駄目出しした。

「ですが、さすがに赤ん坊には親が必要ですわ」

「それはそうだけど……。でもさ、招かれ人だってわかった上で育てられたら、本当の家族にはなれないんじゃない？」

「そうだね。家族だと思っている人達から、ずっと大切なお客様扱いされたら、きっと孤独だろうね」

安藤は、単身赴任中に妻子との心の距離が不可逆なほどに離れてしまったことを悲しんでいた。

全て忘れて新しい人生を一からやり直せることになったのに、今度は最初から家族との心の距離が開いてしまっているのは可哀想だ。

「招かれ人だということを隠した上で、里子に出すことはできませんか？」

「そうなると、招かれ人が受け取るべき金銭や保護を受けられなくなりますよ」

「きっとおっちゃんは、お金より家族の愛情を欲しがると思うな」

「私も計都くんと同じ考え。……あの時の安藤さん、自分は金を運ぶ以外に家族から必要とされていなかったんだって言って凄く悲しんでたもの。実は招かれ人だったってことを知らせるとしても、しっかり大人になってからのほうがいいと思う」

「わかりました。ならば、アンドー様は神殿の孤児院で預かって、事実を伏せたままよい里親を捜すことにしましょう。もちろん、その場合でも陰ながらアンドー様のご無事をずっと見守らせていただきますわ」

「よろしくお願いします」

安藤の行く末が決まり、話題は美夢へとうつる。

「ミユ殿は、水辺に生息する種族へと変化なされたのですよ」

「水辺？　わかった！　人魚だ！」

大神官の言葉に、計都が興奮して手をあげた。

「いや。人魚族は海の種族ですな。ミユ殿の場合は湖や川に生息する種族です。――アロウ、用意は？」

「はい。こちらに」

大神官に呼ばれたのは、ずっと皆の案内をしてくれていた神官だ。

大神官の求めに応じて、抱えていた大きな本を開いて皆に見せてくれる。

「……うへー、まんま半漁人だ」

そのページには、まさに計都が言ったように半漁人の絵が描かれていた。精緻な手描きの絵できちんと着色もされていて、ぬめぬめした質感もあって実に生々しい。

「ヴォジャノーイと呼ばれる種族です。これは男性形で、女性形はルサールカと呼ばれています」

神官がページをめくると、緑の髪で耳にキラキラしたヒレのある綺麗な女性の絵に変わった。

「男女で差がありすぎ」

「綺麗……。美夢ちゃんはルサールカになったの？」

「いえ。違います」

神官がまたページをめくって、水中を泳ぐ魚の群れの絵を見せた。

「魚……じゃないのね」

「……人魚でもないよ」

人族の顔に似た頭部を持っているが、胸から下は魚だ。

髪はルサールカと同じ緑で、少女じみて見えるその顔はすこしのっぺりしていて魚類の面影があり、鱗に覆われた短い手には水かきもついている。

どこか愛嬌《あいきょう》のある顔をしていて、まるっきり半漁人である男性形とは違い、見ようによっては可愛く思えないこともない。

「マーフカといいます。ヴォジャノーイとルサールカの幼生体にあたります」

マーフカは群れを成して生きる習性を持つ無性の種族で、その中でも稀《まれ》に強い個性を獲得した者が性別を得て進化し、上位種であるヴォジャノーイやルサールカに変わるのだそうだ。

ヴォジャノーイはその強靭《きょうじん》な身体能力を生かして狩りをしながら群れを守り、ルサールカはその美しさを武器に他種族との交易を担当する。

　そしてマーフカは湖の底にある街を維持しながら、ルサールカ達が産んだ幼いマーフカ達の世話をし、交易品となる真珠や貝殻を使った装飾品を作る日々を過ごす。

「ミユ殿はマーフカへと変化なさいました。マーフカは群れを成して生きる種族、個体では正気を保てないのです。ですから今も、女神の御慈悲で一時的に休眠状態にされております」

　一刻も早く群れに合流できるよう、王都に滞在しているヴォジャノーイ達に連絡を取っているとのことだった。

「落ち着いてからでもいいので、美夢ちゃんと会うことはできますか？」

　同じサークルの仲間だった貴史が心配そうに聞いた。

「無理ですな。マーフカは個性を持たない種族です。群れの一員となってしまえば、他のマーフカ達との見分けがつかなくなる。おそらくミユ殿はすでに自らが招かれ人であったことすら覚えてはいないでしょう。個性を獲得してルサールカに進化することがあれば、思い出すこともあるかもしれませんが……」

「美夢ちゃんはきっとそのまま進化しないよ。彼女にとってはマーフカとして生きたほうが楽そうだもん」

　貴史の膝の上で計都が言った。耳と尻尾がしょんぼりと垂れている。

「そうか……。彼女、向こうの世界では、いつも生きづらそうだったもんな」

　美夢は常に集団の中に混ざっていたが、個人的なつき合いは苦手らしく特定の友達を作ることができずにいたのだそうだ。集団の中にいても、ぽつんとひとり後ろからついていくようなところがあった。

「ずっと怖いお姉ちゃんにあれこれ命令されてたように見えてたけど、あれももしかしたら、美夢ちゃんがひとりで生きていけるように鍛えようとしていただけだったのかしれない」

「俺もそー思う。……美夢ちゃんのあーいうところを発達障害なんじゃないかって言ってる奴がいたけどさ。障害とかじゃなく、魂の在り方自体が最初から人族には向いてなかっただけだったんだね。マーフカとしてなら、きっと楽に生きられるんだ」

「さよならも言えないのは少し寂しいな」

「ミユ殿が合流した群れのことは、神殿や王宮が責任を持って見守りましょう。異変があればお知らせしますので安心してくだされ」

「ありがと」

「よろしくお願いします」

しょんぼりしている貴史と計都の姿に母性を刺激されたのか、神官見習いの女性達がすっかり冷めてしまったお茶を淹《い》れ直しながら、元気だしてくださいねと慰めてお菓子を勧めている。

「さて、最後はユーア殿に関するお話ですな」

場の雰囲気を変えるように、白い髭を扱《しご》きつつ明るい口調で大神官が告げた。

「エンシェントエルフって、普通のエルフとどう違うんですか？」

まずはそこから聞きたいと、佑亜は自分から質問してみた。

「エンシェントエルフはエルフの上位種ではありますが、根本的に違う種族なのだと思っていただきたい。――この世界の成り立ちについて、どのぐらい聞いておられますかな？」

「女神エルトリアによって世界が創造されたことは聞きました。世界を安定させるために七体の竜を産み出し、六人の兄弟神に世界を譲り渡したと」

「兄弟神に関する説明は受けましたか？」

「いいえ。特には聞いてません」

皆の顔を見渡したが、誰も聞いていなかったようだ。

「なるほど、ではそこから説明しましょうか。女神エルトリアは、自身の力を六つに分けて六人の兄弟神に与えたのだと伝えられております」

光と命を司《つかさど》る神オールン。

闇と眠りを司る女神ホーシャ。

風と交渉を司る神サーヴ。

水と友愛を司る神シューベ。

炎と勇猛を司る神ヒーツィ。

大地と豊穣を司る女神バーティ。

女神エルトリアから世界を譲り渡された兄弟神は、双子である光と闇の神を中心に、しばらくの間は順調に世界を維持していた。

「ですが、やがて風の神サーヴと炎の神ヒーツィの間に亀裂が入ったのです」

風の神サーヴは気紛れで享楽的、炎の神ヒーツィは頑固な直情型。相性が悪かった二神は、ちょっとした言い争いから諍《いさか》いを起こしてしまった。

「神さま同士でも兄弟喧嘩《げんか》するんだ」

無邪気な計都に、そうだよと大神官が微笑む。

「地上には暴風が吹き荒れ、山は火を噴き、二神の諍いの余波は地上にも及んだと言い伝えられておるのです」

他の神々が慌てて仲裁に乗りだしたが、逆にそれが二神の怒りの火に油を注ぎ、他の神々までもが喧嘩に巻きこまれてかえって被害を増す事態になった。

このままでは地上に住む民は死に絶えてしまうのではないかと危惧《きぐ》されるほどに地上は荒廃していく。

「我が子等が引き起こしたあまりの事態を見かねた女神エルトリアは、地上の命を守るため、例外的にそのお力を使われたのです」

女神エルトリアは、まず最初に眠りについていた竜達に地上を守るようにと命じた。

だが竜の力を持ってしても、荒ぶる神々の力から地上の全てを守ることは叶わず、その穴を埋めようと女神は新たな種族を創造することになる。

「女神は、まず最初にアークゴーレムを地上に降ろされました」

アークゴーレムは神々の力に対抗しうる強い結界力を持ち、荒ぶる神々の力から地上の命を守りぬいた。

「やがて神々の諍いは収まりましたが、その頃には地上はすっかり荒れ果てておりました」

荒れ果てた地上では、多くの種族が命の糧を得ることができず滅びを待つだけの状態になっていた。

そして女神は、ふたつ目の種族を地上に降ろした。

「それがエンシェントエルフです」

エンシェントエルフは緑魔法に特化した種族だ。

彼らは女神の求めに応じて、再び命が地上で生きられるよう荒れ果てた地上を癒し、緑を増やしていった。

「女神様の直属の部下かー」

「いかにも。我らはこの二種族を『天の御使い』と呼んで尊んでおりますな」

「本当に特別な種族なのね」

「なんかかっこいー」

皆は感心しているが、当事者である佑亜はすっかり怖じ気づいていた。

動揺のあまり、顔の脇で耳がピコピコ勝手に動いて実にうっとうしい。

(なんか大変なことになってきた)

天の御遣いだなんて、まさに信仰の対象ではないか。

この世界で庭師として堅実に生きていければと思っていたのに、その未来予想図が遠ざかっていく。

「あ、あの、エンシェントエルフという種族の人口はどれぐらいですか？」

それなりに数がいれば希少価値も薄れるだろうと期待したのだが、大神官はその期待を打ち砕いた。

「エンシェントエルフはすでに絶滅した種なのですよ」

「絶滅？」

衝撃的な言葉に佑亜は息を飲む。

「はい。『天の御遣い』は二種族とも大災害の後に消滅しました。元々が肉体を持たない土の精霊であったアークゴーレム達は、役目を終えると土の精霊へと戻り、その肉体は土に還《かえ》ったそうです。アークゴーレムが還っていった地は、その後百年もの間、豊作に恵まれたと伝えられています」

「エンシェントエルフは？」

「エンシェントエルフはその命の全てを使って、地上を癒し続けたと伝えられています」

「命の全てって……皆その時に死んじゃったってこと？」

「はい。それが自分達の役目だからと、命が尽きるまでそのお力を使い続けたのだそうです」

エンシェントエルフは、そもそもエルフ族の上位者達が神の力によって進化したものだった。

長老と呼ばれる程に長い年月を生きていた彼らは、すでに自分達は充分生きてきたからと、エンシェントエルフとして新たに与えられた寿命の全てを力に変えて使い切った。最後にはその肉体までをも苗床にして、地上に緑を甦《よみがえ》らせていったのだという。

「……ちょっと壮絶過ぎない？」

「まるで自殺させるために産み出されたみたいだな」

「女神様、ひどすぎ」

大神官の話に仲間達は思いっきり引いた。

「ぼ、僕も、そういう風に生きることを期待されるんでしょうか？」

もしそうなら、あまりにも過酷な人生だ。

この世界で新しく生き直すつもりだったのに、信仰の対象として、そうあるべきというイメージを押しつけられる。

もしかしたら、力を使うようにと無言の圧力をかけられ、死ぬまで力をつかわされることになるかもしれない。

悪い想像ばかりが脳裏をよぎって青ざめる佑亜に、「いや、そうではない。誤解です」と、大神官が慌てて否定した。

「エンシェントエルフ達の行いは、女神エルトリアにとっても予想外のことだったのですよ。本来ならば、もっとゆっくり時間をかけて地上は癒されるはずだったのです」

だがエンシェントエルフ達は、その時間を惜しんだ。

「長命種であるが故に出産数が限られるエルフは、幼子をそれはそれは愛おしむ。たとえそれが他種族であろうとも同じこと。荒れ果てた地上で幼子達が苦労するのを見ていられなかったのでしょうな」

すでに充分に生き、人生の老境に至っている自分達の命を使うことで、年若い者達が命ながらえることができるのならば、それは喜ばしいこと。

彼らは、その命を使うことを惜しまなかったのだ。

「女神エルトリアが気づいて止めようとなさった時にはすでに手遅れだったのです。生きておられたのはひとりだけ。そのお方もすでにお力をほぼ使い果たしていて、数年後には儚くなられたそうです」

その結果、エンシェントエルフは伝説の種族となった。

女神エルトリアの御遣いとして、信仰の対象となるほどに……。

「ユーア殿がエンシェントエルフに変化なされて我らが喜ばしいと思うのは、そのお力を求めてのことではないのです。かつて天の御遣いに救われた恩を返せる機会を得られたことが喜ばしいのですよ」

「えー？　でも佑亜くんは、それとは関係ないんじゃないの？」

「同感だな。かつて滅んだエンシェントエルフ達の行いは彼ら自身のものだ。佑亜くんは彼らと表面上は同じ種族にはなってしまったけれど、中身は違う種だと思ったほうがいいと思う」

「僕もそう思います」

計都と貴史の言葉に、佑亜は何度も頷いた。

「かつてのエンシェントエルフと僕とでは、たとえ種族が同じでも、根本的に精神の在り方が違います」

エルフの寿命は五百年ほどと聞いている。

寿命間近だったかつてのエンシェントエルフ達と、二十歳にも満たない佑亜とでは精神の在り方からして違い過ぎる。

同じ状況に放り込まれたとしても、佑亜は彼らとは絶対に違う選択肢を選ぶ自信がある。

我が身を惜しまぬ献身によってエンシェントエルフ達が神格化されているのだとしたら、その期待に佑亜は絶対に応えられない。

「せっかく女神様から新しい人生をもらって、今度こそ自由に生きられると思ってたのに……」

これでは台無しだと、佑亜は落ち込んだ。

耳までしょんぼり垂れてしまっている。

「そうよね。佑亜くんは自由になるために家出したぐらいだもの……。先入観に縛られて生きることになるなんて可哀想」

「なんとかならないものでしょうか？」

「もう一回、洗礼をやり直すことはできないの？」

相田と香奈が大神官に訴えると、大神官も戸惑っているようだった。

「洗礼をやり直したとしても、結果は同じでしょうな。この世界に生きていた種族の中で、ユーア殿の魂の在り方に一番近い種族がエンシェントエルフなのですから……」

（どうして、こんなことになっちゃったんだろう？）

庭いじりが好きだったことが影響しているのだとしたら、むしろノームやドリアードに変わりそうなものなのに……。

「とにかく、ユーア殿のそのお気持ちを先にエルフ達に伝えて、過剰に神格化しないよう注意しておきましょう。――アロウ、頼む」

「承知いたしました」

大きな本を抱えていた神官が一礼して部屋を出て行く。

「エルフ達にどうやって連絡するんですか？　以前、通信用の魔道具は王族専用だって聞いたような気がするんですが」

相田が聞いた。

「そういえば、皆さまが以前おられた世界には魔法がなかったのでしたな。王族が使う魔道具は決して盗聴できない特殊なものでしてな。盗聴を気にしなければ、この世界には遠方との連絡手段はそれなりにあるのですよ」

水の精霊ウンディーネに頼んで水鏡を使うこともできるし、風の精霊シルフィードに頼んで声だけを遠方に届けることもできる。空飛ぶ使い魔に手紙を運ばせることも可能だ。

「アロウさんはなんの魔法を使うの？」

計都は好奇心で目をきらきらさせた。

「ああ、いやいや。此度《こたび》は魔法ではなく直接伝えにいったのですよ。すでにエルフ達は神殿に来ておられるのでな」

「はやっ」

「獣人族やドワーフ族等、主立った種族の代表もいらっしゃってますのよ。招かれ人様方はどの種族に変化するかわからないでしょう？　ですから、変化したばかりの同胞が人族の国で困ることがないよう、万が一に備えておられるのです」

安全のために招かれ人が降臨したことは極秘扱いにしていたが、洗礼のために神殿に入った時点で、それぞれの種族の大使達に密かに伝えられていたのだそうだ。

「エルフ族は特に同族意識が強い種族なのでな。天翔《あまがけ》る騎獣に乗って真っ先に駆けつけてこられた。エンシェントエルフが降臨なさったこともすでに伝達しておりますので、今ごろは聖域の扉の前でユーア殿が現れるのを今か今かと待っていることでしょう」

大神官が優しく微笑みかけてくるが、佑亜は笑えなかった。

（……出待ちされてるんだ）

しかし彼らが待っているのはエンシェントエルフという種族であって、佑亜自身ではない。

困ったことになったなと焦る気持ちに連動して、耳がピコピコ動く。

「あまり期待されたくないのですが……」

「わかっておりますが、エルフにとって、エンシェントエルフは伝説の上位種。尊ぶべき高貴な存在なのですよ。興奮してしまうのも致し方ないところでしょう」

時が経てば少しは落ち着くだろうから、少しだけ我慢して欲しいと大神官が言う。

これからどうなるんだろうと、佑亜は不安でいっぱいだった。


説明が終わったところで、神域を出ることになった。

「安藤さん、元気でね」

「おっちゃん、今度は幸せになれよ」

「良い親に出会えるといいね」

籠の中ですやすや眠っている安藤は、このまま神殿の孤児院に行くことになる。神官見習いの女性に連れられて行くのを皆で見送ってから、元来た道を戻っていく。

やがて、神域と外界を隔てる扉の前まで辿り着いた。

(……ヴァンも、外で待ってるんだ)

佑亜がエンシェントエルフになったことはもう伝わっているだろうか？

知っていたとしたら、どう思っただろう？

(きっと驚いただろうな)

もしかしたら、神格化された稀少な種族になってしまったせいで、屋敷の庭師に弟子入りする話も流れてしまうかもしれない。

(僕自身の気持ちは、なにも変わらなかった)

洗礼を経たら、魂の番だというシルヴァーノのことを特別に思えるようになるかもしれないと思っていたのに、拍子抜けするほどになにも変わってない。

シルヴァーノがそれを知ったら、きっとがっかりするだろうと罪悪感にも似た気持ちを抱えていた佑亜の目の前で、神域の扉がゆっくりと開いていく。

――と、その瞬間。

（いる。すぐそこに、僕の大切な人が……）

突然、心の中にそんな確信が産まれた。

（そうか。この感覚がそうなんだ）

どうやら洗礼を経たことで、佑亜も魂の番を感じ取れるようになっていたらしい。

神域と外界を隔てる扉が結界の役割を果たしていたせいで、今まで感じ取れずにいただけだったのだ。

まだ見えてはいないのに、完全に開ききっていない扉の向こうにいる存在に心が強く引きつけられていくのを感じる。

泣きたくなるような愛しさと、胸を締めつける懐かしさ。

これが魂の番を求める感覚なのだと、佑亜は実感した。

と同時に、自分がとっくに恋に落ちていたことを知る。

（一目惚れだったんだ）

ずっと恋愛に忌避感があって、それがどういうものなのか理解したいとも思っていなかった。それに、同性に恋をするだなんて考えてみたこともなかったから自覚できなかっただけ。

出会った瞬間、この人ならばと無条件で信頼したのは、すでにシルヴァーノに恋をしていたからだったのだ。

（……考えてみたら、確かにそうだよ。そもそも大人しく抱っこされてる時点で変だったんだ）

普通だったら、この歳《とし》で男から抱っこされるなんて絶対に嫌だと、鳥肌立てて拒絶していたところだ。

やめてくださいと言いつつ、なんだかんだ大人しくシルヴァーノの腕の中に収まっていたのは、無意識のうちにそこが心地好《よ》い場所だと感じていたせいなんだろう。

（うわぁ、そっか。そうなんだ……。ヴァンは本当に僕の運命の人だったんだ）

同じ魂を分け合って産まれた、約束された恋人。

世界を隔てて産まれ落ちてしまった魂の半身。

その人が、すぐそこにいる。

（どんな風に打ち明けたらいいんだろう？）

やっぱり僕が魂の番で正解だったみたいですと、その場であっけらかんと言う？

それとも場を改めて、落ち着いたところで自覚したばかりのこの恋心も一緒に告白する？

ゆっくり開いていく扉を見つめながら、佑亜は少し緊張した。

どちらを選ぶにしても、きっとシルヴァーノは喜んでくれるはず。

だから大丈夫だと自分を落ち着かせながら、開いた扉の向こうへと視線を向けていると。

「ユーア様、お待ちしておりました！」

「ああ、ペリドットの瞳に、新芽から零《こぼ》れ落ちる水滴のように輝く髪。真珠の爪も……。まさに伝承通りのお姿だわ」

「このような奇跡に出会えるとは……。始祖に感謝を！」

だが真っ先に佑亜を出迎えたのは、感極まった様子のきらきらしい三人のエルフ達。

「え、あの……」

興奮している彼らは、戸惑う佑亜を取り囲んだ。

「メルギルウィラスの里の者達が、ユーア様のことを知ったらどれだけ喜ぶことか」

「かつてエンシェントエルフ様がお住まいだった黄水晶の宮も、いつでも使えるよう当時のまま維持しておりますのよ」

「さあ、参りましょう。国から迎えの者が参る迄《まで》は、我らがお世話いたします」

「え？　え？　ちょっ」

待ってという間もなく手を取られ、背中を押されて通路を歩かされる。

救いを求めて仲間達を見たが、興奮しているエルフ達に驚いているようでぽかんとしていた。

ならばと、国の代表としてここにいるアンジェリア姫に視線を向けたのだが、しょうがないかと諦めているかのような表情だ。

いつも顔を合わせるなりすぐに側に歩み寄ってきていたシルヴァーノはといえば、なぜか黙ったままアンジェリア姫の後ろで静かに立ち尽くしていた。

佑亜と視線が絡《から》むと、シルヴァーノはハッとしたように目を見張り、やがて穏やかに微笑んだ。

「あの……ちょっと待って……」

今すぐシルヴァーノの側に行きたくてエルフ達に頼んだけど、興奮している彼らの耳には届かない。

「御用事は後で承ります。今は一刻も早く戻りましょう。離宮で待つ同族達が、首を長くしてユー

ア様をお持ちしておりますから」

「お召し物も新たにご用意いたしますね。お肌の負担にならないよう、もっと軽くしなやかな布で作られた服がございますのよ」

ささあと有無を言わさぬ勢いでせき立てられる。

このまま行ってしまってもいいのだろうか？

答えを求めてシルヴァーノを見たが、その場に佇《たたず》んで微笑むばかり。

どうやら、黙って佑亜を見送るつもりのようだ。

（一緒に花火を見る約束してたのに……）

あの約束を忘れてしまったのだろうか？

それとも、また後で皆と合流できるのか？

佑亜は混乱したまま、流されるように足を動かすしかなかった。

8

けっきょく佑亜《ゆうあ》は、花火を見ることができなかった。

神殿からエルフ族の大使が王宮内に賜っているという離宮に移動した後、エンシェントエルフが降臨したとの知らせを受け、王国内に住まうエルフの血を引く者達が次々に面会を求めてきたせいで身動きが取れなくなってしまったのだ。

(ヴァンも会いに来なかったし)

魂の番《つがい》としての自覚に目覚めてから、佑亜はシルヴァーノのいる場所がなんとなく感じられるようになっていた。

感じられる方角と距離感から同じ王宮内にいることもわかっていたから、そのうち迎えに来て花火を見に連れだしてくれるんじゃないかとずっと期待していたのだ。

それだけに、花火が終わってしまったことをエルフ達に知らされた時には本当にがっかりした。

もっとがっかりしたのは、その翌日にシルヴァーノが王城から旅立ってしまったことだ。

エルフ達に聞いてもシルヴァーノの動向は伝わってこないので詳しい事情はまったくわからないのだが、魂の番としての感覚で自分とシルヴァーノとの物理的な距離がどんどん離れていくことだけはわかってしまう。

(国内にはいるみたいだけど……)

以前見せてもらった地図から推測するに、たぶん今は他国との国境付近の砦《とりで》に滞在しているようだ。

ヴェンデリン王国と他国との間に諍《いさか》いがあるとは聞いていないし、エルフ達も噂《うわさ》すら知らないというから物騒な用件ではないのだろう。国内でなにか小さなトラブルがあって、急遽《きゅうきょ》駆けつけたというところかもしれない。

(魂の番を放っておいてなにしてるんだか)

なんの言付けもないまま放って置かれた佑亜は、むうっと唇を尖《とが》らせる。

シルヴァーノはこの国の重鎮で、責任ある立場の人だ。

ヴェンデリンの守り神と讃《たた》えられるほど、この国をずっと大切にして守ってきたんだってこともよくわかってる。

だから、この感情が我儘《わがまま》だということも理解していた。

それでも佑亜は、不満だと思う自分の心を抑えることができない。

(僕はヴァンに甘えてるんだ)

子供の頃から病弱な母を守って生きてきた。

物心ついた時には親戚の家の厄介《やっかい》になっていて、自分が我儘を言えば母に迷惑がかかると悟っていたから、自分の心を押し殺すのは慣れっこだった。

でもシルヴァーノ相手だと我慢できない。

自分がどんな我が儘を言おうと、きっと彼は笑って受け入れてくれる。

安心して我が儘を言えるのは、なぜかそんな確信が胸の中にあるせいだろう。

(僕がエンシェントエルフになったのは、母のことが関係してるのかな)

子供らしい無邪気な時間を過ごすことができなかったという点では、佑亜と貴史《たかし》は似ている。

でも佑亜は貴史と違って、そのことに悔いを残していない。

当時は父親が養育費を出してくれているとは知らなかったから、親戚からの援助は佑亜達親子の命綱だった。自分が我慢して頑張れば、生活費や母の医療費を親戚が出してくれる。母のためと思えばどんなことも苦労とは感じなかった。

そんな母へのひたむきな献身が、かつてのエンシェントエルフ達の身を挺した献身に重なってしまった可能性もある。

(本当のところは、女神様にでも聞かなきゃわからないんだけど……)

神託を賜る神官は、女神様から言葉を受け取るのみで、こちらから言葉を伝えることはできないのだと聞いている。

きっと一生、本当の答えを知る機会はないんだろう。

そのことを少し残念に思った。


エンシェントエルフに一目会いたいと王宮を訪れるエルフ達との面会が一段落ついた頃には、洗礼の日からすでに三日も経《た》っていた。

「仲間達に会いたいんだけど、彼らが暮らしてる離宮まで案内してくれる?」

始めに会った三人のエルフのひとり、エルフ族の大使でもあるエフィルリンドに聞くと、「仲間達ですか？」と、彼女は不思議そうに首を傾《かし》げた。

「……招かれ人達のことだよ」

「ああ！　そういうことですのね。わかりました。それならば、こちらから彼らに面会の許可を出しておきますわ」

（えー、許可って……）

許可してやるから会いに来いとは、実に偉そうだ。

佑亜の戸惑う気持ちに合わせるように、顔の脇《わき》で耳もピコピコしている。

「僕から訪ねていきたいんだけど」

「いけません。大切な御身にもしものことがあっては、祖先にも国で待つ者達にも顔向けができませんもの」

そう言うと、エフィルリンドはささっと手紙をしたためて侍女に持たせ、招かれ人達が住まう離宮へと向かわせた。

（大袈裟《おおげさ》だなぁ）

一事が万事、この調子だ。

大神官のほうから、佑亜を神格化しないようにと注意を受けたはずなのに、エルフ達はエンシェントエルフである佑亜を特別扱いすることを止《や》めない。

佑亜自身も、献身的に世話をしてくれる彼らに、ここまでしてくれなくていいのだと何度か説得してみたのだが笑顔でスルーされた。

エルフにとって、エンシェントエルフは上位種にあたる。頭《こうべ》を垂れ、仕えるべき存在だと、本能に刻み込まれているのかもしれない。

最初に出会った三人のエルフの中には、エルフの王族に連なる者もいたのだが、その彼ですら佑亜には自然と臣従しているぐらいだ。

神輿《みこし》として担がれるのは正直しんどい。

せめてお客さん扱いぐらいに留《とど》めておいて欲しいのにと、佑亜はこっそり溜《た》め息《いき》をついた。


その日の午後になって、久しぶりに仲間達と会えた。

「佑亜くん、お招きありがとう」

エルフ好みに飾りつけられた離宮の煌《きら》びやかさに目を見張りながら、相田《あいだ》が四人を代表して挨拶《あいさつ》してくる。

「いえ、なんか呼びつけちゃったみたいですみません。みんな過保護で、僕が外出するのを喜ばなくて……」

「気にしないで。あれ以来会えなかったから元気そうで安心したわ」

「そんなことより、羽っ!! いつ生えたの!?」

佑亜の背中の羽を見て、計都《けいと》が嬉《うれ》しそうにはしゃいだ。

ぴょんとボールのように身軽に弾んで、以前のように佑亜に抱きつこうとしたのだが、側《そば》に控えていたエルフ族の従者から咄嗟《とっさ》に空中でキャッチされてしまう。

「……捕まっちゃった」

「ユーア様にご無礼を働いてはなりません」

「彼に害意はないよ。放してあげて。僕の大切な友達なんだ」

計都を捕まえている従者に手を伸ばし、計都を受け取って抱っこする。

「久しぶりだね。……といっても、あれからまだ三日しか経ってないんだけど」

「だね。で、その羽、いつ生えたの？」

尻尾《しっぽ》をぶんぶん振っている計都の目は、佑亜の背中の羽に釘《くぎ》付けだ。

「最初からだよ。あの日は服を着るためにしまってたんだ」

どうやらエルフ達は、常に佑亜に羽を出していて欲しいようで、それ用の服ばかりを着せてくる。

だから今ではほとんど出しっぱなしだ。

「しまえるの？」

「うん。この羽、小さくして入れ墨みたいに背中に貼り付けておくことができるんだよ」

「便利だねぇ。……わあ。この羽、柔らかい」

好奇心旺盛な計都が、小さな手を伸ばしてそうっと羽に触れてくる。佑亜はわざと羽を動かして
遊んでやった。

「こんなに柔らかい羽で飛べるの？」

「この羽の力だけじゃ飛べないね。この羽は魔法を使うための器官みたいなものだから」

エンシェントエルフの能力に関して、すでに佑亜はかなり詳しくなっていた。

それらの記憶はあらかじめ種族の知識として刷り込まれているようで、なにかきっかけがあると自然に思い出せるのだ。

この薄い羽でどうやって飛ぶんだろうと、ふと疑問に感じると同時に、純粋な羽の力では飛べないが、この羽を媒介とした魔法でなら空を飛べることを知らぬ間に理解しているといった風に。

それだけじゃなく、魔法の知識も少しずつ身につけつつある。

「もう魔法が使えるの？」

「んー？　種族固有の記憶を少しずつ思い出してるところで、実際にはまだほとんど使ってみたことがないんだ」

やってみたのは、部屋に飾ってある花の寿命を少し延ばしたことぐらいだ。

やり方は簡単。

ただ、そうあれと願うだけ。

エンシェントエルフの緑魔法には、呪文も魔法陣も必要ない。願うだけで、萎《しお》れかけていた花が瑞々《みずみず》しい姿を取り戻す。しかもそれだけじゃなく、力加減を間違ったようで窓の外にある木々にも一斉に花が咲いていた。

本来は春に咲く花で、秋に蕾《つぼみ》がつくことなど有り得ないはずなのに……。

それを見て、佑亜は少し怖くなった。

（これこそ、チートだ）

植物限定とはいえ、願うだけで事象に働きかける強い力が今の自分にはある。

勉強すれば緑魔法以外の力も簡単に使えるようになるらしい。

エルフ達が言うには、他種族を圧倒する程の強力な攻撃魔法でさえ思うがままだろうとのことだった。

エルフ族は、他種族に抜きん出た魔法特化の種族だ。

その上位種であるエンシェントエルフの能力は、それより遥《はる》かに優れていて当然なのだと……。

(でも僕は、かつて存在していたエンシェントエルフ達とは違う)

長老と言われる程に長く生きてきた彼らと、まだ二十年も生きていない自分とではあまりにも違いすぎる。

佑亜はまだ未熟で、強大な力に振り回されずにいられる自信がない。

(女神様が、竜や竜人の魂を只人《ただびと》とは違う特別なものにした理由って、きっとこういうことなんだ)

強大な力には、それに見合った強靭《きょうじん》な魂が必要だ。

佑亜は、自分にその強さが備わっている自信がなかった。

そのせいもあって、今は魔法を使うのをためらっている状態だ。

「計都くんは魔法をつかってみた?」

「それがねー。兄ちゃんが駄目だって言うんだよ」

「獣人族は感情に左右されやすい種族だから、魔力のコントロールを先に身につけておかないと、魔法を暴発させてしまうことがあって危険らしいんだ」

歩み寄ってきた貴史が、佑亜の手から計都をよいしょと受け取って床に降ろした。

「だからね、俺達、来年から一緒に学校に通うことになったんだ！　魔法学校だよ！　凄《すご》いでしょ！」

ファンタジーの定番だよ、と計都がぴょんぴょん跳ねる。

「正確には魔法課だろ？　王国が設立した上級学校で、俺もそこの騎士課に通うつもり」

「たしか騎士団に入団するって言ってましたよね？」

貴史に聞くと、「この年齢じゃさすがに無理だって」と肩を竦《すく》めた。

「ああ、子供になっちゃったから……」

「ユーア様。席が整いました」

「ありがとう。――皆、こちらへどうぞ」

茶会の席を整えてくれた従者の勧めに従い、皆をソファへと誘う。

エルフ族が特に好むクリームを添えたフルーツのコンポートを一緒に味わいながら、引き続きそれぞれの近況を聞く。

「計都くんは学校に通うには幼いんじゃない？」

「うん。この国では、十二歳ぐらいから上級学校に通ってるんだって」

貴族や、平民の中でも金を持っている者達は、それまでに家庭教師を雇って基礎的な学習をすませておくらしい。

平民の子供達は、それぞれの地域にある託児所を兼ねた学校に幼い頃から通っていて、最低限の読み書きや簡単な計算を習っている。希望すれば就職先を紹介してもらうこともできるし、優秀な者に関しては国の援助を得て上級学校に通うシステムも確立されているそうだ。

「計都だけじゃなく、俺もまだ入学には早いんだ。でも、見た目は子供でも頭脳は大人だからね。特別に入学を許可してもらえた」

読み書き計算はまったく問題ないので、来年入学するまでに最低限の地理や歴史を勉強しなくちゃならないのだと、貴史は肩を竦める。

「相田さんと香奈《かな》さんは？」

「私達も貴史くん達と一緒に学校に入ることになったの」

「師匠が決まったんじゃなかったっけ？」

「その師匠からの命令よ。二十歳近く若返って人生の時間にゆとりができたのなら、学校でこの世界の薬学の基礎を学んで来いって言われちゃった」

「俺もだよ。子供達に教えられる知識の引き出しは多ければ多いだけいいから、この世界の知識をできるだけ詰め込んできてほしいって」

「そうこうしてる間に、今のこの招かれ人フィーバーもちょっとは落ち着くだろうって目論見《もくろみ》もあるみたいね」

「ああ、そういう問題もあるんだ」

今ヴェンデリン王国は、空前の招かれ人フィーバーの真っ只中らしい。

女神様の加護を国にもたらす招かれ人に対する人々の喜びは想像以上で、今うっかり招かれ人が市井《しせい》に降りたりしたら、人々に取り囲まれるのは間違いない。下手《へた》をするとパニックになりかねないほどだ。

そんな国民達の熱が少し冷めるまで、学校というある種の閉鎖された社会で守ってくれることになったようだ。

「大変なんだね」

「佑亜くんに比べればたいしたことないわよ。——アンジェリア姫に聞いたわよ。すっかりエルフ族の至宝扱いされてるって」

「……そうなんだよね」

佑亜は、はあっと溜め息をついた。と、同時に耳もへにょんと垂れる。

「エルフ族にとっては、招かれ人よりエンシェントエルフのほうが上みたいで」

「お姫さまが、佑亜はエルフの国に行っちゃうんだって言ってたけど、ホント？」

「……ホントらしいよ」

「他人事《ひとごと》みたいに言うのね」

「だって、僕が知らないうちにそういう話が勝手に決まっちゃってたんですよ」

エルフは基本的に排他的で、引きこもり傾向にある種族だ。

若い頃には冒険を望んで他種族がいる外界を旅する者もいるが、ある程度の年齢になると大多数が静かな森の中にあるエルフの里に籠《こ》もる。

世界の真理を探究して学問に励む者、魔法を極めるべく年単位で瞑想して精神を鍛える者、音楽や芸術に耽溺《たんでき》する生活を送る者。長い寿命を持つ彼らは、そうやって人生の大半を求道者として過ごす。

（エルフって、ある意味オタク気質なのかも）

居心地のよい巣に籠もって趣味三昧《ざんまい》の日々を過ごしているのだから……。

それは別にいい。だが困ったことに、エルフ達は佑亜もまたそうであると思っているらしい。

佑亜が将来は庭師になりたいのだと言うと、さすがは緑魔法に特化したエンシェントエルフだと感激して、佑亜が作り上げる庭を見るのが今から楽しみだと夢見るように語る。

最後のエンシェントエルフが使っていたという黄水晶の宮には庭園や温室もあるそうで、そこを佑亜専用の庭にすればいいとも言っていた。

「知らないうちに、僕がエルフの国に行くって方向で話が進んじゃってるんです。僕がそれを知った時には、すでに迎えの者達が里を出た後だったし……」

彼らは、エンシェントエルフになった佑亜が、人族の国で暮らすはずがないと思い込んでしまっているのだ。

「もう少し待って欲しいと言ったんですけど、笑顔でスルーされるんですよね」

そう言いながら、側に控えているエルフ達に視線を向けたら、やっぱり笑顔ですいっと視線をそらされた。

長命種のエルフは気が長く、同族間での無駄な争い事を望まない。互いに意見がぶつかると、とりあえず何事もなかったかのようにその場を流して、状況が変わるまでのんびり待つ習性があるらしい。

「アンジェリア姫には相談した？」

「しました。……けど、話が通じなくて……」

シルヴァーノの屋敷の庭師に弟子入りすることになっていたのだと訴えたが、アンジェリアからはもうその必要は無いでしょうと言われてしまった。

植物に関することでエンシェントエルフに勝る者はいない。弟子入りしたところで学ぶことなどないだろうと。

（確かに緑魔法を使いさえすれば、大抵のことはできちゃうみたいだけど、そういうことじゃないんだよなぁ）

魔法を使えば、冬であっても常に花盛りの幻想的な庭を作り上げることもきっと可能だ。

だが、魔法の力で植物の生育を歪《ゆが》めるのはよくないと佑亜は思う。

植物それぞれの成長サイクルを崩さず、四季折々に楽しめるよう整えていくのが庭師の腕の見せ所だ。植物同士の相性や、庭の基礎となる土壌や日当たりの加減の善《よ》し悪《あ》し等、知識と経験が不可欠なのだ。

だからこそ師匠となる人について学びたいと願っているのに、それを説明したら「それならば、エルフの里で師匠を得ればいいのでは？」と言われてしまった。

こっそりと、ヴェンデリン王国から強く引き止めてもらうことはできないかと聞いてみたのだが、無理だと断られた。

「そんなことをしたら、エルフの至宝であるエンシェントエルフを奪うつもりかと、怒り狂ったエルフ族と戦争になってしまいますわ」

エルフがスルーしてまで平和主義を貫くのは、同族相手の場合のみ。

基本的に排他的なので、他種族が絡《から》むとあっという間に頭に血が昇って宣戦布告となりかねないとアンジェリアには言われた。

歴史的にエルフ族は、その美貌故《ゆえ》に他種族から狙われることが多かった。同族の身を守るためにも苛烈《かれつ》なほどの戦意を示すことで種族を守る必要があったのだ。

さすがに戦争にまで発展されるのは困るので、ヴェンデリン王国から引き止めてもらう案は諦《あきら》めるしかなかった。

「一応、アンジェリア姫には、僕自身の意志でここに留まりたいから協力して欲しいって頼んでみたんだけど、心配しなくても大丈夫ですって微笑《ほほえ》むばかりで話が通じなくて……」

「心配？」

「招かれ人の皆が無事にこの国に馴染《なじ》めるか心配して、僕がそう言ってるだけだと思ってるみたいなんです」

皆のことを心配しているのは事実だ。

だがそれ以上に、佑亜自身がこの国に留まりたいとも思っている。

（ヴァンがずっと守ってきた国だし……）

何百年もの間、シルヴァーノはヴェンデリン王国の守護神と呼ばれるほど献身的にこの国を守り続けてきた。

魂の番であると自覚したせいかもしれないが、シルヴァーノがそうやって守ってきたものを佑亜もまた大切に思うし、離れがたいとも感じる。

「エルフの国には魅力を感じないの？」

香奈に聞かれて、佑亜は曖昧《あいまい》に首を傾げた。

「本能的なものなんだろうけど、すごく惹《ひ》かれるし落ち着く場所だろうなとも感じています。でも、別に今すぐ行かなくてもいいと思っちゃうんですよね。いずれ行ければいいっていうか……。寿命が延びたせいか、時間の感覚が少しおかしくなっちゃってるみたいで」

寿命で召されたエンシェントエルフがいないから佑亜の寿命ははっきりしないが、普通のエルフ達より長いのは確かだ。

「多分、エルフの国は今エンシェントエルフの出現にフィーバー状態なんですよ。一度ぐらいは顔を出さないと収まらないいんじゃないかと思って……」

でも、このまま流されるように連れて行かれてしまったら、いつこっちに戻ってこられるかわかったものじゃない。

なにせ交渉相手は同族に対しては気の長いエルフ族だ。

もう少しもう少しと引き止められている間に、何十年も経ってましたってことになりかねない。

そうならないためにも、出発する前にいつこちらに戻ってくるかの話し合いをしておきたいのだが、困ったことにその話し合いがまったくできない状態が続いている。

「ヴァンが手助けしてくれれば、もうちょっと話を聞いてもらえるかもしれないのに……」

「閣下とは会った？」

「いえ。会いたいと連絡は入れてるんですけど全然です」

洗礼前は暇さえあれば会いに来てくれていたのに、ひと言もないまま王都から離れるなんて酷《ひど》い。

不満な気持ちが耳に出て、顔の脇で激しくピコピコ動く。

「洗礼の後からこっちの離宮に顔を出さなくなってたけど、閣下のことだから佑亜くんには会いに行ってると思ってたわ」

「どうも王都から外に出てるみたいなんですよね」

しかもなぜかシルヴァーノは、王国内を転々と移動し続けているようで、一日として同じ場所にはいない。

いったいなにを考えてそんなことをしているのか、佑亜にはさっぱりわからなかった。

「佑亜をほったらかして、どこに行っちゃったんだろーね」

ぷうっと計都が頬《ほお》を膨らませて、パタパタと尻尾を振る。

「ほんとだよ」

つられて佑亜も唇を尖らせて耳をピコピコさせると、香奈が小さく笑った。

「もしかして、魂の番だっていう自覚が出てきたの？」

「……えっと……はい。洗礼後に、はっきりわかるようになったんです」

佑亜はうっすら赤くなって、耳をピコピコさせながら頷《うなず》いた。

「そう。だったら、それこそもっと強気で呼びつけてもいいんじゃない？」

「そうしたいのは山々なんですけど……。これに関しては、エルフ達が聞こえないふりでスルーしちゃうんですよ」

どうしてもシルヴァーノの動向が知りたかった佑亜は、魂の番であることをエルフ達に打ち明けてみたのだ。

(本当はヴァンに一番最初に言いたかったんだけどな)

『僕はヴァン……じゃなかったルートシュテット公爵の魂の番なんだ。だから彼の側に行きたいんだけど、いま彼がどこにいるかわかる？』

そう告げた瞬間のエルフ達の反応は見物だった。

その場にいるエルフ全員の耳が一斉にビビビビッと激しく動き、瞬時に能面のような作り笑顔に変わったのだ。

子供の頃からの訓練で普段ほとんど動かないエルフの耳が一斉に動いたのは、佑亜の言葉の衝撃が大きかったせいだろう。

作り笑顔になったのは、佑亜がシルヴァーノの魂の番だという事実をスルーする気満々だという意思表示だ。

「どうやら、僕をヴァンに盗《と》られちゃうと思ってるみたいなんです」

エルフ達にとっての優先度は、招かれ人＞竜人＞エンシェントエルフということになっているようで、たとえ竜人の魂の番であったとしても、大切なエンシェントエルフを奪い取られてなるものかと身構えてしまうようだ。

「だからって、スルーしても意味ないんじゃない？」

「時間経過で、なし崩しになあなあで誤魔化《ごまか》そうとしてるんだと思います」

エルフあるあるなのだと説明すると、「長命種っておもしろーい」と計都が楽しそうにはしゃいだ。

「佑亜くんは生まれついてのエルフじゃないから、スルーされても諦めたりしないよね」

はしゃいでソファの上で跳ねる計都を落ち着かせながら、貴史が苦笑する。

「ですよね。……でも、ほら。今もスルーしてますよ」

能面のような笑顔でこちらの会話を聞いていないふりをしているエルフ達を佑亜が指差すと、皆ちょっと困ったように笑っていた。

「ユーア様の出立は一週間後になります。招かれ人の皆さまのお見送りは許可いたしますので、遠慮なくどうぞ」

皆の帰り際になって挨拶に現れたエフィルリンドが言った。

(見送りを許可するって……)

相変わらずの上から目線に苦笑しつつ、「今のところはそういう予定になってるみたい」と、佑亜も頷く。

「えー、早くない？」

計都がぷうっと膨れると、「むしろ遅いぐらいですわ」とエフィルリンドが張り合う。

「手紙のやり取りはできますか？」

貴史が質問する。

「もちろんですわ。ユーア様が魔法を使いこなせるようになられれば、手紙以外の方法で簡単に連絡を取ることができるようにもなりましょう。返信に関しては、そちらの銀狐《ぎんぎつね》族の坊やなら、いずれは可能になるかと」

「じゃあ、俺がんばる！」

「うん、頑張って」

なんとなく離れがたくて、皆を玄関ホールまで見送る。

計都と手を繋《つな》いでゆっくり歩いていると、「すっかり子供扱いね」と香奈に笑われた。

「中身はあなたより年上だってわかってる？」

「わかってますけど……。でも、なんか可愛《かわい》いし」

小さな手もピコピコ動く狐の耳やふさふさ揺れる尻尾も、幼児特有の頭の大きさも、全部ひっくるめてぬいぐるみのようだ。あまりにも可愛くて、そばにいるとつい構いたくなってしまう。

「ありがと！　佑亜大好き！」

「僕も大好きだよ。……でも、実際のところはどうなの？　心の年齢は昔のまま？」

「んー？　頭の中身は昔のままなんだけど、精神年齢は身体《からだ》に引きずられて子供に戻っちゃってるような気がする。――香奈ねーちゃんもそうなんじゃない？　昨夜《ゆうべ》だってさぁ、夜、相田にーちゃんとふたりで……」

「け、計都くん！　ちょっと黙ろうか」

突然、相田がひょいっと計都を抱き上げ、そそくさと先に行ってしまった。

「どうしたんだろう？」

不思議に思って残った二人を見ると、貴史は苦笑して肩を竦め、香奈はなぜかうっすら頬を赤くしている。

「気にしないで。たいしたことじゃないの。――それより、ちょっといい？　たぶん今を逃すと話せる機会がなくなりそうだから」

頬を赤くしたまま香奈が近寄ってきて、こそこそと小声で話しかけてくる。

「なんですか？」

「佑亜くんは自由になるために家出して、あのバスに乗ったのよね？」

佑亜が頷くと、「その気持ちを忘れちゃ駄目よ」と香奈が真剣な表情で言った。

「一回死んでやり直しの機会をもらったんだから、望み通り自由に生きなきゃ駄目」

（自由に……）

香奈の指摘に佑亜はドキッとした。

決してエルフ達が嫌なわけじゃないが、エンシェントエルフとして生きることを望まれている今のこの状況を窮屈に感じているのは事実だ。

「……でも、僕はただひとりのエンシェントエルフで、皆に期待されてるし……」

「どうして佑亜くんがその期待に応えなきゃならないの？　たまたま洗礼でエンシェントエルフになってしまっただけなのに。今の佑亜くん、優しい檻《おり》に閉じ込められて身動き取れなくなってるみたいに見えるわ。自覚してるんでしょ？」

「……はい」

「だったら、もっと頑張って」

「どうやったらいいのかわからないんです」

「そんなの簡単よ。佑亜くんは、エルフの上位種なんでしょ？　命令しちゃえばいいのよ」

「ああ、そういう方法もあるのか……」

本能的に下位種の者達は、上位種からの命令には逆らいにくい。

とはいえ、命令して強制的にエルフ達を従わせるのには抵抗感がある。

「むりやり命令するのが嫌なら、佑亜くんらしいやり方を捜さなきゃね」

佑亜のそんな気持ちがわかったのか、香奈は励ますように笑ってぽんと背中を叩《たた》いてくれた。


「ユーア様」

皆を見送った後で自室に戻って考え事をしていると、エフィルリンドが話しかけてきた。

「なに？」

「ユーア様は、私共より、この国を選ばれるのですか？」

「……やっぱり聞こえてたんだね」

エルフの耳は伊達《だて》に長いわけじゃない。地獄耳なのだ。

さっき香奈は離れているから大丈夫だろうと思って小声で話していたようだが、すべて聞こえていたのだろう。

佑亜にもそれはわかっていたが、きっといつものようにエルフあるあるでスルーされると思っていたから、この質問にはちょっと驚いた。

「どちらの国を選ぶとか、そういう問題じゃないんだよ。僕は招かれ人だからね。元々、どちらの国にも思い入れはなかったんだ」

「ですが、ユーア様はエンシェントエルフです」

「うん。そうだね。だからきっと他のどの国で暮らすより、エルフ達の住まう国は居心地がいいんだろうと思うよ」

「でしたらっ」

「でもね。この国には僕の魂の番がいるんだよ。彼が三百年以上大切に守ってきたこの国を、僕もやはり大切に思ってしまうみたいなんだ」

「そんな……。私共よりも、ルートシュテット公爵を選ばれるのですか？」

エフィルリンドは泣きそうな顔で、自分達を捨てないで欲しいと訴えてくる。

エンシェントエルフは、自分達の希望なのだと言って……。

『エンシェントエルフ絡みになると、エルフ族は少し情緒不安定になりますので注意が必要なのですわ』

アンジェリアがそんな風に言っていた。

最後のエンシェントエルフを見送ったエルフ族の嘆きは深く、喪に服した期間はなんと二百年にも及んだらしい。

兄弟神の諍いはこの世界においてもすでに神話と呼ばれる時代の話だというのに、いまだに最後のエンシェントエルフが暮らした黄水晶の宮を当時のままに維持し続けているのも、いまだに悲しみが癒えていないからなのだろう。

（兄弟神の諍いで、エルフ達は親を奪われたようなものなんだろうな）

荒れた大地を癒す代償として失われていったエンシェントエルフ達は、エルフ族の中でも長老と呼ばれる指導者達だった。

大地は癒されても世界は混迷を極め、指導者を根こそぎ失って弱体化していたエルフ族は他種族の格好の餌食《えじき》となってしまった。

数え切れない悲劇が生まれ、その結果エルフ族は同族の命と尊厳を守るため、他種族に対してより苛烈《かれつ》に排他的にと変化していく。特に人族との関係は最悪で、一触即発の時期が千年以上続いたらしい。

だが幸いなことに、五の竜の魂の番がエルフであったことで、強い後ろ盾を得たエルフ族は心の平穏を取り戻し、少しずつ外界とも交流を持つようになっていった。

短命種である人族はその歴史を過去のものとして受けとめているようだが、長命なエルフ族にとってはそうではない。

同族が次々に辱められ、傷つけられたその時代の傷はいまだ癒えていないのだ。

長命種で知能の高い種族だからこそ、記録も記憶も薄れずにしっかり残っているのだろう。

(エンシェントエルフにここまで拘《こだわ》るのも、そこら辺に関係がありそう)

傷がまだ癒えていないから、再びの痛みに怯《おび》えて、強い指導者に守られていた時代の再来を求めている。

かつての長老達——強い指導者達が、再び自分達の元に戻ってきてくれるのを……。

(可哀想に……)

佑亜の目には、そんなエルフ達が保護者を見失った幼子のように映る。可哀想《かわいそう》で愛《いと》おしくて手を伸ばさずにはいられないほどに……。

(でも勘違いしちゃ駄目だ)

これは上位種としての視点から、下位種であるエルフ達を守るべき対象として見てしまっているだけ。きっと可愛い子狐獣人になった計都を可愛がるのと同じ感覚だ。

捨てないで欲しいと涙目ですがる目の前の美しいエルフは、自己紹介の際に自分はまだ二百歳になったばかりの若輩者ですと言ったのだ。ならば、十八年しか生きていない佑亜など、エルフの感覚から言えばまだ赤子も同然。

たとえ上位種であっても、本来の自分はまだまだ未熟。今すぐ彼らが望むような、導き守る存在にはなれやしない。

（そこら辺をちゃんと理解してくれる人がいるといいんだけど……）

いま佑亜の周囲にいるエルフ達は、下位種としての本能に振り回されて混乱しているように見える。

エルフの国にいるという、長老と呼ばれるエルフ族の現指導者達ならば、理性的に物事を捉《とら》えて今のこの状況にストップをかけてくれるだろうか？

（それを期待するしかないかなぁ）

エルフ達に上位種としての立場から命令したくない。かといって、今の自分ではひたむきな敬愛を捧げてくるエルフ達を説得できそうにない。

ならば今は、無駄な諍いを起こさないよう、エルフ達の望むままに旅立つのが得策なのかもしれない。

（ヴァンが相談に乗ってくれれば、また違う方法が見つかるかもしれないのに……）

佑亜は今ここにいないシルヴァーノに、魂の番をほうっておいてなにをしてるんだと心の中で文句を言った。

明日にはエルフの国からの迎えが到着すると知らせがあった。

離宮に住まうエルフ達も、佑亜と共に久しぶりの里帰りをするつもりらしく、離宮内は来客を全て断り、出発前の準備に余念が無い。

（全員で行くつもりなのかな？）

前の世界で言えば、ここはエルフ族の大使館のような場所だ。

皆が留守にしてしまっては、ヴェンデリン王国に住まうエルフにもしものことがあった時、頼る先がなくなってしまうのではないかと少し不安だ。

普段はなんだかんだ理由をつけて側にいたがるエルフ達だが、さすがに今日は出発準備が忙しいらしく誰もいない。

久しぶりにひとりきりの時間を楽しもうと、佑亜はエフィルリンドから借りたエルフ族の歴史書にのんびり目を通すことにした。

読書をはじめてしばらく経ち、レースのカーテン越しに感じる心地好い日差しにいつの間にかうとうとする。

ふと目覚めた佑亜は、すぐにその気配に気づいた。

(ヴァン!? え? 本物?)

うたた寝する前まで、シルヴァーノは王都からかなり離れた場所にいたはずなのに、なぜか今は王宮内にその気配がある。

転移魔法でも使ったのだろうか。そういう魔法が使えるのならすごく便利だ。今度誰かに聞いてみようと思いつつ、佑亜はシルヴァーノに連絡を取ってもらおうと従者を呼ぶための魔道具のベルに手を伸ばしかけた。

(いや、これは駄目か……)

シルヴァーノを呼んで欲しいとエルフ達に頼んでも、きっと笑顔でスルーされるに決まってる。

となれば、自力でシルヴァーノを捜し出すしかない。

(外に出るなら、この姿だと目立つよな。フード付きのローブとか、クローゼットにあったたっけ？ああ、でもクローゼットはもう荷造りされてるかも……)

まだだったとしても、きっと誰かが荷造り作業中だろう。こちらから出向いていってフード付きのローブが欲しいといえば、その理由を絶対に問いただされて邪魔される。

「ああ、もう面倒臭い！　今すぐヴァンに会いに行きたいのに」

思わず呟《つぶや》くと同時に、ふらっと眩暈《めまい》がした。

(……うわっ、目が回る)

慌《あわ》ててソファの背もたれに身体を預けて目を閉じる。

しばらくして眩暈が収まり、目を開けると、眼下にシルヴァーノの姿があった。

シルヴァーノは軍服姿で、王宮の庭園内を歩いている。

『ヴァン!!　良かった。今から捜しに行こうと思ってたんだ』

駆け寄ろうとしたが、身体が動かない。声も届いていないようで、シルヴァーノは佑亜の声に気づかない。

(どうなってるんだ？)

そもそも庭園を歩くシルヴァーノを、はるか頭上から見下ろしているこの視点が変だ。

混乱していると心地好い風が吹いてきて、すぐ耳元でサワサワと葉擦《はず》れの音がした。体内からは水が巡る音がする。

（……わかった。僕は今、樹になっているんだ）

ここは、以前シルヴァーノに案内してもらった王族しか入ることを許されていない庭園だ。佑亜は今、その庭園の中央に植えられた大きな樹の中にいる。

（今すぐヴァンに会いたくて、無意識のうちに緑魔法を使っちゃったんだ）

これは多分、大樹とシンクロしてその視点を借りる魔法だ。樹齢の長い樹にしか使えないが、かなり遠距離まで視点を飛ばすことができるらしいから、意識して使いこなせるようになったら、きっと便利だろう。

だが残念ながら、こちらの声を届けることはできない。一度、肉体に戻って出直さなくては。

（ヴァンの居場所がはっきりわかってよかった）

意識を肉体に戻そうとしたその時。

「アンジェリア」

ゆったりと歩いていたシルヴァーノが片腕を上げて、少し離れたところを散策していたアンジェリアに声をかけた。

「伯父《おじ》様。いつお戻りになったのですか？」

「たった今だ。お前が私を呼んでいると連絡があったのでね。急遽《きゅうきょ》戻って来た」

「まあ、お忙しいところ申し訳ありません」

「いや、気にするな。それで、なにがあった？」

「わたくし、どうしても伯父様にお話ししたいことがあったのです。それと、ユーア様が伯父様に連絡を取りたいとおっしゃっておられます」

「ユーアが？」

「はい。明日にはエルフの国からの迎えが到着するそうです。お目にかかってお話しするのならば、今日中でないと難しくなるかもしれません」

「……そうか。いや、今は止めておこう。時間がないし、エルフ達がうるさくてかなわん」

「まあ、伯父様ったら」

アンジェリアがくすくす笑う。

『確かにうるさいかもしれないけど、そこで諦めずに会いに来てよ！』

思わず叫んだ佑亜の声は、やはりシルヴァーノには届かない。

「お忙しいのなら、お茶に誘わず、このままお話しさせていただきますね」

「そのほうが助かる」

ふたりはその場で立ち止まったまま話を続けた。

「実はわたくし、以前から話があった例の縁談を、自分の意志で進めたいと思っているのです」

頬を染めたアンジェリアが、少し俯《うつむ》き、やたらもじもじしながら打ち明ける。

（お姫さまの縁談って……。もしかして、夜会の席でロレンシオくんが教えてくれたヴァンとの話……？）

シルヴァーノとアンジェリアとの婚姻を望む者達が縁談を勧めようとしていると、アンジェリアに恋する小さな従兄弟《いとこ》が愚痴っていたのを覚えてる。

（え、でも、僕がいるのに……）

魂の番として目覚めた自分がここにいるのに、番至上主義である竜人のシルヴァーノが他の人に目を向けるわけがない。

そう思っていたのに。

「そうか。決心したか」

アンジェリアの告白に、シルヴァーノは穏やかに微笑んだ。

「はい。あの……伯父様は喜んでくださいますか？」

「可愛いアンジェリア、おまえの選択を尊重しよう。私も現状ではそれが最善の道だと思うよ。これでエルフ達が少し落ち着けばいいのだがな」

シルヴァーノがアンジェリアを抱き寄せ、その両頬にキスを落とす。

『どうして!?　僕が、魂の番がここにいるのにっ!!』

我慢できずに叫んだ佑亜の声は、シルヴァーノには届かない。

激しい心の乱れによって魔法が解ける。

気づいた時には元の部屋の自分の身体に戻っていた。


意識が戻ったショックで、ソファにもたれていた身体がビクッと震えた。

鼓動が速いのは、覗《のぞ》き見てしまった会話のせいだろう。

「嘘《うそ》だ。そんな……だって……ヴァンの半身は僕なのに……」

それなのに、どうしてシルヴァーノはアンジェリアとの縁談を喜んでいたのだろう。

（……エルフ達のせい？）

大切なエンシェントエルフを守るためならと、過剰反応してしまうエルフ達。

佑亜の知らないところで、すでにシルヴァーノと衝突してしまっていたのだろうか？

たとえ魂の番であっても絶対にエンシェントエルフは渡さないと、エルフ達が真っ先に敵意をむき出しにした可能性は大きい。

アンジェリアも言っていたように、佑亜が他国に奪われたら、エルフ達はそれこそ戦争をも辞さない覚悟で怒り狂い、容赦なく牙《きば》を剥《む》くだろう。

そんなエルフ達の覚悟を見てとったシルヴァーノは、選択を迫られたのかもしれない。

魂の番である佑亜か、ヴェンデリン王国の平和かの二択を……。

（ヴァンは、ずっとこの国を守ってきたんだ）

三百年以上もの長い間、シルヴァーノはヴェンデリンの守り神としてこの国の人々を愛しみ、その平和を守り続けてきた。

出会ったばかりの魂の番への愛と、長く愛し続けてきた母国への愛。

シルヴァーノは、竜人としてではなく、守り神としての人生を選ぼうとしているのかもしれない。

（国家間の争いになれば血が流れる。誰かが死ぬ可能性だってあるんだ）

平和な国で育ってきたからなかなか実感が湧《わ》かないが、戦争とはそういうことだ。

魂の番の側にいたいという自分の願いのせいで、人々の血が流れることを佑亜だって望まない。

佑亜の中のエンシェントエルフとしての本能が可愛いエルフ達が傷つくことを厭《いと》うように、シルヴァーノだってヴェンデリン王国の民の血が流れることは望まないだろう。

だから、あえて今アンジェリアと婚姻を結ぶことで、エンシェントエルフを奪われるのではないかというエルフ達の不安を解消しようとしているのかもしれない。

(それはわかるけど……)

理性的に考えれば、それが得策なのだろうということは理解できる。

エンシェントエルフである佑亜がエルフ達にとってかけがえのない至宝であるように、竜人であるシルヴァーノはヴェンデリン王国の人々にとってかけがえのない守り神だ。

どちらも、両国にとって替えが利《き》かない存在なのだ。

思い返してみれば、洗礼を終えた直後からシルヴァーノは佑亜に近づいてこなくなった。

両国にとっての重要人物となった二人が、魂の番としての絆《きずな》を結ぶことが難しいと、最初からわかっていたのかもしれない。

そして、女神エルトリアにだってわかっていたはずだ。

(どうして女神様は、僕をエンシェントエルフにしたんだろう?)

あえて障害を与えることで、その後の人生の変化を見て楽しむためか?

沢山《たくさん》の招かれ人の人生を、リアリティショーよろしく眺めている間に、ハッピーエンドの展開に飽きてしまったのか?

確かに映画やドラマでも事件があったほうが盛り上がるし、面白いのかもしれないけれど……。

(僕はこんなこと望んでなかった)

ただ、自由に生きたかった。

だからあの日、家を飛び出してバスに乗ったのに、行きついた先でまた身動きできない状態になって、初めての恋を失った。

(どこで間違ったんだろう?)

洗礼を受けるより前、魂の番だと自覚する前にシルヴァーノの思いを受け入れていればよかったのか?

それとも洗礼を受けた直後、エンシェントエルフがどういう存在なのかきちんと理解する前に、シルヴァーノの側にいたいのだと、計都のように泣き叫んでだだをこねていれば良かったのか?

答えがわかったところで、今さら時を巻き戻すことはできない。

それがわかっていても考えずにはいられなかった。

広くて豪奢《ごうしゃ》な部屋の中、佑亜は両膝《りょうひざ》を抱えてきゅっと小さくなる。

どこかで見ているかもしれない女神に、溢《あふ》れてきた涙を見られないよう顔を膝に埋《うず》めた。

「嘘つき……。洗礼が終わったら、ふたりのことを真剣に考えてくれって言ってたのに……」

考える時間すら与えられなかった。

話し合いもできないまま、一方的に関係を断ち切られてしまうなんて……。

「……こんなの……あんまりだ」

佑亜は声を押し殺し、ひとり背中をふるわせて涙を流し続けた。

9

旅立つ前にひとめだけでも会いたかったのに、残念ながらシルヴァーノはすぐにまた王都から遠く離れた場所に行ってしまった。

(もしかしたら、ヴァンなりに気を紛《まぎ》らわせようとしてるのかも……)

魂の番としての自覚に目覚めたことで、以前のシルヴァーノが暇さえあれば自分の側にいたがった気持ちが、佑亜にもわかるようになっていた。

魂の番の所在が自然とわかってしまうと、逆らいがたい欲求に導かれてどうしても番の側に行きたくなってしまうものなのだ。

シルヴァーノは、それを避けるために意識してお互いの物理的な距離を開けようとしているのかもしれない。

(この国から遠く離れたら、僕も少しは気が紛れるのかな)

ここから遠いエルフの国に行けば、約束された運命の恋人の側にいきたいと願うこの気持ちを、少しは抑えることができるようになるのだろうか?

そうであって欲しいと、佑亜は祈るように願う。

「さあ、ユーア様、参りましょう。見送りの者達も来ておりますよ」

「うん、ありがとう」

エフィルリンドに呼ばれて、ゆっくり立ち上がる。

その動きに合わせて、身につけている繊細なアクセサリーがシャラシャラと涼やかな音を立てた。

これからエルフの国、エルハリエルの首都であるメルギルウィラスの里へと旅立つのだから旅装らしい身軽な服を着せてもらえるかと思いきや、実際は真逆で服装もアクセサリーもいつもの三割増しの煌びやかさだ。

耳にまで飾りをつけられてしまったので、ピコピコ動く度にシャラシャラ音がしてうるさい。

外してくれないかと頼んでみたのだが、耳の動きを止める訓練がてらつけているようにと言われてしまった。

（一朝一夕《いっちょういっせき》でこの耳が止まるわけないのに……）

不満げな顔の佑亜に、エフィルリンドがにこやかに提案してくる。

「耳飾りを外されるのでしたら、代わりにサークレットをおつけになりますか？」

「……サークレットは止めとく」

エルフ達は男女問わず額を飾るサークレットを好んでいるようだが、佑亜はあれがどうも苦手だ。

なんとなく中二病っぽく思えてしまって、恥ずかしいからだ。

「そうですか……。耳飾りの音に我慢がならなくなったら、いつでもおっしゃってくださいましね。

ユーア様に似合いそうなサークレットをたくさん取りそろえておりますから」

「……ありがと。気合いで耳を止めておくよ」

佑亜は耳の先をつまみ、ピンと張って気合いを入れる。

エフィルリンドに手を引かれて外に出ると、白い豪奢な馬車の前に、見送りの招かれ人仲間とヴェンデリン王国の王族が並んで立っていた。

「おお、これは美しい。まさにエルフ族の至宝と呼ぶにふさわしい姿だ」

陽光の下、佑亜の白金から緑へとグラデーションがかかった髪や羽が鮮やかに輝く。深緑色の虹彩を持つ淡い黄緑色の瞳《ひとみ》も、光を弾《はじ》いて複雑にきらめいていた。

眩《まぶ》しげに目を細めながら真っ先に出迎えてくれたのは、国王カーティスだ。

本来ならばこちらから謁見の間に出向くべきなのだろうが、ナチュラルに上から目線のエルフ族がそんなことをするはずも無く、国王自らに足を運ばせる状況に陥っている。

佑亜としては、うちのエルフ達が生意気ですみませんと謝りたい気分だ。

「国王陛下御自らのお見送りに感謝いたします」

「なんの。可能ならば送迎の宴《うたげ》を開きたかったのだが、時間が無いのが残念だよ」

「いいえ。こちらこそ慌ただしくてすみません」

予定日の早朝に到着したエルフ達は、一刻も早く佑亜を連れ帰りたいからと、その日の昼過ぎには出立の準備を整えてしまっていた。

佑亜もヴェンデリン王国の人々も、まさか彼らが休まずに出発する気だったとは思っていなかっただけに度肝を抜かれた。

「ユーア様はそれだけエルフ族に愛されているのですわ。短い間でしたが、ユーア様のお世話ができたこと光栄に存じます。旅のご無事をお祈りいたしますわ」

「……ありがとうございます。アンジェリア姫」

お幸せにと告げるべきかとも思ったが、どうしても言えなかった。

そもそもシルヴァーノとアンジェリアの縁談の話は魔法で覗き見た情報であって、まだ世間には公表されていない。こんなに人の多い場所で公言すべきではないだろう。

「佑亜、絶対に手紙ちょうだいね」

とことこと歩み寄ってきた計都が、耳と尻尾をしょんぼり垂らして手を差し伸べてくる。

佑亜も長い耳をしょんぼり垂らし、少し屈《かが》んでその小さな手と握手した。

「うん。計都くんも返事を書いて。向こうでなにか珍しいものがあったら一緒に送るからね」

「元気で」

「ありがとう」

続いて歩み寄ってきた貴史とも握手して、その後ろにいる相田と香奈にも微笑みかけた。

「色々とお世話になりました。この世界に来たばかりの時に、おふたりが身を挺して僕を助けてくれたこと、ずっと忘れません」

「当たり前のことをしただけだよ。頑張ってね」

「はい」

相田と握手してから、泣きそうな顔の香奈に視線を向ける。

「香奈さん、笑って見送ってください」

「でも……。これでいいの？」

「……今はこれでいいんです。いつかまた、時が巡ってくるのを待ちます」

香奈がなにを聞いているのか理解した上で、佑亜はしっかり頷いて微笑んだ。

（だって、まだなにも終わってない）

あの日、佑亜はずっと泣いていた。

うっかりエルフ達に見つかって、なんとか泣き止もうとしたのだがどうしても涙が止まらなかった。

そんな自分が恥ずかしくて狼狽《うろた》えたが、エルフ達も普段はピクリとも動かさない耳をピコピコ揺らし、佑亜以上におろおろと狼狽えていた。

自分の感情をコントロールしきれていない佑亜が、まだ二十歳《はたち》にも満たない幼児（エルフ的な感覚で）だったのだと、たぶんはじめて気づいてくれたのだと思う。

どうやらエルフ達は、佑亜が仲間達から離れることを寂しがって泣いていると勘違いしたようだった。

子供が、慣れた環境や友達から離れるのを嫌がるのは当然のこと。エンシェントエルフを上位種として上に見るあまり、佑亜自身に対する配慮が欠けていたと反省してくれたようで、しょんぼり耳を垂らして強引に予定を決めたことを皆で謝ってくれたのだ。

はじめて桐生《きりゅう》佑亜という一個人として見てもらえたようでとても嬉しかった。

（謝ってくれただけで、出発日をずらしてくれなかったけど……）

最終的には、エルフあるあるで佑亜の意見は聞こえないふり、笑顔でスルーされてしまった。

エルフ達は本当にしたたかで頑固だと呆《あき》れたが、彼らの不器用な謝罪を受け入れたことで、佑亜の中でなにかが変わった。

(そうか……。僕も彼らと同じ、エルフ族なんだ)

上位種と下位種という違いはあるが、根っこは同じ。

人族だった時は、追い詰められたら全て捨てて逃げることしかできなかったけれど、エンシェントエルフとなって長い寿命を得た今の佑亜には他にも選択肢がある。

時を待つ、という選択肢が……。

今は無理でも、長い時を経れば、いつか自らの望む未来を手に入れられる日がくるかもしれない。

(まだヴァンを諦めなくていいんだ)

シルヴァーノがアンジェリア姫を選んだと知った時、佑亜はエンシェントエルフになったこの身を呪った。エンシェントエルフである自分を過剰に囲い込もうとしてくるエルフ達を邪魔だとさえ思った。

女神に与えられた、この新しい身体によって、がんじがらめに縛られてしまったように感じていたけれど……。

(違う。僕は、今も自由だ)

新たに得た長い寿命は、佑亜に新たな選択肢を与えてくれた。

いつか天寿を全うしたアンジェリアを見送り、またシルヴァーノがひとりになる日がくる。

その時がきたら、今度は自分からシルヴァーノに手を伸ばせばいいのだ。

（ヴァンだって、きっとそれを望んでくれる）

竜人であるシルヴァーノが魂の番ではないアンジェリアとの縁談を受け入れたのは、あくまでも国のためだ。

心は今も間違いなく魂の番である佑亜の元にある。

だって自分達は、約束された運命の半身同士なのだから……。

（次は絶対に間違わない）

また後悔しないよう、これからの日々を、約束された運命の恋人を手に入れるための準備期間にすればいい。

今はエンシェントエルフを囲い込もうとやっきになっているエルフ達も、時が経てば少しずつ落ち着いて、きっと話を聞いてくれるようになる。

佑亜がエンシェントエルフとしてあがめ奉られて窮屈に感じても拒絶せずにいるのは、やはりエルフ達に同族としての親しみを覚えているからだ。

側にいられて嬉しいと全力で訴えてくるエルフ達を嫌いになんてなれそうにない。むしろ上位種であるが故の庇護《ひご》意識のようなものさえ感じているぐらいだ。

（家族みたいなものだと思えばいいんだ）

かつて母の存在が佑亜にとって重荷ではなかったように、エルフ達に感じる同族意識も、未《いま》だ見知らぬこの世界での生きるよすがになってくれるような気がする。

「僕は長命種だから、望みを叶《かな》えるためにチャンスを待つ時間はたっぷりあるんです」

茶目っ気《け》たっぷりにそう告げると、香奈は少しほっとしたようだった。

「すっかりエルフ族らしい考え方をするようになっちゃったのね。……でも、私達とは寿命の差があることを忘れないでね？　このまま二度と会えないなんて嫌よ」

「そこは大丈夫。日本人だった時の感覚もちゃんと残ってますから。また会いに来ます」

「絶対よ。忘れないでね」

別れを惜しんで、香奈がぎゅっと抱きついてくる。

「約束します。……香奈さんのこと、勝手にお姉さんのように感じてました。だから絶対に忘れたりしません」

佑亜もそっと腕を回して、香奈を抱き締めた。


「さあ、諸君。輝かしきメルギルウィラスの里へと帰還する時が来た」

この場のエルフの中で最上位であるエルフの王族、アダスールケレグリンの号令でエルフ達は王城から出立した。

佑亜が乗せられた豪奢な白い馬車、というか橇《そり》のような造りの乗り物を中心に、それより少し小型の橇っぽい馬車が次々に続いていく。

車輪がないのに道を進んでいけるのは、馬車が魔法の力で常に地面から少し浮いているからだ。

エルフの国の首都であるメルギルウィラスの里は、他種族を拒むように人里離れた山奥にあり、そこに至る地上の道は途中で断崖絶壁によって途絶えている。その代わり、船では遡《さかのぼ》ることができない激しい滝と急流があって、エルフ達は空を飛んだりその川を遡ったりして里へと帰還するのだそうだ。

「だから足元が橇みたいになってるんだね。でもどうやって進むの？　スプレイニルは水の上を走れるのかな？」

「川に至ったら、スプレイニルからケルピーに交換します」

「ケルピーって、水棲の馬だよね。スプレイニルもそうだけど、はじめて見る動物ばかりで嬉しいな」

スプレイニルは馬車を引いている八本足の馬だ。普通の馬の倍近い頑丈な体格で、ちょっとした魔獣に襲われても自力で蹴《け》り倒して進むことができる有能な旅の護衛でもある。

宙を滑るようにして進む馬車の旅は快適で、ほとんど疲れを感じなかった。

同行のエルフ達の半数以上は、自前の天翔《あまがけ》る騎獣に乗って同行している。ペガサスやグリフォン等、ファンタジー生物が勢揃《ぞろ》いしていて、佑亜は飽きずに馬車の窓から併走する彼らを眺めて楽しんでいた。

エルフ達はエンシェントエルフと共に旅ができるだけで充分に楽しいらしく、みんないつも上機嫌だ。

「メルギルウィラスの里までって、どれぐらいかかるの？」

馬車に同乗しているエフィルリンドに聞くと、「二十日程でしょうか」と言われた。

「そんなに？　でも、確か迎えは一週間ぐらいで到着したよね？」

「馬車が空だったこともあって、ほとんど休まず全速力で駆けてきたようです」

帰りの馬車にはヴェンデリン王国にいたエルフ達が多く乗っているし、荷物やお土産《みやげ》も積んでいるので休憩も取りつつ地道に走らねばならない。エルフの馬車は人族の馬車より速く走れるが、それでも少し時間がかかるとのことだった。

「二十日かぁ。さすがに退屈だな。――そうだ。エルフの国のことを色々教えてくれる？」

「もちろんですわ。アダスールケレグリン様もお呼びしましょう。ヴェンデリン王国では、仕事に追われてユーア様とゆっくりお話しできなかったと、ずっと愚痴っておいでてでしたのよ」

エフィルリンドとアダスールケレグリンは、最初に出会ったエルフ達だ。もうひとり、マエグランディアという壮年の男性もいたのだが、さすがにエルフの宮を全くの無人にはできないからと、責任者としてヴェンデリン王国に残っている。

馬車の中、ふたりのエルフ達にエルフの国のことや魔法について学び、夜には豪奢な天幕を張って野営する。

人族の宿を利用することもできるはずなのだが、エンシェントエルフを粗末な宿に泊めることはできないと言われた。美意識の高いエルフだけに、色々と拘りがあるらしい。

もうちょっと鷹揚《おうよう》に生きられればもっと楽だろうにと、佑亜は小さく笑った。


順調に旅は進み、十二日目を迎えていた。

この頃には迎えに来たエルフ達もずいぶんとエンシェントエルフに慣れてきて、休憩の度に一斉に佑亜を取り囲んで我先に話しかけようとすることもなくなっていた。

エルフの国が近づくにつれ、なだらかな平地から徐々に険しい山間部へと変わっていく。旅人用の野営スペースを利用して昼休憩すべく馬車を降り、昼食の準備が整うのを待つ間、佑亜はその付近を軽く散歩していた。ずっと座りっぱなしなので、休憩の時ぐらいは足を動かしたかったのだ。

「ここらあたりはまだヴェンデリン王国なんだよね？」

聞くと、ぞろぞろくっついてくる護衛達が我先にと答えてくれる。

「はい。ですが、明日にはエルフの領域に到達します」

「そう。楽しみだな」

見知らぬ世界での馬車の旅は新鮮で興味深いことばかりだったが、さすがにもうそろそろ屋根の下で落ち着いて生活したい。

周囲を見渡した佑亜は、遠くに見覚えのある木を見つけた。背中の羽を広げてふわりと宙に浮くと、すうっと走るより速いスピードでその木の元へ飛んで行く。

「ユーア様！　我らが騎獣に乗っていない時は空を飛ばないでください」

「あ、ごめん」

慌てて走って追いかけてくる護衛達に謝りながら、佑亜はその木を見上げた。

かつて見かけたことのある、緑と銀のストライプの葉と白樺《しらかば》に似た銀色に輝く幹を持つ木だ。

「この世界に来たばかりの頃に見た木があったから、懐かしくて」

「ああ、シルバードロップですね。丈夫な木で、どこででも見かけますよ。秋になると栄養価の高い銀色の小さな甘い実が鈴なりに実るので、冬越えのいいおやつになってます」

「そうなんだ。ちょっと鑑定してみようかな」

この馬車の旅の間にアダスールケレグリンから魔力操作を教わったお陰で、生活魔法と言われるような基礎的な魔法は一通り使えるようになっていた。と同時に、ほぼ無意識に発動していた緑魔法のコントロールも少しだけ可能になった。

いま使おうとしている鑑定の魔法は緑魔法の一種で、植物にしか使えないが、旅の間に見つけた目新しい花や木をわざわざ人に聞いたり図鑑を広げずに知ることができるので重宝している。

佑亜は体内に流れる魔力を意識しながら、木の幹に手を触れて目を閉じた。

(君のことを教えてくれる?)

そうっと木の中に流れる魂脈に触れて問いかけると、すぐに答えが返ってきた。

『シルバードロップ。葉には強い抗菌作用と薬効があり、実には豊富な栄養素が含まれ、どちらも感冒や疲労に効果がある。人々が厳しい冬を乗り越える一助となるよう、最後のエンシェントエルフによって地上にもたらされた』

「……最後のエンシェントエルフ?」

予想外の鑑定に驚いて耳がピコピコ動く。

神さまじゃあるまし、新品種を作り上げることができるものなのか?

不思議に思うと同時に、その答えも刷り込まれた種族の記憶から浮上してきた。

(できるんだ)

新しい品種をポンと作り出すことはできないが、緑魔法を駆使すれば可能らしい。

薔薇《ばら》や蘭《らん》など、前の世界の園芸家が次々に新たな品種を作りだしていたように、こちらの世界でも既存の種を交配、挿し木することで新品種を作り出すことができる。

植物の成長促進や再生に特化している緑魔法は、交配におけるトライアンドエラーにかかる時間を大幅に削減できるのでこの作業に最適だ。

エンシェントエルフという種族自体が植物に対する親和性が高いこともあって、交配の成功率も格段に高くなるようだ。

「黄水晶の宮の主《あるじ》がどうかなさいましたか？」

思わず呟いた佑亜の言葉に、護衛達が不思議そうな顔をしている。

「シルバードロップの由来を知らないの？」

「由来ですか？」

エルフ達はきょとんとした。

(知らないんだ)

不思議に思ったが、すぐにその理由に思い至った。

多分、最後のエンシェントエルフは佑亜以上にエルフ達から大切にされていたはず。その彼（彼女？）が最後の力を使って作り上げた木があると知ったら、きっと彼らはその木を外に出さず囲い込んで、自分達の国や里だけで育てただろう。

(きっと最後のエンシェントエルフは、エルフ族だけじゃなく全ての命のためにこの木を作り上げたんだ)

少しでも人々の生活の役に立てばと作り上げた木が、より広い世界に広がるようにと願って、エルフ達に内緒でこっそり世界中に種をばらまいたのかもしれない。

最後のエンシェントエルフが、あの子達も悪い子じゃないんだけどと苦笑しながら、小鳥達に種を委《ゆだ》ねる姿が脳裏に浮かんで佑亜はこっそり笑ってしまった。

(さすがにもう時効だよね)

今さらエルフ達が事実を知ったとしても、世界中に広がったシルバードロップを回収することはできない。むしろ、全ての命を愛しむ最後のエンシェントエルフの優しさに感動するかもしれない。

佑亜は羽を広げるとその場にふわっと浮き上がった。

「ユーア様！」

「大丈夫。向こうに戻るだけだから」

エフィルリンド達に一刻も早く教えたくて、昼休憩の準備を進めている皆の元に戻ろうと羽に魔力を通した。

と、その時、突然の眩《まばゆ》い光に目がくらんだ。

「敵襲だ！」

「ユーア様をお守りしろっ!!」

野営地の皆に向け、一斉に矢と魔法が降り注ぐ。

簡易結界は張っていたようで直接の攻撃は防がれたようだが、結界自体はすべて破られてしまったようだ。

「ユーア様、地上にお戻りください！」

驚きの余り、宙に浮いたまま襲われている野営地を呆然《ぼうぜん》と眺めていたユーアは、護衛達の声に慌てて地上に戻ろうとした。

だが、その前にグリフォンに乗ったエルフの騎士が飛んできて、あっさりと佑亜を回収してしまう。

「ありがとう。皆は大丈夫かな？」

襲撃の場から離れようとして飛び続けるエルフに振り向いて声をかけると、彼は僅《わず》かに苦しそうに顔を歪《ゆが》めた。

「大丈夫です。あの程度の攻撃ではたいした被害は与えられないでしょう」

「そう。よかった」

ほっとして、ふと気づく。

グリフォンに乗るこのエルフの顔に、見覚えがないことに……。

しかも、彼が着ている装束はメルギルウィラスの里のエルフ達のものとは微妙に違っていた。

「たしか、その鎧《よろい》の紋章ってカラングリンの里のものだよね」

カラングリンは最南端にあるエルフの里の名だと、馬車の中でアダスールケレグリンから教わった。

南のエルフがどうしてこんなところにいるのだろう？

エンシェントエルフが現れたと知って、わざわざ会いに来てくれたのだろうか？

不思議に思った佑亜がそれを聞く前に、「申し訳ありません」とエルフが辛《つら》そうに言う。

「なにが？」

その問いに返って来たのは、答えではなく当て身。

佑亜はなにかを考える暇もないまま、意識を刈り取られた。


次に目覚めると、ふわふわの毛皮の上に横たえられていた。

見たところ天幕の中のようだが、見慣れたエルフ達のものとは違って、もっと実用的に見える。

「ここは……。え？　なにこれ」

起き上がろうとした佑亜は、両手を金属の手枷《てかせ》で拘束されていることに気づいた。

「魔封じの手枷です。飛んで逃げられないよう、御身の魔法を一時的に封じさせていただきました」

声の主はさっき佑亜に当て身をくらわせたエルフだった。

「君の名前は？」

「クルサリオンと申します。エンシェントエルフである御身に、このようなご無礼を働いたこと、心より申し訳なく思っております。ですが、どうかお願いします。我らを、カラングリンの里の者を助けてください」

クルサリオンはその場に跪《ひざまず》き、深く頭《こうべ》を垂れた。

「ちょっと待って。その前に質問に答えて。さっきのあの野営地への襲撃に君も係《かか》わっているの？」

「……はい。ですがあの攻撃は、同族に怪我《けが》をさせないよう配慮したものです。もちろん、エンシェントエルフ様に対してこのようなご無礼を働いたのですから、どのような罰でも受ける所存です。ですが、どうかお願いです。我が里をお助けください。このままでは滅んでしまうのです！」

「滅ぶって……。カラングリンの里が砂に覆われかけている件だよね？　それに関しては、他のいくつかの里から移住しておいでと誘いがあったんじゃないの？」

カラングリンの里の名を覚えていたのは、その件があったからだ。

南の地は年々砂漠化が進んでいるそうで、最南端に暮らすエルフ達は魔法で水や風を自在に扱えるから生活できてはいるものの、里自体はもうじき砂に埋もれてしまうだろうと言われているのだ。

「はい。ですが我らは、始祖より受け継いできた美しい館をどうしても捨てたくないのです」

（あー、これもエルフあるあるか……）

独自の美意識の中で生きているエルフ達は、その住処《すみか》にも拘っているのだと馬車の中で教わった。

何世代にもわたって受け継いできた屋敷は、それぞれの代で何度も手を加え、世界にひとつの芸術品となっているのだと……。

我が館をユーア様に見ていただけるのが楽しみですと、馬車の中でアダスールケレグリンが子供のようにはしゃいでいたのを思い出し、佑亜は思わず溜め息をついてしまった。

（まったく……。エンシェントエルフは万能じゃないのに）

招かれ人の洗礼でエンシェントエルフが現れたとの知らせを聞いて、救いを求めて慌てて駆けつけてきたのだろう。

だが、どんなに期待されても大きな自然の流れに逆らうような力なんて持ってない。

とりあえずそのことを説明してわかってもらわなくてはならないようだ。

と同時に、襲撃者がエルフだったことに、少しほっとした。

彼らが上位種である自分に対して、本当の意味で危害を加えることはできないとわかっていたからだ。

もうじきカラングリンの里が砂に埋もれるといっても、それはエルフの感覚での『もうじき』だ。人族的な感覚で考えれば、まだまだ余裕はあるだろう。里を捨てずに済む方法を探る時間だってあるはずだ。

(さて、どうやって説得しようか……)

居住まいを正すと、チャリッと手枷の鎖が存在を主張する。

(魔封じの手枷って言ってたっけ)

自覚はないが、本当に魔法が封じられているのだろうか?

試しに羽に魔力を流そうとしてみたが、動かした魔力は意に反して強制的に手枷に吸い上げられてしまう。

身体の中に流れる魔力を強引に操作される感覚は、肌の内側を他人に触れられているようで非常に不愉快なものだった。

しかも魔力を封じられたせいか、遠く離れてもずっと微《かす》かに感じていたシルヴァーノの気配をまったく感じ取れなくなってしまっている。

そのことがとても心細く感じられて、自然に耳がへにょっと垂れてしまった。

まず最初に、この不自由な手枷を外してもらわなくては。

そして、佑亜を奪われて怒髪天を衝《つ》く勢いで怒っているだろう、メルギルウィラスの里のエルフ達を落ち着かせなくてはならない。

エルフ同士でエンシェントエルフを奪い合っていては、進む話も進まなくなる。

「えっと……クルサリオンだったっけ。とりあえず逃げないから、この手枷を外してくれる？」

佑亜が両手を差し出すと、クルサリオンは困った顔になる。

「申し訳ありません。……ああ、奴らも戻ってきたようだ」

「奴ら？」

天幕の向こうから、複数の人の声が近づいてきて、前触れもなく天幕の入り口が開いた。

「おお、首尾良く捕らえたようだな。それがエンシェントエルフか……。なるほど、実に美しい。羽も髪も繊細に色づけされた芸術品のようではないか」

天幕に入ってきたのは三人の人族の男達。

三人とも褐色の肌に銀の髪で瞳《ひとみ》は黒。筋肉質だがスラリとした体格で、身動きしやすそうな軽装の革鎧を身につけている。

「クルサリオン。彼らは？」

「カラングリンの里と以前より交流のあった、ベスティータス国の者達です。真ん中の男はエドヘルム殿。かの国の第二王子です」

「他国の王族がどうしてこんなところに……」

（……これは、どういうことだろう）

たしかベスティータス国は、カラングリンの里よりさらに南にある砂漠の王国だったはず。

その王族が勝手に他国の領土内に入り込むなど、本来あってはならないことだ。

「この地で偶然クルサリオン殿とお会いして、利害が一致したので協力関係を築かせてもらっている」

「あなた方も、エンシェントエルフに砂漠化を止めさせようと考えているんですか？」

「それが可能ならな。——で、どうなのだ？　伝承ではエンシェントエルフは緑を増やすことができると言われているが、砂漠を緑地化することは可能か？」

「不可能です。種を芽吹かせて緑を広げることができたとしても、水を蓄える力のない砂の上では一瞬でまた枯れてしまいます」

佑亜だって枯れるとわかっている地に、緑を芽吹かせたくはない。

「そうか。ならば、招かれ人として役に立ってもらおう」

エドヘルムが左右に控えている騎士に合図すると、彼らはあっという間にクルサリオンを捕らえ、佑亜と同じ手枷を嵌めてしまった。

「エドヘルム殿！　これはどういうことだ！」

「どうもこうもない。もとより、エルフなんぞと手を組む気などなかっただけだ」

「くっ……。カラングリンの民よ、剣を取れ！　ベスティータスが裏切ったぞ!!」

クルサリオンが天幕の外に向かって大声を出したが応えはない。

「無駄だ。すでにお前の仲間達は拘束済みだ」

エドヘルムは楽しげに笑った。

「なんだと……」

「安心しろ。誰も殺してはいない。エルフはいい土産になる。傷つけては勿体《もったい》ないからな」

「なんということを……。ベスティータスの王は我らとの同盟を破棄するつもりか！」

「オヤジ殿の意向など知ったことか！」

憤慨するクルサリオンに、エドヘルムが吐き捨てるように言った。

「エルフひとりが作り出す水があれば、我が国の民が五百人は生き長らえるのだぞ。同盟などで細々と水を恵んでもらっていてはもはや間に合わぬ。カラングリンの里ごと奴隷化して水を造りださせるべきなのだ！」

「そのようなこと、他の里のエルフ達が黙ってはいない！」

「はっ。西や東のひ弱なエルフ共に砂漠越えができるものか。我が王都に辿《たど》り着く前に暑さにやられて引き返すだろうよ」

たとえ辿り着けたとしても、その頃には疲れ切っているはず。制圧は容易《たやす》い。奴隷が増えるだけだと、エドヘルムが笑う。

「……卑怯な」

図星だったのか、クルサリオンは悔しげだ。

「安心しろ。こちらにも少なからぬ被害がでるゆえ、里ごと奴隷化するのは無しにしてやる。なにしろ、エンシェントエルフの招かれ人が手に入ったのだ。エルフ共とは比べものにならない恩恵を我が国にもたらしてくれるだろうよ」

エドヘルムの視線が佑亜に向けられる。口元は笑っているが、その視線は鋭く冷たい。

佑亜は我知らず身震いしていた。耳も勝手にビビビッと激しく動くものだから実に鬱陶《うっとう》しい。

「……招かれ人の意志を無視して、他国に連れ去ることは禁じられているはずです。そんなこと、女神様がお許しにならない。かつて招かれ人を強引に奪って死なせた国に、女神の天罰が下ったことを知らないのですか？」

「もちろん知っているとも。わざわざ招いた客人を失った女神は深く嘆き悲しみ、その涙によって百日もの長きにわたって雨を降らせ続けたというのだろう？　――素晴らしい話ではないか!!」

エドヘルムは両手を広げ、芝居がかった仕草で天を仰いだ。

「地下水脈が涸《か》れかかっている我が国にとって、百日もの雨はまさに慈雨となろう！　招かれ人が現れそうな複数の大国に、長きにわたり密《ひそ》かに網を張っていた甲斐《かい》があったというものだ」

「じゃあ、ならず者に僕たちを襲わせたのは……」

「むろん、我らだ」

ベスティータスの者達は肌の色が違うため、ヴェンデリン王国では目立ちすぎて自由には動けない。だから、金の力でならず者達をけしかけたのだ。

「この国の護衛と出会う前に手に入れる予定だったが、よりによってヴェンデリンの守り神に邪魔されるとは運が悪かった。王城に入ってからは、守りが堅固すぎてなかなか手出しができずにいたのだ。洗礼が終われば、誰かひとりぐらい市中に降りる者もいるかと期待していたが、一向に王城から出てこない。どうしたものかと手を出しあぐねている時に、見覚えのあるエルフ共を見つけてな。事情を聞いたら、なんと招かれ人の中にエンシェントエルフが現れたというではないか」

そしてエドヘルムは、メルギルウィラスの里に向かうエンシェントエルフを途中で攫《さら》い、自分達の里に招くつもりだと張り切っていたカラングリンの里のエルフ達に協力を申し出たのだ。

「エルフ共は、慈愛に満ちたエンシェントエルフならば、事情を話せばきっと快く応じてくれるはずだと信じていたようだぞ」

「……そうですね。協力はしたでしょう」

佑亜は、魔封じの手枷を嵌《は》められた上に縛られているクルサリオンに視線を向けた。

「ただし、他の里のエルフ達の協力も仰いだはずです。——上位種は神じゃないんだよ？　特に僕はエンシェントエルフに変化したばかりで、魔法だってまだ全然使いこなせていない。ひとりではまだなにもできない、産まれたての赤子のような存在なんだ」

情けなさに耳がへにょんと垂れる。

佑亜の心の動きに同調するように動く耳を見て、クルサリオンはがっくりと頭を垂れた。

先程からの佑亜の耳の動きに、エルフ族としては本当にまだ未熟なのだと感じ取ってくれたのかもしれない。

「申し訳ありません。……このような失態……もはや……償いようもない」

「……いいよ。エンシェントエルフが現れたと聞いて、つい浮き足立ってしまったんだよね？」

エンシェントエルフに対するエルフ達の盲信と信頼はすでに信仰だ。

だからこそ、これ以上の砂漠化をなんとか止めて欲しいと心から願いさえすれば、きっと叶えてもらえるはずだと思い込み、願いは同じだからと助力を申し出るエドヘルムの甘言にもあっさり乗ってしまったのだろう。

謝ってもらったところで事態は変わらないし、額《ひたい》を床に押し当ててむせび泣いているクルサリオンが可哀想に思えて責める気にもなれない。たぶん上位種としてエルフを可愛く思ってしまう気持ちも怒りに蓋《ふた》をしているのだろう。

（ああ、でも、狙《ねら》われたのが僕で良かった）

エドヘルムの話では、洗礼後もずっと招かれ人を誘拐すべく隙《すき》を窺《うかが》っていたようだ。

招かれ人仲間達が学校に通うようになれば、友達も増えて一緒に街に買い物に出掛けたりすることもあるだろう。そこを狙われていたかもしれないのだ。

子供になってしまった貴史や計都などは、ひょいっと抱え上げられて簡単に誘拐されかねない。

せっかく人生をやり直すチャンスをもらって楽しそうにしていたのに、誘拐されて命を奪われるなんてことにならなくてよかった。

（なんて、呑気《のんき》に考えてる場合じゃなかった）

目の前に迫った危機が恐ろしすぎて、つい現実逃避してしまった。

佑亜は軽く首を振ると、エドヘルムを見上げた。

「招かれ人を殺しても雨が降るとは限りませんよ」

「降るさ。古の文献にもそう載っていた」

「……その時は雨が降ったのかもしれません。ですが、今回はどうでしょう？　招いた客を攫って殺した者達が喉《のど》から手が出るほどに渇望している雨を、女神がわざわざお与えになると思いますか？」

それは無いだろうと、佑亜は思う。

むしろ逆で、いっそうの水涸れに襲われるのではないか？

そうでなければ、罰にはならない。

「やってみなければわかるまい。どうせ我が国は、このままでは滅びを待つだけだ。天罰など恐れてはいられないのだ。それに万が一雨が降らなくとも、まだ救いはある。なにしろ、どのような荒れ地であっても、エンシェントエルフの亡骸《なきがら》からは緑が萌《も》え出《い》ずるというではないか。王都近くの砂漠におまえの亡骸を埋めれば、きっと我らは新たな森を得られるはずだ」

「ふ、不敬な!!　なんという恐ろしいことを言うのだ！」

クルサリオンが叫ぶ。

佑亜は恐怖の余り、すうっと血が引いていくような感覚を覚えた。

「……か、かつてエンシェントエルフの亡骸から緑が現れたのは、彼らがそう願って緑魔法を使ったからです。僕は、自分を殺す者達のために緑を願ったりしない！」

むしろ、無意識レベルで緑が芽生えないよう呪ってしまいそうな気がする。

――招かれ人を殺せば雨が降る。

――エンシェントエルフの亡骸からは緑が現れる。

エドヘルムは、文献で読んだ文面をそのまま信じて、その裏にある当事者の感情を読み取ることすらせず、恐ろしい蛮行を行おうとしている。

この男には想像力というものがないのだろうか？

もしくは、想像力を働かせる余地がないほどに追い詰められているのか……。

どちらにせよ領ける話ではない。

だが、佑亜の拒否に、エドヘルムは動じなかった。

「ならば、エルフ共を殺すと言えばどうする？」

「え？」

「エンシェントエルフ殿が緑魔法を使わなければ、カラングリンの里のエルフを攫いひとりずつ殺す。それも惨《むご》たらしくな。母の前で子を殺し、夫の前で妻を犯して殺そう。エンシェントエルフ殿は、それを黙ってみていられるか？」

（……無理だ）

争いのない平和な国で育ってきたのだ。たとえそれがエルフ族ではなかったとしても、目の前で誰かが惨たらしく殺されるのを見て平気でなんていられるわけがない。

うなだれる佑亜を見て、エドヘルムは満足そうに笑った。

「わかっていただけたようだな。だがまあ、殺すのはベスティータス国についてからだ。それまではその美しさで我らを楽しませてもらおうか」

「ひっ」

エドヘルムの手が伸びてきて、佑亜の髪に触れた。

日本人だった時と同じように髪に触覚なんてないはずなのに、触られた部分が嫌悪感でざわっと震えたような気がする。

それなのに頭の中では、

(以前だったら、これが貞操の危機だってことにすら気づけなかっただろうな)

と、冷静に考えている自分がいた。

どうやら洗礼を経たことで、いつの間にかこの世界の常識も身についていたようだ。

ついでに言うと、こんな危機的状況だというのに、さっきからちょいちょい思考が脇にそれてしまうのは、問題をのんびり先送りしようとする、エルフあるあるのせいかもしれない。

(いや、そうじゃなくて！　とにかく、この状況をなんとかしないと)

のんびり構えていたら、本当に犯されてしまう。

なんとかして時間を稼がなければと必死で考えながら、男の手から逃れようと佑亜は可能な限り身を引いた。

「無礼者！　そのお方に触るなっ!!」

「そいつは外に放り出しておけ」

護衛の騎士が暴れるクルサリオンを引きずり出そうと天幕の入り口を開けると同時に、兵士が駆け込んできた。

「報告します！　メルギルウィラスの里のエルフを見張っている暗部より、エルフがこちらに向けて飛び立ったとの報告がありました」

「居場所を特定されたか」

「たぶん先程逃してしまったエルフが、メルギルウィラスの里のエルフに助けを求めたのかと……」

「ちっ、敵対していたくせに、あっという間に馴《な》れ合ったか。これだからエルフは」

どうやらエルフ族の強い同族意識と、問題を先送りする習性が良い方向に働いたようだ。とりあえず諍いは後回しにして、協力して捕らえられた仲間を助けようとしてくれているのだろう。

「しょうがない。この拠点は放棄する。勿体ないが拘束したエルフを全員連れて行っては足が遅くなる。エンシェントエルフに対する人質として数名のみ連れて行け。なるべく見目の良いものを選べよ」

「ゲスが。エルフは千年経とうと屈辱を忘れない。ベスティータス国の者達に報いを」

「我が国の民が現実に目の前で干からびていく恐怖に比べたら、エルフの呪いなぞ恐ろしいものか」

クルサリオンの呪いの言葉を、エドヘルムは鼻で笑った。

「こいつは俺が連れて行く。俺のフレイムコンドルを出せ」

「あっ……」

グイッと手枷を引っ張られて引き寄せられ、佑亜はそのまま荷物のようにエドヘルムの肩に担ぎ上げられた。

天幕の外に出ると、手枷や首輪を嵌められて、木にくくりつけられた十数人のエルフ達がいた。

「ああ、エンシェントエルフ様になんというご無礼を」

「ベスティータスの地よ、呪われろ！」

担がれた佑亜の姿を見て、興奮したエルフ達が口々に怨嗟《えんさ》の声を上げる。

「エルフ共！　呪うなら己の愚かさを呪え！　――こいつらを生かしておけばメルギルウィラスの里のエルフ共と合流して追ってくる。連れて行く者を除いて、まとめて処分しておけ」

「はっ」

「待って！　殺さないでっ!!」

佑亜は叫んだ。

エルフ達を殺されてなるものかと、エドヘルムの肩の上で暴れて自ら地面に落ちる。

「ああっ」

「エンシェントエルフさま！」

「だ、大丈夫だから」

首尾良く受け身をとることに成功した佑亜は、よろよろと立ち上がって庇《かば》うようにエルフ達の前に立ちふさがった。

「自分を攫ったエルフ共に対して慈悲深いことだ。だが、それでなにができるというのだ。馬鹿らしい」

エドヘルムの言う通りだ。魔封じの手枷がある以上、今の佑亜にできることはなにもない。

(それでも助けたい)

そう思った瞬間、ザワッと体内で不自然に魔力が動く感覚がした。

どうやら無意識のうちに、なんらかの緑魔法を使おうとしていたようだ。そのせいで魔封じの手枷に魔力が次々に吸い上げられていく。

肌の内側を撫《な》でられるような不愉快な感覚に身震いした佑亜は、ふと気づいた
(あれ？　手枷も震えてる？)

佑亜の魔力を吸った魔封じの手枷が、不自然に振動している。

どうなってるんだろうと見ていると、バシッと火花を散らした手枷が勝手に外れて地面に落ちた。

「これは驚いた。エルフの長老クラスでも封じられる手枷だったのだがな。さすがはエンシェントエルフというところか」

どうやら佑亜の魔力は、魔封じの手枷の許容量をあっさり超えてしまったようだ。

と同時に、地面から太い蔓草《つるくさ》が生き物のように伸びて、ベスティータス国の者達を次々に搦《から》め捕《と》っていく。

「おおっ」

「さすがはエンシェントエルフ様」

エルフ達が佑亜の魔法に感嘆の声を上げる。

だが無意識に発動してしまった魔法なので、佑亜自身はファンタジー映画の一場面みたいだと感心するばかりで、自分がなにかやったという実感も達成感もまったくない。

とりあえずこれでメルギルウィラスの里のエルフ達が助けにくるまでの時間は稼げるのではないかとほっとしたのだが、ふと冷静になって自分の考えが甘いことに気づく。

(あれじゃ全然駄目だ)

拘束できたとしても、所詮《しょせん》は蔓草。刃物で切ることができるし、兵士の中には魔法使いらしき者もいるから、炎や風の魔法を使って拘束を解くこともできるだろう。

(このままじゃすぐ逃げられる。……どうしたらいいんだ?)

魔法はまだ初心者レベルで戦闘に使えるような術は習っていないし、剣を使って戦うこともできない。

「皆を解放すればいいんだ」

エルフ達の魔封じの手枷を外すことはできないが、木に縛りつけている縄を切ることならできる。

そうすればきっと自力で走って逃げることだってできるだろう。

佑亜は、すぐ側で蔓草に拘束されている兵士の腰に下がっている剣に手を伸ばした。

だが、それはエルフ達に止められる。

「私達のことはよいのです」

「そのままお逃げくださいっ!!」

「空へ！」

「早く！」

そうこうしているうちに、蔓草の拘束から逃れた兵士達がこちらに向かってきて……。

「逃がすな！　捕まえろ！」

兵士達に叫ぶエドヘルムの声に、佑亜は思わず羽を広げてふわっと宙に浮き上がった。

(皆を助けたい。でも今の僕には無理だ)

ここに留まれば、皆の拘束を解く前に兵士達に捕まってしまうだろう。

空に逃げれば、たぶん逃げおおせる。

自由に空を飛べるようになったばかりの頃、空を飛ぶことが楽しくて騎獣に乗ったエルフ達とどちらが早く飛べるか競争して遊んでいたのだが、佑亜に勝てる者はいなかったから。

でもエルフ達を置いてひとりで逃げたくない。

だがそのエルフ達は、自分達の命より佑亜が逃げ延びることを望んでいる。

どうしようと迷ってる暇はなかった。

「助けを呼んでくる！　待ってて！」

羽に魔力を通してさらに上空高く飛んでいき、どちらに向かえば良いのかとぐるりと四方を見渡した。どうやらここは奥深い山間部らしく、道らしきものすら見当たらない。

気を失っている間に運ばれたから、自分がどの方向から来たのかもさっぱりわからない。

「ああ、もう！　ヴァン、どこっ！」

魔封じの手枷を嵌められる前に感じたシルヴァーノの気配は王都付近にあった。現在地がわからない今、適当に飛ぶぐらいならとりあえず王都の方角に向かって飛んだほうがまだマシだ。

焦って乱れる気持ちを落ち着けて、シルヴァーノの気配を探ると。

「――え⁉」

王都にいたはずのシルヴァーノは、なぜかすぐ近くにいた。

佑亜が攫われたのは、王都から馬車で十二日もかけて到着した地だったというのに……。

なにがどうなっているのかわからないが、感じとったシルヴァーノの気配に佑亜は耳をピコピコさせて歓喜した。

羽に目一杯魔力を流して、シルヴァーノのいる方角に全速力で飛んでいく。

（ヴァン、助けて！　早くしないとみんな殺されちゃう）

なんのガードもないまま生身で飛んでいるせいで、呼吸が苦しい。それでも佑亜はスピードを緩めず、口元を腕で覆いながら飛んだ。

服が大きくはためき、轟々《ごうごう》と耳元で通り過ぎる風の音がする。

シルヴァーノのいる方向を見据えて飛んでいると、やがて空にキラッと赤く光る点が見えた。

「ヴァンだ‼」

向こうも空を飛んでいるのだろう。

全速力でそちらに向かうと、みるみるうちにそのシルエットが大きくなっていく。

（赤い竜）

それがシルヴァーノが転変した姿だと、佑亜にはすぐにわかった。

赤い鱗《うろこ》に覆われた巨大な竜体は、太陽の光を弾《はじ》いて神々しく輝いている。

頭頂部には鋭く尖った一本の角、筋肉質な腕の先には光を弾く尖った赤い爪。大きく羽ばたく、その翼の力強さ。

まさに、ヴェンデリンの守り神と崇《あが》められるにふさわしい堂々たる姿だ。

「ヴァン！　お願い！　みんなを助けてっ!!」

佑亜はスピードを緩めず、シルヴァーノに激突する勢いで突進していった。

（きっと大丈夫）

はじめて会った日、爆走している馬に佑亜が自ら飛び込んで行った時もシルヴァーノは余裕で受けとめてくれた。

きっと今度もそうなるはずだという確信が心の中にある。

案の定、そのままぶつかるかと思われた刹那《せつな》、空気の膜のようなもので全身が覆われた。

気づくと、ほとんど衝撃を感じないまま、佑亜はシルヴァーノにぺとっとしがみついていた。

「うわあ、思ってたより大きい」

互いに猛スピードで飛んでいたせいで、どうやら遠近感がおかしくなっていたようだ。

佑亜としては竜の顔に抱きつくつもりだったのだが、実際は鼻の上あたりにちょこんと貼りついている状態だ。

（こんなに大きな身体が、どうやって人間サイズまで縮むんだろう？）

あまりの驚きに、エルフあるあるでついつい思考が逸《そ》れてしまったが、慌てて軌道修正する。

「ヴァン！　エルフ達を助けて！　ベスティータス国の兵士に捕まってるんだ。このままじゃ、みんな殺されちゃう！」

『任せろ。おまえが望むことなら、すべて叶えよう』

応じる声は直接頭の中に響いた。

「この声も魔法？」

佑亜は羽に魔力を通して身体を浮かせると、シルヴァーノの縦に虹彩の入った大きな金色の瞳の前に滞空した。

『そう、念話だ。この姿は言葉を発するのに向いていないのでな。事情は、メルギルウィラスの里のエルフ達に聞いている』

王都にいたシルヴァーノは、佑亜が魔封じの手枷を嵌められたせいで突然その気配が感じ取れなくなり、なにかがあったことを悟ってメルギルウィラスの里のエルフ達に魔法で連絡を取ったのだそうだ。

『その後も事態が変わる度に遠話で話したゆえ、だいたいの状況は把握しているつもりだ。ユーアは、おまえを攫ったカラングリンの里のエルフ達のことも助けたいのだな？』

「そうだよ。みんな、エンシェントエルフが現れたと聞いて、ちょっと気持ちが逸《はや》ってしまっただけなんだ。殺されるような過ちじゃない。お願い、助けてあげて！」

『承知した。彼らはどこにいる？』

「あっち！」

方向を指差すと、勝手に身体がふわふわと移動して、巨大な竜の頭の上に乗せられる。

『そこにいろ』

「わかった」

シルヴァーノがさっきの勢いで飛んだら、きっと吹き飛ばされてしまう。佑亜は大きな竜の角に両腕でひしっとしがみついた。

『では、征《ゆ》こう』

巨大な竜が大きく羽ばたき、ぐんと一気にスピードを上げる。

強い風圧を覚悟していたのに、佑亜にはまったく影響がなかった。

「これも魔法？」

『風魔法で周囲を保護している。どんな衝撃も通さないから安心して身体を休めているといい』

「ありがとう」

お礼を言ったものの、巨大な竜は、あっという間にベスティータスの野営地にまで到達してしまったので休む暇など無かった。

野営地の上空には佑亜を追おうとしたのか、空飛ぶ騎獣にのったベスティータスの兵士達がいた。

空飛ぶ騎獣達は、巨大な竜の威圧感に怯えるように、兵士達の言うことを聞かずに次々に地上に降りていってしまう。

『どうやら、みな無事なようだな』

「うん、よかった」

その場に滞空したシルヴァーノの頭の上から地上を見下ろして、佑亜はホッとした。

だが、やがて地上に降りた兵士達が、エルフ達を自分に対する人質にしようとしているのに気づいて焦る。

「ヴァン、みんな剣を突きつけられてる！」

『さて、どうしたものか。ブレスなら一発で終わるのだが』

「ブレスって、竜が口から吐く力の固まりみたいなもの？」

『そうだ。私は炎竜ゆえ、炎のブレスだな』

「駄目だよ！　それじゃみんなも丸焦げになっちゃう」

『わかってる。ユーアに惨いものは見せたくはないからな』

巨大な竜が喉の奥でグルルッと笑う。

その振動が佑亜にも伝わってきて、佑亜もつられて微笑んだ。

「だったら、どうするの？」

『さて、少々加減が難しいのだが……』

シルヴァーノがそう呟くと同時に、地上でエルフ達に剣を向けていた兵士のひとりが、突然ベシャッと地面に倒れ伏した。

『む？　少々強すぎたか……。骨が何本か折れたかもしれんが、まあ死にはしないだろう』

そのひとりで力の加減を覚えたのか、次々に兵士達が見えない力で倒され地面に伏していく。

「木々の葉が揺れてないから、風魔法じゃない。重力を操ってるんだ。……凄い」

佑亜は、シルヴァーノの魔法に感嘆の溜め息を零《こぼ》した。

いかに竜の翼が力強くとも、この巨体を浮かせて飛ばせるだけの力はないだろう。きっと翼の力に重力魔法を併用することで、自在に空を飛ぶことができているのだ。

ちなみに、佑亜が空を飛ぶのにつかっているのは風魔法の一種で、重力を操る能力は無い。エルフ達からも、そういう魔法があるとは聞かされなかった。

重力を操れるのならば、気圧も変化させることができるだろう。やりようによっては、気象を操り、広範囲にわたってすさまじい影響をあたることができる力だ。

(きっと竜だけに許された特別な能力なんだ)

世界を守るようにと神々に準ずる力を与えられた七体の竜が、作り出された直後で不安定な世界を安定させるために女神から直接与えられた大いなる力だ。

凄いなぁと感心して地面に倒れて身動きできない兵士達を上空から眺めていると、メルギルウィラスの里のエルフ達も次々に到着して、拘束されたままのカラングリンの里のエルフ達を解放しはじめた。

「もう大丈夫そうだね」

空を見上げてこちらに手を振るみんなに、佑亜も手を振り返した。

その視界の端に、飛び去っていく三騎の騎獣が見える。

ベスティータスの第二王子、エドヘルムとその騎士達だ。

「ヴァン！　あの人達捕まえて!!　あいつ等が招かれ人を誘拐して殺そうと企んでたんだよ。それにあいつ、僕のこと犯そうとしたんだ！」

『なんだと!?』

グルルッとさっきとは違う、不機嫌な唸《うな》り声。

(あ、やばい)

魂の番が犯されかけたと聞いたシルヴァーノが、理性を保てる保証がない。

佑亜がそう気づいた時にはもう遅かった。

『灰すら残さず消え失《う》せろ！』

シルヴァーノはカッと口を開けると、三騎の騎獣に向かって白い炎のブレスを吐く。

灼熱のブレスのあまりにも眩《まばゆ》い光に佑亜が思わず目を閉じた時、ジュッと一瞬でなにかが燃え尽きる音を聞いたような気がした。

10

「ベスティータスの王子には、招かれ人を誘拐しようとした経緯《いきさつ》を皆の前で話してもらおうと思ってたのに……」

なのに灼熱のブレスに焼かれ、ジュッと消えてしまった。

佑亜はがっかりしたが、ブレスの眩い光が収まると、なんと彼らは先程までと同じ場所に存在していた。

騎獣ごとシャボン玉のような大きな丸い気泡の中に収まっていて、どうやらなんとかそれでブレス攻撃を凌《しの》げたようだ。

『頭に血が昇って、うっかり殺してしまうところだった』

怒りのままブレスを吐いた瞬間、はっと我に返ったシルヴァーノが咄嗟に結界を張って守ってくれたらしい。

とはいえ、結界越しとはいえ、灼熱のブレスのただ中に取り残された衝撃からかエドヘルム達は気を失っているようだ。

『このまま私が運ぶこともできるが、怒りのあまり途中で殺しかねん。エルフ達に任せるか』

エドヘルム達の入ったシャボン玉状の結界が、地上にゆっくりと降りていく。

それを見た地上のエルフ達にも、この争いに一段落ついたことがわかったのだろう。

『シルヴァーノ殿！　ユーア様を我らにお返しください！』

地上から、風の精霊シルフィードの力を借りたアダスールケレグリンの声が届いた。

『断る！　自分達だけで守り切れるとお主等が言い張るから、仕方なく旅の守りを譲ってやったのだぞ。それなのに、みすみす攫われるとはどういうことだ！』

『そ、それは確かに我らの落ち度です。油断があったと認めましょう。ですが同じ失敗は繰り返しません。どうかユーア様をお返しください』

『ならん。今回の襲撃の裁きに立ち会う必要もあるゆえ、ユーアはこのままヴェンデリン王国に連れ帰る』

『暴挙だ！　人族は我らからエンシェントエルフを奪うおつもりか！』

『またそれか。そなたらの気持ちもわかるが、少しは落ち着け。ユーアはそなた等の所有物ではないのだぞ』

シルヴァーノはその場に滞空したまま、地上のアダスールケレグリンと言葉を交わしている。

佑亜はシルヴァーノに話しかけた。

「ヴァン、僕の声をアダスールケレグリンに届けられる？」

『もちろん。お安い御用だ』

「ありがとう。じゃあ、お願いするね。――アダスールケレグリン、僕だよ。わかる？」

『おお、ユーア様！　ご無事ですか？　お怪我はありませんか？』

「大丈夫だよ。なんともない。皆も平気？」

『もちろん大丈夫ですとも。今すぐにでも旅を続けられます』

「そのことなんだけど、里への帰省を中止にして欲しいんだ」

招かれ人の誘拐を企んだ者達の正体がわかった以上、このままにしておくことはできない。招かれ人仲間の安全を確保するためにも、ベスティータス国の者達をヴェンデリン王国に連れ帰って、きちんと対処してもらわなくてはならなかった。

佑亜はそう説得したが、アダスールケレグリンは不服そうだ。

『あの者達への裁きならば、我らが請け負います。我らの至宝であるエンシェントエルフに危害を加えようとしたのですから、当然の権利です』

「それは駄目。彼らの元々の狙いは、エンシェントエルフじゃなく招かれ人だったんだ。だからこそ、女神エルトリアから直接招かれ人を預けられたヴェンデリン王国が対処する必要があるはずだよ。――僕の言ってること、間違ってる？」

佑亜の問いに、アダスールケレグリンは『いいえ。正しいです』と渋々答える。

「ベスティータス国の者達の護送はアダスールケレグリンに任せるよ。この機会に里帰りする予定だった人達はこのまま里に帰してあげてね。あ、それと、カラングリンの里の者達のことだけど、招かれ人の誘拐には係わってないから、王都まで連れて行く必要はないよ。僕を誘拐した件に関しては、エルフ同士話し合いで解決して。あまり怒らないであげてね」

『……そういう訳には参りません』

「僕が許してるんだから、大目に見てあげてよ。カラングリンの里の者達は、始祖から受け継いだ大切な館をどうしても失いたくなかったんだって。アダスールケレグリンなら、その気持ちもわかるんじゃないの？」

『……そういうことなら仕方ないですね。考慮しましょう』

（ちょろい）

エルフあるあるで同情を引こうという作戦は大当たりだ。渋々ながらも望む答えを引き出した佑亜はこっそり拳《こぶし》を握った。

『ですが、ユーア様。少しの間でいいので、どうぞこちらに降りていらしてください！　皆にひと言お言葉を』

「……そっか。そうだね」

自分のせいで危険な目に遭《あ》わせてしまったのだから、感謝とねぎらいの言葉は必要だろう。

そう思った佑亜が羽を広げようとすると、『止めておけ』とシルヴァーノに止められた。

『いったん降りたら、また放してもらえなくなるぞ』

地上に降りたら最後、服が汚れたから着替えろだの、出発前にお茶でも飲んで休めだの、色々と理由をつけて長々と引き止められるに決まっていると、シルヴァーノが言う。

『エルフ達の『少しの間』は当てにならん』

「あー、それもエルフあるあるだね」

確かにそうだと佑亜が頷くと、形勢不利と悟ったのか、アダスールケレグリンの哀れを誘う声が地上から響いてきた。

『ユーア様、せめて御身に怪我がないか、一目だけでも確認させてください。とても心配なのです！』

『問題ない。ユーアが怪我をしていたとしても、私が癒そう』

「アダスールケレグリン、ごめんね。一足先に王城に戻ってるから、ベスティータス国の捕虜を連れて追いかけてきて」

じゃあねと佑亜が告げると、シルヴァーノは軽く片羽を動かして空中でゆっくりと方向転換した。そして、力強くその翼を羽ばたかせる。

『ユーア様!!』

『お戻りください』

『置いていかないでー』

『ユーアさまー!!』

エルフ達の遠話が次々に届く中、巨大な竜はぐんとスピードを上げて王城へと出発した。

追いすがるように届くエルフ達の声に後ろ髪を引かれながらも、佑亜は振り返らなかった。

竜の頭の上で角に捕《つか》まって、通り過ぎていく雄大な下界の景色に視線を向ける。

やがてエルフの遠話も途絶えた頃、シルヴァーノがグルルッと喉を鳴らして笑った。

「なに？」

『いや。さっきのあのエルフ達の慌てようが面白くてな。あれらには煮え湯を飲まされたゆえ、ユーアが私を選んでくれて溜飲《りゅういん》が下がった』

「煮え湯って、なんのこと？」

『あやつら、ユーアに会わせろと言っても、駄目だの一点張りでな。うかつに近寄れば宣戦布告しかねない剣幕だったのだ』

「やっぱりそうだったんだ」

置いていかないでと哀れっぽく叫ぶエルフ達の声に少々罪悪感を覚えていたが、どうやらその必要は無かったようだ。

「そんなことだろうとは思ってたけど……。それでも旅立つ前に一目でもいいから会いたかったよ」

『すまなかった』

「うん。……不幸中の幸いというか、こうしてまた会えたからいいよ。——あのさ、ヴァン」

『なんだ？』

「アンジェリア姫と結婚しても、僕のこと忘れないで……。いつかまたヴァンがフリーに戻ったら、僕を思い出して。その頃までにエルフ達をちゃんと説得して、絶対に僕らのことを認めさせてみせるから。——その日が来るのをずっと待ってる」

佑亜はしがみついていた角に、チュッとキスした。

次の瞬間、腕の中の角が忽然《こつぜん》と消える。

「ええっ!?」

足元から竜の巨体も消えて、空に放り出されて慌てる佑亜をふっと滲《にじ》み出るようにして現れた人型のシルヴァーノが優しく抱き留める。

ふと気づくと、ふたりの周囲は先程ベスティータス国の者達を守っていたのと同じようなシャボン玉のような結界で覆われていた。

「今のは、どういう意味だ？」

「どういうって、言った通りだけど……。ヴァンはエルフ族と人族との軋轢《あつれき》を解消するために、アンジェリア姫との縁談を進めることにしたんでしょう？」

「馬鹿なことを」

シルヴァーノは驚いたように金色の眼《まなこ》を見開いた。

「ユーアにそんな馬鹿げた話を吹き込んだのは誰だ」

「僕だよ。……ふたりが話してるのを、うっかり覗き見しちゃったんだ」

わざとじゃないんだよと耳をピコピコさせて慌てる佑亜に、シルヴァーノは混乱したように天を仰いだ。

「ちょっと待て。落ち着いて話せる場所に行こう」

シャボン玉状の結界がすうっと滑り降りるように、地上へと下降していく。

「わあ、綺麗《きれい》な湖」

眼下に広がるのは、深度のありそうな澄み切ったエメラルド色の大きな湖だ。そこそこ賑《にぎ》わっている大きな湖畔の街も見えたが、シルヴァーノはそこから遠く離れた静かな岸辺へと佑亜を連れて行った。

「ここなら人も来ない。落ち着いて話せるだろう」

シルヴァーノはどっかと草の上に座り、「ほら、おいで」と手招きする。

「うん」

佑亜は当たり前のように頷いて、その膝の上に座った。

(ああ、しっくりくる)

そのままぎゅっと背後から両腕で抱き締められて、心の底から安堵《あんど》した。

魂の番、約束された運命の恋人。

自分達はこうして一緒にいるのが当たり前の存在なのだと、今さらながら実感できて、なんだかとても嬉しい。

「手首が赤くなっているな。話の前に、これを飲むといい」

シルヴァーノはポーションを取りだして蓋《ふた》を開けると、佑亜の口に運んだ。

素直に飲むと身体が白く発光し、手枷の痕《あと》や転げ落ちた時に打ちつけた身体の痛みがすうっと消えていく。

「ありがと。——ヴァン、あのね。洗礼を受けたら、自分がヴァンの魂の番だってちゃんと実感できるようになったよ」

佑亜はシルヴァーノの顔を見あげ、報告できずにいたことを改めてちゃんと告げた。

「そのようだな。神域から出てきてすぐに目が合っただろう？　あの瞬間、私にもわかった」

「それなら、なんであの時話しかけてくれなかったの？」

「すでに、エルフ達と揉《も》めた後だったのだ」

佑亜が洗礼を経てエンシェントエルフに変化したことは、神域の前で待つ者達全てに知らされていた。

同時にシルヴァーノは、佑亜が自分の魂の番であることもエルフ達に打ち明けていたのだそうだ。

「いや、あれはなかなかの見物だったぞ。普段取り澄ましているエルフ達が、そんなこと絶対に認めないと子供のようにだだをこねまくってな」

長命種であるシルヴァーノはエルフ達とのつき合いが長いこともあって、普段から対等に接しているそうだ。

だからこそ、大切なエンシェントエルフを人族の国に奪われてなるものかと敵意をむき出しにするエルフ達を前にしても、いつものことだと気持ちを落ち着かせることができた。

でも、アンジェリアは違う。

「このままでは、エルフとヴェンデリン王国との間に争いが起きるのではと本気で心配してしまってな」

真っ青になって狼狽えたアンジェリアを落ち着かせるために、シルヴァーノはとりあえず神殿内では佑亜に近づかないとエルフ達に約束したらしい。

「……僕より、アンジェリア姫を選んだんだ」

条件反射的に佑亜がむうっと唇を尖らせると、「拗《す》ねてくれるな」とシルヴァーノは苦笑した。

「あそこで騒ぎを大きくするのは得策ではないことぐらいわかるだろう?」

佑亜は渋々頷く。

「でも、アンジェリア姫と結婚するんでしょう？」

「しないぞ。ユーアは、どうしてそんな勘違いをしてるんだ？」

「だって……」

俯いた佑亜は、お腹《なか》のあたりで組まれたシルヴァーノの大きな手を両手でいじりながら、あの日のことを話した。

無意識に発動してしまった緑魔法で、シルヴァーノとアンジェリアの会話を盗み聞いてしまったと……。

「ああ、あの時か。なるほど、あれを聞いて勘違いしたのか」

「ホントに勘違い？　アンジェリア姫の縁談で、エルフ達が少し落ち着くかもしれないって言ってたよね？」

「勘違いだ。そもそも、アンジェリアの縁談の相手はロレンシオだぞ。あれはエルフの血を少し引いているからな。血縁者が王族の姫と愛で結ばれた結婚をすることになれば、エルフ達も喜ぶはずだ」

その美しさ故に悲劇の歴史を持つエルフ達は、同族を守るためにも、常に他国における地位向上に心を配っているのだそうだ。

「ロレンシオって、舞踏会の時に会ったアンジェリア姫の小さな従兄弟だよね？」

「そうだ。以前からアンジェリアは、結婚するならあの子がいいと言っていたのだ。ロレンシオがまだ幼いゆえ、王家からの正式な申し入れは控えていたのだがな」

本来ならば、ロレンシオが成人するまで待ってから進める予定の縁談だったのだそうだ。

だが、招かれ人が現れたことで事情が変わった。

「招かれ人がいる間、ヴェンデリン王国は平和を享受することになる」

天災を免れ豊作に恵まれるだけでなく、女神エルトリアの客人が暮らす地に宣戦布告する愚を犯す国もない。これからほぼ百年もの間、ヴェンデリン王国の平和と繁栄は保障されたようなものだ。

「そのおこぼれに与《あずか》ろうと思ったのだろう。招かれ人が現れたと発表して以来、他国からアンジェリアへの縁談が増えてきた」

ヴェンデリン王国の王族は長命ゆえ、もうしばらく結婚するつもりはないのだと断っているが、なかなか諦めてくれない。産まれたばかりの赤ん坊の釣書や、これから産まれてくるだろう子供との縁談を勧めたがる他国の大使もいるのだとか。

水面下では、アンジェリア姫との縁談を勧めたい国同士の諍いも起きはじめている。

「このまま放置していては騒ぎが大きくなるだけだ。下手をすると人死にもでかねん」

縁談相手となる小さな赤ん坊の命が狙われる可能性すらあると、シルヴァーノは眉間に皺をよせた。

「そんな……。そこまでするようなこと？」

「ユーアは長命種になって時間感覚が少し変わったか？　人族にとって百年もの平和はなにものにも代えがたいものだぞ」

「ああ、そっか……。そうだった」

寿命が桁外《けた》れに延びてしまった今の佑亜にとっての百年と、人族の百年では価値がまったく違う。

「このままでは、平和のためにどこぞの国との縁談を受けるようにと説得する者が現れかねない。アンジェリアは、不本意な縁談をねじ込まれるよりはと、ロレンシオとの縁談を自らの意志で進めることにしたそうだ。……まあ現状では、年下好みとの誹《そし》りを受けかねないが、五年も経てば誰もなにも言わなくなるだろう」

（あー、そっか……。お姫さま主導だとショタコンって思われちゃうのか）

覗き見したあの時、アンジェリアが妙にもじもじと恥ずかしそうにしていたのは、そのためか。

「ロレンシオくん、喜ぶだろうな」

「だが、これからが大変だぞ。他国に文句をつけられないよう、アンジェリアを娶《めと》るにふさわしい男になってもらわねばならないからな」

「きっと大丈夫。頑張れるよ。今も頑張ってるだろうしね」

「そうか。ならば良い。——ユーアもこれで誤解は解けたな？」

「解けたけど……。でも、それならそれで不満があるよ。洗礼以来、一度も会いに来てくれなかったでしょう？　ちょっと酷いと思う」

エルフ達はよくしてくれたけど、身体が変化した上に招かれ人仲間とも離されてしまって、最初のうちは少し不安だったのだ。

一度でいいからシルヴァーノが会いに来てくれていたら、きっと安心しただろうし、アンジェリアとの変な誤解だってしなかった。

「すまん。何度か面会を申し入れたのだが、アダスールケレグリンに邪魔されてな」

「ああ、そっちか……」

エンシェントエルフを盗られるものかと警戒して、シルヴァーノに対して必要以上に威嚇《いかく》する姿が容易に目に浮かぶ。

「だったら、せめて手紙ぐらい書いてよ」

「すまん。それは思い浮かばなかった。ユーアにはどうせまたすぐに会えると思っていたからな」

「……ヴァンの時間感覚も人族とは違うんだね」

「そうだな。気をつけてはいるんだが……。だからこそ、国を出る前に済ませておくべき用事を優先させてしまった」

「国を出る?」

意外な言葉に、佑亜は驚いてシルヴァーノの顔を見あげた。

「ヴェンデリン王国を出て、どこか行くの?」

「ああ。メルギルウィラスの里に移住するつもりだった」

「ヴァンが、エルフの国に!?」

ヴェンデリンの守り神。三百年もの間王国を守り続けた、初代国王の血を引く先祖返りの竜人。

誰よりもこの国を愛しているだろうシルヴァーノが、ヴェンデリン王国を出て行くだなんて。

耳をピコピコさせて驚く佑亜に、シルヴァーノは穏やかに微笑んだ。

「ユーアがエルフの国に行くのならば、共に行くべきだと思った。カーティスにはすでに許可を取ってある」

守り神をエルフ族に取られてしまうのは、国王としては痛手だ。だが長く魂の番と会えないまま生きてきたシルヴァーノの孤独を知っている血族としては、魂の番と出会えたこの慶事を言祝《ことほ》がずにはいられない。

そう言って、国王カーティスはむしろ喜んでくれたらしい。

「逆は考えなかったの？」

「逆とは？」

「僕がヴェンデリン王国に残ることだよ」

「だが、ユーアはエンシェントエルフとなったのだから、エルフ達と暮らしたいのだろう？」

今まで現れた招かれ人は、変化した種族の元に向かうのが通例となっていた。そのせいもあって、シルヴァーノまで、佑亜がエルフの里に移住するものだと頭から思い込んでいたらしい。

佑亜は溜め息をついてしまった。

「そういえば、アンジェリア姫もそんな感じだったっけ」

ついつい周囲の状況に流されてしまっていたが、もっときちんと話し合うべきだったのかもしれない。

とはいえ、あのエルフ達がヴェンデリン王国に佑亜が残ることを認めるとも思えないが……。

「僕としては、どっちにいても構わないんだけど」

「そうなのか？」

「うん。エルフの里でなきゃ嫌だとは思ってないよ。あっちとこっち、行ったり来たりするのもありだし」

「なるほど。それは良いことを聞いた。だがまあ、しばらくの間はエルフの里にいた方が良いだろう。エルフ族の風習や魔力の使い方も学べるからな。……なにより、そうしないとエルフ達がなにをやらかすかわかったものではない」

「そうだね。魂の番だってわかってても、僕らを会わせないようにしてたぐらいだもの。っていうか、ヴァンがエルフの里に来ることは認めてくれるのかな？」

「こちらから行く分には喜ばれるだろう。本来、エルフ族は竜の血を引く者達には好意的なのだ」

かつて、五の竜の魂の番がエルフの娘だったことで、他種族から不当な扱いを受け、長い不遇の時代を生きていたエルフ族は救われることとなった。

その恩があるために、エルフ族は竜の血を引く者達を特別扱いしているのだそうだ。

本来、人族に対して警戒心の強いエルフ族が、ヴェンデリン王国とは普通に交流を持っているのもそのせいらしい。

「一度エルフの里に入ったら、十年単位でヴェンデリン王国には戻れなくなるかもしれない。だからユーアと会えなかった間に親しい者達に会いに行っていたのだ」

「そっか……。だからあんなにあちこち移動していたんだね」

「竜に転変すれば、あっという間だからな」

長年のつき合いがある貴族やかつての部下など、年老いた者を中心に事情を話し別れの挨拶を交わしていたのだと、シルヴァーノが言う。

(別れの挨拶……)

これが最後になるかもしれないからと、親しい者に別れを告げて回っていたということか。

「そこまでしてもらって……いいのかな?」

別れの辛さを思い出し、へにょんと耳を垂れて顔を曇らせる佑亜の顔を覗き込んで、シルヴァーノは穏やかに語りかける。

「もちろん良いに決まっている。竜人である私にとって、魂の番と共にある事以上に大切なことはない。竜ですら、魂の番に出会えば女神エルトリアから課せられた使命を放棄して地上で生きる道を選ぶぐらいなのだから」

「ヴァン……」

確かにそうなのだろう。創世記の荒れた地上を癒して眠りについた竜達は、その後も女神エルトリアの召喚に応じて目覚めては、地上の危機を何度か救ってきたと聞いている。

魂の番と同時に寿命を得ることは、女神エルトリアの召喚を放棄することにも繋がる。

「ユーア、私の唯一。魂の番。おまえを手に入れられるのなら、私はもう他になにもいらない。

──おまえはどうだ?」

「僕? 僕は……」

どうだろう? と改めて考えてみる。

アンジェリアとの縁談が進んでいると誤解していた時でさえ、佑亜はシルヴァーノを諦められなかった。

エルフの国に行くことにしたのは、あくまでも事を荒立てたくないと考えたシルヴァーノの意志（誤解だったが）を尊重した結果であって別れを許容したわけじゃない。

むしろ、いつか絶対に手に入れてみせると決意していたぐらいで……。

「僕もそうだ。ヴァンと一緒になるのを反対されたら、エルフ達相手でも怒っちゃうかもしれない」

というか、今も少し怒っている。

上位種であるエンシェントエルフを慕う気持ちはわかるが、魂の番がどういうものか理解しているだろうに、シルヴァーノとの仲をエルフあるあるでスルーしただけじゃなく、むしろ積極的に邪魔しようとしていたのはちょっと許せない。

「それは嬉しいな」

「うん。僕も嬉しい。――ヴァン、ありがとう」

「なにに対する礼だ？」

「さっき、エルフ達を助けてくれたお礼を言ってなかったから。散々意地悪されてたのに助けてくれてありがとう。それと、僕のことを考えて、産まれた国から出ようとしてくれてるんでしょう？そのこともありがとう」

「お安い御用だ」

「うん。……あのね、僕もそうだから。ヴァンのためだったら、どこにでも行く。だからさ、これからはちゃんと二人で話し合おうよ。ヴァンひとりの考えで、ヴァンにとって大切なものを捨てないで欲しいんだ」

「ユーアは私が国を出ることに賛成しないのか？」

シルヴァーノは驚いて、佑亜の顔を覗き込んだ。

「うん。ほら、僕はエンシェントエルフだから。面倒な事態は即決しないで、先送りするほうが得意なんだよ」

「エルフ達が、のらりくらりと笑って誤魔化すあれか」

シルヴァーノが気が抜けたように、ふっと笑う。

「そう、あれ」

佑亜はシルヴァーノに微笑み返すと、視線を落としてシルヴァーノの大きな手を両手でぎゅっと握った。

「僕らがどちらの国で暮らすのか、いますぐ決めなくてもいいと思う。一年ごとに行ったり来たりするのもありだし、どちらの国にも行かずあちこち世界を旅して、問題が起きた時だけ戻ってくるようにしたっていいわけだし」

「……そうか」

「そうだよ。そもそも僕はまだこの世界のこと、ほとんどわかってないんだ。諸々判断できるようになるまでもっと時間が必要だ。僕らには長い寿命があるんだから、焦らずゆっくりふたりで考えていけたらいいなって思うんだけど……。どうかな？」

ちょっと生意気なことを言いすぎたかなと恐る恐る顔を上げると、シルヴァーノは金色の眼《まなこ》を細めて嬉しそうに微笑んでいた。

「ユーアは、私が母国を失うことのないようにと考えてくれているのだな。私を気遣い、心配してくれている」

「……うん、そう。リスクや不安は、ふたりで折半したいんだ」

「そうか。……対等に話ができる相手がいるというのは嬉しいものだ。魂の番と出会えて幸せだが、その魂の番がユーアだったことがなによりの幸せだな」

「僕も。運命の恋人がヴァンで良かった」

魂の番は否応なく惹かれあうものだが、その相手がどうしても相容《い》れない性格の人だったら、本能と理性との狭間《はざま》で苦しむことになっただろう。

――この人なら大丈夫。

出会った瞬間に抱いた直感が間違いではなかったと、シルヴァーノはその後の行いで何度も証明してくれた。

「この世界に僕を招いてくれた女神様に感謝しなきゃ」

「そうだな」

ゆっくり身体を倒してシルヴァーノの胸にもたれかかると、シルヴァーノがそうっと頭を撫で髪を指で梳《す》いていく。

「不思議な色合いだ。先に行くほど緑色が濃くなっていく」

以前だったら気恥ずかしさから子供扱いするなと言ったかもしれないが、今は大きな手の優しい感触にうっとりするばかりだ。

「以前の姿も可愛らしくて良かったが、この世界で唯一無二の美しいエンシェントエルフの姿もユーアの顔立ちには似合っている。長い髪も似合うぞ」

「ありがとう。この髪、魔法の触媒になってるから、これ以上短くならないみたい。切っても魔力を通すとすぐこの長さまで伸びちゃうんだって」

背中の羽も同じ仕組みで、うっかり傷つけても魔力を通しさえすればすぐに元通りになるらしい。

佑亜は、洗礼の際にエンシェントエルフの種族特性を記憶に刷り込まれたことを話した。

「エンシェントエルフの記録はほとんど残っていないから、女神エルトリアが気を使ってくれたのかもしれないな」

「そうだね」

（そういえば、あの事故の時に聞いた声……）

――見つけたわ。まさか、こんな所にいたなんて……。

女神の声らしきものを聞いたことを、シルヴァーノにはまだ話していなかった。

ちょうど良い機会だから打ち明けておこうと考えていると、髪を梳いていたシルヴァーノの手が頬に触れた。

「恋人同士ならばキスしてもいいいんだったな？」

「……人前では駄目だよ」

「大丈夫だ。魔法で探知したが、この周囲に人間はいない」

くっと顎《あご》を持ちあげられ、唇に唇を押し当てるだけのキスをした。

次いで頬や鼻先、耳元にと、まるでくすぐるように優しいキスを落としていく。

「ふふっ」

ちょっと緊張していた佑亜が、くすぐったさに首を竦めて笑うと、少し開いた唇に再び唇が押し当てられた。

「……ん……っ……」

舌と舌が直接触れ合った瞬間、ピリッと微かな衝撃を感じた。

それは不快なものではなく、むしろ癖になるような甘やかな感覚だった。

そのまま口腔内を舌先でくすぐられて、勝手に甘い鼻声が漏れた。

搦め捕られた舌を強く吸われると、じんと腰のあたりが甘く痺《しび》れた。

徐々に深くなっていくキスに、佑亜は拙《つたな》いながらも夢中になって応える。

気がつくと、自分からシルヴァーノの首に腕を絡ませて、もっととキスをねだるように引き寄せていた。

「……たまらないな。魂の番とのキスがこれほどいいとは……」

いったん唇を放したシルヴァーノが、名残惜《なごり》しげに目元にキスを落としながら呟く。

「他の人と比べないで」

シルヴァーノは三百年以上生きているのだから、これまでそれなりの経験数をこなしてきたのだろうと理解してはいるものの、魂の番としての独占欲から佑亜は思わずふくれっ面《つら》になる。

「そう拗ねるな。竜人は魂の番以外には興味を持たない生き物ゆえ、積極的に誰かと関係を持ったことはないぞ」

「え？　じゃあ、ヴァンも童貞!?」

自分が童貞だということをぺろっと白状してしまったことに気づかないまま、佑亜は耳をピコピコさせて聞いた。

「あー、いや。それはさすがに違うな。若い頃に閨《ねや》の教育を受けたこともあったし、まあ色々と……」

王族の義務として、ある程度の経験と知識を得る必要があったのだとか。

そういうことならと、佑亜は渋々ながらもふくれっ面を解消する。

「婚姻の絆を結ぶためにも、早くおまえとひとつになりたいものだ」

少し乱れた佑亜の髪を手ぐしで整えながら、シルヴァーノが言う。

佑亜は真っ赤になって俯いた。

「……い、今すぐでもいいよ。この旅の間に清浄化の魔法を覚えたから、お風呂に入る必要もないし……。ヴァンなら、人から見られないよう魔法で目隠しすることぐらい簡単でしょう？」

「なんということを……言うのだ」

髪を梳いていたシルヴァーノの手の動きがピタッと止まる。

「だって……。このチャンスを逃すと、またエルフ達の邪魔が入りそうだし……」

魂の番の存在を感じているのに、直接顔を見ることもできない日々がずっと続いていた。

こうして触れ合っているとわかるのだが、佑亜にとってはそれが一番のストレスだったようだ。

このチャンスを逃せば、また離れればなれになってしまうかもしれないと考えるだけで、そんなのは嫌だと苛立《いらだ》ちすら感じてしまう。

「それは確かに……。いや、だが……駄目だ。婚姻の絆はもっと安全な場所で結ばなくては……」

シルヴァーノはぎゅうっと佑亜を抱き締めてから、意を決したようにパッとその手を放した。

「王城に戻るぞ。戻って、事態を説明しよう。その後のことはカーティスに任せておけばいい。そうしたら、ふたりで私の屋敷に戻ろう」

「……わかった」

(王城には、まだエルフ達が残ってるんだけどな……)

なんだかんだとごねられて、またエルフの離宮に連れていかれなければいいけれど……。

佑亜は少し不安を感じながら、シルヴァーノの意見に頷いた。


再び竜に転変したシルヴァーノの頭の上に乗せてもらって、一路王城を目指す。

人族のものよりずっと速いエルフの馬車で十日以上かかった道のりも、巨大な竜の力強い翼にかかれば一時間とかからない。

シルヴァーノが結界を張って守ってくれているから、猛スピードによる風圧も感じずに快適だ。

「見て、ヴァン。麦の穂の色が少し変わってきてる。僕らが出会ったときはまだ真っ青だったよね」

『そうだな。穂が実れば、あたり一面黄金色《こがねいろ》に染まるぞ』

めまぐるしく変わっていく下界の景色に、佑亜は目を輝かせた。

「綺麗だろうなぁ。こっちの世界は自然が豊かだから、紅葉も素晴らしいんでしょう？」

『ああ、そうだな。……それこそ、人族からは秘境と呼ばれるエルフの里の紅葉は、館の美しさと相まってまさに芸術だ』

「ふうん。エルフの里に行く楽しみがひとつ増えたよ」

『ヴェンデリン王国にも綺麗なところは沢山あるぞ。北部には、初夏になると一面のラベンダーで紫色に染まる丘がある。王都も建国祭では町中が花に埋もれるし、収穫祭でも明かりを灯《とも》したランタンを一斉に空に飛ばすのが見事だ。東部の果樹園が花盛りの時期には、遠方の人々も花見に詰めかけるほどだ』

「凄いね。どれも楽しみだ」

エルフの里に対抗したのか、シルヴァーノが母国の自慢話を次々に教えてくれる。

その得意気な声に自然と笑みがこぼれた。

(やっぱり自分が産まれた国のことが大好きなんだ)

問題を先送りにしたのは正解だったようだ。エルフあるあるも時には役に立つ。

シルヴァーノの話に耳を傾けながら、流れていく下界の光景を眺めていた佑亜は、ふと気づいた。

「ヴァンが飛んでるのに、誰も空を見てない」

これだけの巨体が猛スピードで空を飛んでいるのだ。かなり目立つはずなのに、街道を行く旅人も農作業に励む農民も空を見上げようとしない。

花火の演目でも、竜の飛ぶ姿が一番人気だと聞いていたし、気づいたら大騒ぎになりそうなものなのだが。

『騒ぎにならないよう、認識阻害の魔法をかけているのだ』

不思議に思う佑亜に、シルヴァーノが答えた。

「凄い！　ヴァンはなんでもできるんだね」

驚き方が子供っぽかったのか、それとも単純に嬉しかったのか。

シルヴァーノはグルルッと喉を鳴らして笑っていた。


楽しい空の旅はあっという間に終わり、気づくと王城が見えてきた。

『直接王宮に入るぞ』

巨大な竜は王城の上でふっと姿を消し、次の瞬間には人の姿に戻ったシルヴァーノが姿を現した。

ふたり一緒にシャボン玉状の結界ですうっと宙を移動して、王宮の大きな窓から中へと入る。

すると、そこでは見慣れた顔が待ちかまえていた。

「佑亜！」

真っ先にぴょんとジャンプして飛びついてきたのは計都だ。

「怪我してない？　大丈夫？」

「うん、大丈夫だよ」

佑亜は小さな身体をキャッチして、心配する計都に微笑みかける。

「無事で良かった」

「旅の途中で誘拐されたって知らされて心配してたのよ」

口々に心配してくれる仲間達に、「ありがとう」と微笑み返してから、抱っこしていた計都を貴史に返した。

どうやらこの部屋は、はじめて王宮に招かれた日に訪れた国王の私的スペース内にある応接室のようだった。

中にいたのは招かれ人仲間以外に、国王カーティスと国の重鎮らしき男達が三人。

一刻も早く報告して自分の屋敷に戻りたいシルヴァーノが、あらかじめ遠話で連絡を取って、この場を整えてくれていたのだ。

「伯父上、ユーア殿。よく戻られた。怪我がないようで安心したよ。――さっそくで悪いが、なにがあったのか報告して欲しい」

カーティスが皆を促し、会議用の長テーブルに移動する。

シルヴァーノは、ここに座れとポンと膝を叩いてみせたが、佑亜は人前だからと丁重にお断りして隣の椅子に座った。

「アダスールケレグリン殿からは、ユーア殿が無事に戻り、敵を捕らえたとだけ報告があった。具体的なことがまだわかっていないのだ」

通常の遠話では他国に情報が漏れる心配があったため、あえて必要最低限のことしか知らされていなかったらしい。

そういうことならと、佑亜は事情を説明した。

「まず最初に襲撃があったんです」

昼休憩の準備をしていた際、いきなり襲われたこと。そして同族であるエルフに攫われ、連れ去られた天幕でベスティータス国の第二王子、エドヘルムに会ったことを話した。

「ベスティータス？」

「遥か南の砂の国が、なぜヴェンデリン王国に……」

「ほとんど交流のない国だぞ」

国の重鎮らしき男達が不思議そうに首を捻《ひね》る。

「エドヘルムが言うには、ベスティータス国は地下水脈が涸れかかっていて水不足に悩まされているそうなんです。それで古《いにしえ》の文献に書かれていたように招かれ人を殺せば、百日の雨に恵まれると信じていたようでした」

「!!」

佑亜の説明に、皆が驚き表情を硬くする。

特に招かれ人仲間達は、真っ青になっていた。

「こわっ。俺達を生《い》け贄《にえ》にするとホントに雨が降るの？」

ぼんっと尻尾を膨らませた計都の質問に、「そんなことはない！」とカーティスが断言する。

「むしろ、そのような形で招かれ人を害したら、女神がお怒りになって天罰が下るのではないか？」

「僕もそう思って、エドヘルムに忠告したんですけど、やってみなければわからないだろうって言われました。ベスティータス国はかなり前から招かれ人が現れそうな複数の大国に網を張っていて、招かれ人が現れるのを待っていたそうです」

「なるほど。だから、あのようなタイミングで手を打てたのですね」

「他国にも諜報員を潜り込ませているとなると、これまで招かれ人の訪れがあった国全てに連絡を取る必要がありますな」

「エルフ達が戻ったら、すぐにでもベスティータス国の者達から情報を聞き出します」

国の重鎮等の言葉に、「頼む」とカーティスが深く頷く。

「他になにかないか？」

カーティスに聞かれ、佑亜はちょっとためらってから答えた。

「これは僕個人に対することなんですけど……。古の文献に、エンシェントエルフの屍《しかばね》から緑が現れたという話があったでしょう？　その話も信じているみたいで、僕を殺して砂漠に埋めたら、そこが森になると信じているみたいでした」

「なんだとっ!!」

「わっ！」

「ぐうぅ」

この話に一番驚き、怒ったのはシルヴァーノだった。

あまりの怒りに、その全身から魔力がいっせいに放たれる。

濃厚すぎる竜人の魔力は、その場にいた人々に物理的な圧力を与え、皆はテーブルに伏したり、椅子《いす》にしがみついたりして耐えていた。

佑亜はシルヴァーノの魂の番だからか、それとも上位種だからかなんの影響もない。

「ヴァン、落ち着いて……。ここには小さな子供もいるんだよ？」

佑亜が慌てて隣に座るシルヴァーノの腕に触れると、ふっと魔力の放出が収まる。

「び……っくりしたぁ。ぺちゃんこになっちゃうかと思った」

「大丈夫か？」

「うん」

圧力から急に解放され、椅子から転げ落ちそうになっていた計都が、貴史に助けられながらホッとしたように椅子に座り直す。

「すまん。あまりのことに感情を抑えられなかった。――ユーア、そのようなことを言われてさぞ怖かっただろう」

佑亜に向き直ったシルヴァーノが、その両手で佑亜の頬を包み込む。

「うん。すごく怖かった」

その手の平の温かさに安堵しながら、佑亜は自分の気持ちを素直に口にした。

「エドヘルムの目には、僕も招かれ人も、便利な魔道具みたいに見えていたみたい。それが一番怖かったよ」

まるで、便利なもの扱い。心がある存在だと認められていなかった。

「なんと傲慢な……。招かれ人は女神の客人、エンシェントエルフは女神の使徒。決して女神の力を引き出す道具ではないというのに……」

「そうだよね」

引き寄せられるままシルヴァーノの胸に頬を寄せて目を閉じる。たとえようのない安心感に、ほうっと吐息が零れた。

「あー……伯父上。話の続きを聞きたいのだが……」

佑亜は、苦笑気味なカーティスの声に、はっと我に返った。

慌てて周囲を見ると、招かれ人仲間はもちろんの事、国の重鎮らしきおじさんたちまで微笑んでこちらを見ている。

「す、すみません。つい……」

「いや、いいのだ。伯父上に魂の番が現れることは、私達にとっての悲願でもあったのだから」

「……はい」

「ユーアは本当に慎み深いな」

真っ赤になった耳をピコピコさせて恥ずかしがる佑亜を見てシルヴァーノは相好《そうごう》を崩したが、次の瞬間には表情を引き締めていた。

「カーティス。わかっているな？」

「もちろんです。招かれ人もエンシェントエルフも、女神からもたらされた皆の宝。決して故意に害するような行為は認められません。他国とも足並みを揃え、ベスティータス国を糾弾することになるでしょう」

「頼むぞ。――ユーア、他に話しておかねばならないことはあるか？」

「ないよ」

「そうか。ならば、もういいな」

立ち上がったシルヴァーノは、ひょいっと佑亜を片腕で抱き上げた。

「わ。なに？」

「後のことはカーティスに任せよう。――帰るぞ」

シルヴァーノはそのままずかずかと窓の所まで歩くと、シャボン玉状の結界を出してすうっと空へ飛んだ。

11

「急にどうしたの？」

あまりにも慌ただしすぎる王宮からの退出に驚いて聞いたら、「エルフ達が近づいてきている」とのこと。

エンシェントエルフが王の私的スペースに直接戻ってきたことを嗅《か》ぎつけて、王城内に残るエルフ達がいそいそと向かってきていたらしい。

「ユーアに会ったら、間違いなくまた大騒ぎするだろう」

「逃げるが勝ちだね」

「なんだそれは？」

「向こうの世界の諺《ことわざ》だよ。無駄な争いをしても消耗するだけだから、しないほうが得策って意味」

「確かにな。エルフ相手には、それが一番だ」

良い諺を聞いたとシルヴァーノが笑う。

シャボン玉状の結界は王宮の上空に上がると、そのまま王城から離れて行く。

「シルヴァーノの屋敷って、王城内にあるんじゃないの？」

「王宮にも部屋はあるが、王族籍を抜けた時に屋敷は外に構えたんだ」

王都の南側、貴族達の屋敷が立ち並ぶ方へと向かい、やがてその中でも一際広い敷地を持つ屋敷へとゆっくり降りていく。

（いよいよ、ヴァンと本当にするんだ）

ここに来て佑亜は、じわじわと緊張してきた。

エルフ達に邪魔される前に婚姻の絆を結んでしまいたくて自分から誘うようなことを言ったものの、いざその時が迫ってくると未知の体験に緊張して、心臓の鼓動が凄いことになっている。

恋愛にずっと忌避《きひ》感があったから、友達連中がその手の話をしていても近寄らないようにしていたし、知識を求めることもしなかった。男女のことですら保健体育レベルの知識しかないのに、同性相手にどうしたらいいのかなんてもっとわからない。

幸いなことにと言っていいのか微妙な気分だが、シルヴァーノはよく知っているみたいだから全て任せるしかなさそうだ。

シャボン玉状の結界は、屋敷の玄関ではなく三階にある大きなバルコニーに着地した。

「ここは私の私室だ」

シルヴァーノは佑亜を片腕で抱き上げたまま、もう片方の手で大きな窓を開ける。

緊張していたはずなのに、室内の様子を見た途端、佑亜のお腹が、きゅるるるっと鳴った。

招き入れられた部屋の大きなテーブルの上には、様々な料理がずらっと並べられていたのだ。

「わあ、美味《おい》しそう」

手の込んだ美味しそうな料理の数々に、デザートまでしっかり揃っている。スープからはまだ湯気が出ていて、佑亜は思わずごくりとつばを飲み込む。

「やっぱり空腹だったようだな。昼休憩の際に襲われたのならば、まだ昼食を食べていないのではと思って、あらかじめ遠話で頼んでおいたのだ」

「うん。お腹ぺこぺこ。ずっと緊張してたから、自分でも自覚してなかったけど」

だが美味しそうな香りに誘われて、佑亜のお腹が続けざまにまたきゅるるっと鳴く。

「番を飢えさせるわけにはいかない。さあ、おいで」

シルヴァーノはいったん佑亜を降ろし先にソファに座ると、ポンと膝を叩いて佑亜を誘った。

佑亜がためらっていると、心配いらないと微笑む。

「すでに遠話で人払いしてある。佑亜が人前では膝に乗ってくれないことはわかっているからな」

「そっか。ありがとう」

そういうことならと、佑亜は遠慮なく膝に座った。

「どれから食べる？」

「えっと……。どれも美味しそうだけど、まずその温かいスープから」

「わかった」

シルヴァーノはいそいそと、スープの入った器を手に取り、スプーンですくって佑亜の口元に運んでくれる。

「ありがとう。……うん、美味しい」

根菜をとろとろに煮込んだスープは、滋味に満ちた味で空《から》っぽの胃にも優しくとても美味しい。

「じゃあ、次はそっちのテリーヌ」

「これか？」

「うん、そう」

佑亜が頼むと、シルヴァーノは嬉しそうに次々と料理を口まで運んでくれた。

正直、自分で食べたほうが楽なのだが、給餌行為が竜人にとって愛情表現であるというのなら、ここは受け入れるべきだろう。

もちろん、人目のない場所限定だが。

「これ、ピリッとしてて美味しい。ヴァンも食べてみて」

「ああ」

二人で交互に料理を食べて、味の感想を言ったりお互いの好みを探り合ったりするのも楽しい。

そこそこ胃が満ちてきて、やっといま自分がいる部屋を気にする余裕がでてきた。

(渋くて、格好いい部屋……)

もぐもぐ口を動かしながら、佑亜は広い室内を見回して感心した。

どっしりとした格調高い家具の数々に、壁を飾るのはこの国の歴史の一幕を描いた巨大なタペストリー。照明や絨毯《じゅうたん》も華美なものではなく、全体的に重厚で落ち着いた雰囲気の部屋だった。

「佑亜はもっと繊細で煌びやかなほうが好きか？」

佑亜の視線の動きに、シルヴァーノが問いかけてくる。

「それもエルフあるあるだよね」

エルフは繊細で煌びやかな芸術品が大好きで、細工物は細かければ細かい方が上質だと思っているふしがある。

不思議と佑亜も、エンシェントエルフになってからは違和感なくそれらの調度品を受け入れられるようになったが、以前はこういう落ち着いた雰囲気のほうが好きだった。

「エルフ達の趣味も好きだけど、この部屋の落ち着いた雰囲気も好きだよ。ヴァンに似合ってるから」

「そうか。ならばよかった」

そこそこお腹も満ち、デザートのケーキを選んで食べさせてもらっている時に、「ひとつ確認したいのだが」とシルヴァーノが改まった口調で聞いてくる。

「なに？」

「先程、ユーアは閨を共にすることを賛同してくれたのに間違いはないか？」

ずばっと直球で聞かれた佑亜は、一気に緊張感が甦《よみがえ》ってきてピコピコとせわしなく耳を動かす。

「……う、うん。そうだよ」

「ユーアの産まれた国は、聞いた限りではずいぶんと慎み深いようだが、婚姻前の閨入りは認められているのだろうか？」

「……認められてるよ」

婚前交渉は当たり前、結婚相手を選ぶ前に何人もの人とつき合うことすらあるのだが、その真実を話すのはなんだかためらわれる。

「この国ではどうなのかな？」

「貴族間の婚姻では純潔が重んじられる。平民の場合も大方はそうらしい。とはいえ、若者の情熱はそうそう止められるものではない。妊娠を機に婚姻するものも多いぞ」

「僕のいた世界も似たようなものだよ」

「それを聞いて安心した。我らの場合、はじめて閨入りした日に婚姻の絆を結ぶことになる。そうなれば閨入りしたことが他の者達にも広く知られてしまうだろう。後にユーアが仲間達に対して恥ずかしい思いをしてはいけないと思っていたのだ」

「婚姻の絆を結んだって見ただけでわかるものなの？」

佑亜とシルヴァーノは、本来ひとつの魂であったものを分け合って産まれた者同士。

婚姻の絆を結ぶことで、その魂が再びひとつに溶け合い、そしてまたふたつに分かたれて互いの身体に収まるらしい。

その際に、魂の番は竜の持つ強い力の恩恵を受け取ることになると聞いてはいたのだが……。

「魔力量が格段に増えるだろうから、強い魔力を持つ者なら見ただけでもユーアの変化に気づくだろう」

「そっか」

「嫌か？」

聞かれて、首を横に振る。

「ちょっと恥ずかしいけど、平気だよ。エルフ達に邪魔されて離ればなれになるよりまし」

「ならばよかった。もう一口どうだ？」

「食べる」

あーんと開いた口に、甘いクリームの乗ったケーキが放り込まれる。

口内で感じる甘さより、シルヴァーノの自分に向ける視線のほうが甘いような気がした。


ゆっくり食事を取っている間に、窓の外はすっかり暗くなっていた。

「湯の用意もしてある。旅の間は魔法で身体を清浄に保っていたのだろうが、そろそろたっぷりの湯につかりたいのではないかと思ってな」

「嬉しい。清浄化の魔法は手っ取り早くて便利だけど、もの足りなかったんだよね」

佑亜は素直に喜んだが、どうやらシルヴァーノも一緒に入る気満々らしいと気づいて、ぼわっと赤くなった。

「そ、それはちょっと……。ひとりでゆっくり入りたいな」

赤くなった耳をピコピコさせて慌てる佑亜を見て、シルヴァーノは小さく笑った。

「そのように可愛らしい顔を見せられると無理にでも一緒に入りたくなるな」

「えっ！」

「安心しろ。そのようなことはせぬよ。嫌われたくはないからな」

シルヴァーノは慌てる佑亜の反応を楽しんでから、佑亜のために侍女を呼んでくれた。

「番様、どうぞこちらに」

侍女に案内されて連れて行かれたのは、同じ階にある部屋に併設された広い浴室だった。

ゆったり湯につかって温まった後、そこで待っていた侍女達も含め四人がかりで、全身を洗われたりマッサージされたりと、あれこれ面倒を見てもらう。

（こういうのにも、いつの間にかすっかり慣れちゃったなぁ）

こちらに来たばかりの頃は、女性にお風呂に入るのを見られるのが恥ずかしくて逃げ回っていたのに、エンシェントエルフに変化してからは、強引なエルフ達に押し切られるまま髪やら肌やら爪やらの手入れを任せていたので、すっかり慣れっこになってしまった。

これが彼らの仕事なのだからと割り切れるようになれば、裸を見られても恥ずかしいとは思わずに済む。

「御髪に香油をおつけしますか？」

侍女が香油の瓶《びん》の蓋を開けて佑亜に聞いた。

「良い香りだね」

薔薇にほんの少しスパイシーさを加えた大人の香りだ。

「ヴァンが苦手な香りじゃなければお願いしようかな」

「こちらの香油は、公爵様が用意するようにと指示されたものですので大丈夫かと」

「指示って、いつ出したの？」

「番様が現れてすぐのことです。お洋服に関しては洗礼を受けてからということになっておりましたが、それ以外に必要なものは全てご用意させていただきました。こちらのお部屋も番様のために整えておりました」

「そうなんだ」

きっとシルヴァーノは、佑亜が洗礼を受けて魂の番であることを自覚したら、すぐにでもこの屋敷に連れ帰るつもりで準備してくれていたんだろう。

（無駄にならなくてよかった）

あのままエルフの里に向かっていたら、このシルヴァーノの気遣いも知らされないままだったかもしれない。

用意された寝間着は、さらりとしたシルクでシンプルなデザインのネグリジェタイプのものだった。これもエルフ達から似たようなデザインのものを着せられていたのでもう慣れっこだ。

「では、あちらのドアからどうぞ。向こうは公爵様の寝室となります」

「続き部屋になってるんだ」

来た時は廊下を通ってきたから気づかなかった。

侍女に促され、ドアに手をかけたところで、いったん深呼吸。

（大丈夫。ヴァンに全部任せちゃえばいいんだから……）

こうして愛する人と結ばれることは、ごく自然な流れだ。

緊張するし、恥ずかしいけど、怖くはない。

（よし。がんばろう）

気合いを入れてドアを開けると、隣の寝室ではシルヴァーノが待ちかまえていた。

「来たか、ユーア」

その嬉しそうな顔に緊張感がふっとぶ。

「お待たせ」

佑亜は、両腕を広げたシルヴァーノの胸に、ばふっと飛び込んだ。

「久しぶりのお風呂、すっごく気持ちよかった。ありがとう」

「そうか。それはよかった。――ああ、良い香りだ」

佑亜を懐《ふところ》深く抱き込んだシルヴァーノが、髪にキスしながら言う。

「ヴァンが用意してくれた香油だよ。この香り、好きなの？」

「ああ。ユーアは薔薇を好んでいたようだから、薔薇の香りのものを用立ててみた。気に入ったか？」

「もちろん」

胸にくっついたまま頷くと、シルヴァーノはもう一度髪に唇を寄せてきた。

「やっとだ。……こうして魂の番をこの腕に抱く日をどれほど待ち望んできたことか……」

感慨深そうな声で呟き、深く息を吐く。

「魂の番とは必ず出会えるものなの？」

「竜人の場合、これまでは百年以内に出会っていたようだ」

女神の計らいからか、ごく身近に産まれてくることが多いため、出会わずにすれ違うということはなかったらしい。

「だが私の場合は違った。先祖返りは先例がない。単に産まれてくる時期がずれただけか、異常事態なのかの判断もつかなかった。変則的な存在ゆえに女神から正式に竜人とは認められず、魂の番を与えられないのではないかと言う者もいた。私自身、気づかぬうちになにか女神の心に沿わない行いをしたせいで、罰として孤独を与えられたのではと不安に駆られることもあったのだが……」

「ヴァンはなにも悪くないよ！」

佑亜はシルヴァーノの腕の中で身じろぎして、顔を上げた。

「ヴァンに魂の番が現れなかったのは、女神様にとっても悩みの種だったんだと思うよ」

——見つけたわ。まさか、こんな所にいたなんて……。

佑亜は、事故の際に聞いた女性の声のことをシルヴァーノに打ち明けた。

「他の招かれ人仲間はこの声を聞いてない。僕だけが聞いたんだ。——どうして僕が向こうの世界で産まれたのか。その理由はわからないけど、たぶんこれって、女神様にとっても異常事態だったんだと思う」

「そうだったのか……」

「たまたま僕が向こうの世界で早死にしたから女神様に見つけてもらえたけど、そうでなかったらずっと出会えないままだったのかもしれないよ」

「なんと……。それは考えたくないな」

シルヴァーノは溜め息をつくと、佑亜の頬に触れた。

「私の幸福は、ユーアの死という不幸の上になりたっていることになる。辛い体験だったのではないか？」

「怖かったし、痛かったような気もするけど、死の瞬間のことはほとんど覚えてないんだ。たぶん女神様が怖い記憶を抜いてくれてるんだと思う」

死の瞬間のことをしっかり記憶しているせいでＰＴＳＤにでもなったら、新しい人生の妨げになってしまう。だから、きっと少し手を加えてくれているのだろう。

「そうか。……向こうの世界に心残りはなかったか？　ユーアとの別れを悲しむ者もいたのではないか？」

「そうだね」

佑亜の訃報は、きっと向こうの世界の友達に驚きと悲しみを与えただろう。もしかしたら、一度も会ったことがない父親も、少しは悲しんでくれたかもしれない。

それを思えば、やはり不可抗力とはいえ早死にしたことを申し訳ないと思う。

でも、全てはもう終わったこと。

人としての佑亜の人生は、あのバスの中で終了したのだ。

「向こうの世界のことはもういいんだ。僕はこっちの世界で生きるんだから……」

もう会えない人達に思いを馳《は》せることはしない。

唯一、心に引っかかっていた母親の人生に対するわだかまりも、シルヴァーノが解いて浄化してくれた。

「生まれ変わったのが、ヴァンがいる世界でよかった。僕にとって、こちらの世界に招かれたことは幸せなことだったよ」

「そうか」

シルヴァーノは嬉しそうに微笑んだ。軽く屈んで、見上げる佑亜の頬に唇を落とす。

「羽は服の中か？　窮屈ではないか？」

シルヴァーノの手が、さわさわと探るように佑亜の背に触れた。

「平気。羽はお風呂に入るのに邪魔だからしまったんだ」

佑亜はそのくすぐったさに身をよじりながら答える。

「しまう？」

「ヴァンにはまだ教えてなかったね。僕の羽、すっごく便利なんだよ。小さくして入れ墨のように背中に貼り付けておけるから、夜眠るときにも困らないんだ」

「ほう。獣人族の中には耳や尻尾を完全に隠せる者もいると聞くが、それとは違うようだな」

「見てみる？」

佑亜はガウンを脱ぎ捨てて、ネグリジェの胸のリボンを解いた。そのままだとストンと床に落ちて素っ裸になってしまいそうだったので、襟を掴んだままそっとずらして背中を見せる。

「なんと……。綺麗なものだ。まるで螺鈿《らでん》細工のようではないか」

シルヴァーノは、指先でそうっと背中に貼りついている小さくなった羽をなぞった。

「触った感触は肌と同じか……」

「そうなんだよ。自分の身体のことだけど、不思議だよね。……ふふっ、くすぐったい」

触れる指先がやたらとくすぐったくて、佑亜はもうおしまいと笑いながら、ネグリジェの襟を元に戻してシルヴァーノに向き直った。

「竜人には、目の虹彩以外に人族と違うところはないの？」

「やたらと頑丈なこと以外にはないな」

灯《あか》りを控えめにしているせいか、シルヴァーノの虹彩はいつもより膨らんでいる。

つい猫の目を連想して、まじまじと見つめていると、すっと屈んだシルヴァーノに軽くキスされた。

「……ふふっ……ん……」

音を立てるキスを頬や耳元にされて、くすぐったさに首を竦めると、またキスが唇に戻ってくる。

深く唇を合わせ、舌を触れ合わせたらまたピリッと甘やかな衝撃が走った。そのまま舌を搦め捕られて吸われるとぞくぞくっと背筋に甘い痺れが走る。

「……っ……ん……」

佑亜がシルヴァーノの首に腕を巻き付け、覚えたてのキスの気持ちよさに夢中で応じていると、ふわっと身体が浮いて爪先が床から離れた。

「わあ」

シルヴァーノが佑亜にだけ重力魔法を使ったのだ。

佑亜はシルヴァーノにくっついたまま、つかの間の無重力状態を楽しみながらベッドに運ばれていく。

ふわりとベッドの上に降ろされると同時に、身体の重みも戻ってきた。

「今の面白かった。またやって」

「ああ、また今度な。今はこっちが優先だ」

微笑むシルヴァーノが、佑亜の頬を撫でながら覆い被《かぶ》さってくる。

夢中になってキスしている間に、気づくと寝間着はなくなっていた。

世話をしてくれる侍女達の視線は気にならないのに、愛おしそうに見つめてくるシルヴァーノの視線がやたらと恥ずかしく感じられるのはなぜだろう。

「ヴァンも脱いで」

自分だけが裸だからかもしれないと、佑亜はシルヴァーノのガウンの襟を摑んで引っ張った。

「わかった」

シルヴァーノは上半身を起こし、ガウンを脱ぎ捨て放り投げる。

あらわになった裸体に、佑亜は思わず息を飲む。

(……綺麗だ)

まさに完璧。

盛り上がった胸筋に、綺麗に割れた腹。引き締まった腰から尻へのライン。

同性として憧《あこが》れて、見とれずにはいられない均整の取れた美しい身体だった。

しかも赤い茂みの下から見えるそれは、完璧すぎる見事な裸体に見劣りしない大きさだ。

「……大人と子供だ」

ついつい自分のものと見比べて呟くと、シルヴァーノにくくっと笑われる。

「種族の差もある。エルフ族は元々筋肉がつきにくい優美な種族だからな。――どこもかしこも華《きゃ》奢《しゃ》で、力を入れすぎると壊してしまいそうだ」

シルヴァーノの手が肩から腕を撫でていき、ふたりは自然に手を繋ぐ。

「小さな手だ」

「ヴァンが大きいんだよ」

繋いだ手にキスされて、佑亜は微笑む。

「気づいてるとは思うけど、僕こういうのはじめてなんだ。だから、これからどうしたらいいのかわからないんだけど……」

教えてくれる？　と小首を傾げて聞くと、なぜかシルヴァーノが、うっと微かにひるんだ。

「無垢《むく》とは、かくも眩いものか……」

「え？」

「いや、なんでもない。……そういえば、ユーアのいた世界では、同性同士で番うのは珍しかったのだったな」

知らないのも当然かと納得してくれたシルヴァーノは、そっと佑亜のお尻を撫でた。

「男同士の場合、ここで繋がるのだ」

「えっ！」

佑亜はびっくりして耳をピコピコさせたが、すぐにそこしかないかと納得した。

そして、不安になる。

シルヴァーノのそれは、通常の状態でもちょっとびっくりする大きさだ。

（……入るかな）

すんなりそこに入るとは思えない。

「無理そうなら、今日は最後までしなくてもいい。愛し合う方法は他にもあるからな」

思わずへにょんと耳を垂れた佑亜を見て、シルヴァーノが気遣わしげに告げる。

だが、佑亜は首を横に振った。

「ありがとう。でも平気。僕、頑張るから」

「そうか。……なるべく辛くないようにする」

「うん。ヴァンにすべて任せるよ」

素直に頷くと、シルヴァーノはなぜかまた、うっとひるんだ。

「……責任重大だな。気に入ってもらえればいいのだが……」

「大丈夫。きっと気に入るよ。ヴァンとこうしてくっついてるだけでも幸せなんだから」

「嬉しいことを言ってくれる」

シルヴァーノが嬉しそうに目を細めて、佑亜にゆっくりとのしかかってくる。

佑亜は両腕を広げて、それを迎え入れた。

「……っ……ふ……」

佑亜が深いキスにまた夢中になっている間に、シルヴァーノの手はまるで確かめるように佑亜の身体を探っていた。

尖った長い耳を軽く引っ張ったりくすぐったりして遊んでから、首筋から肩へと続くなだらかなカーブを撫でさすり、鎖骨のラインを指先で確かめ、さらには平らな胸へと指を滑らせて小さな乳首をきゅっとつまむ。

「ひゃ」

突然の刺激に、佑亜は思わず首を竦めた。

「痛かったか？」

「……平気。ちょっとびっくりしただけ」

乳首なんて自分で意識して触ったりするようなところじゃないから、意表を突かれてしまった。

「こんな平らな胸を触っても、つまらないんじゃないの？」

女性と違ってふっくらしてないしと佑亜が言うと、シルヴァーノは首を横に振る。

「愛する者の身体に、つまらないところなどあるわけがない。なにもかもが尊く愛おしいからこそ、こうして触れて確かめているのだ。……ここも、ちょっと刺激しただけでこうしてぷっくり膨らんで実に愛らしい。淡く色づいて、実に美味《うま》そうだ」

そう言いながらシルヴァーノが乳首に顔を寄せてくる。

「あん。——っ」

その舌先でぷっくり膨らんだ乳首を舐《な》められた途端、ピリッとした甘い刺激が走った。

思わず出てしまった変な声に、佑亜は慌てて両手で唇を覆う。

「恥ずかしがることはない。感じたまま声を聞かせてくれたほうが嬉しい」

「そういうもの？」

「ああ」

（それなら、いいか……）

恥ずかしいが、シルヴァーノが喜んでくれるのならば、ちょっとの恥ずかしさは我慢できる。

佑亜は口元から手を放し、再び胸元に顔を埋《うず》めたシルヴァーノの髪に手を伸ばした。

（……髪の毛、柔らかい）

ルビーを思わせる硬質な輝きを放つシルヴァーノの髪は、触れてみると意外に猫っ毛で柔らかい。頬ずりしたらきっと気持ちいいだろう。

なんてことをつい考えてしまうのも、きっとエルフあるあるに違いない。

シルヴァーノの手や唇が身体に触れたところから、佑亜が今まで知らなかった感覚が掘り起こされていく。

「やっ、くすぐったい。……ふふっ」

まるで宝物のように優しく触れてくる手指の感覚に身をよじらせ、耳をピコピコさせて笑う。

と、同時に、じわりと甘やかな痺れが腰のあたりから湧いてくるのも感じていた。

「……んん……あっ、あん……」

くすぐったさが快感の呼び水になることを、佑亜は始めて知った。

（……気持ちいい）

撫でさする手も、肌の上を滑っていく唇も、こすれ合う互いの肌ですら心地よくて、佑亜の身体の熱を上げていく。

なにより気持ちいいのは、シルヴァーノの舌だ。

つーっと肌の上を舐められるだけで、ピリッとした甘い刺激が電流のように身体に走る。

「ヴァンの舌……凄く気持ちいい」

素直に告げると、「そのようだな」とシルヴァーノは嬉しそうに答えた。

「ここも反応してる」

まだ触れられてもいないのに、佑亜のそれは頭をもたげていた。

「これもなんと綺麗な色だ。果物のように甘そうだ」

シルヴァーノの手が佑亜のそれをそうっと包み込み、軽く擦《こす》る。

「んっ」

優しく触れる自分の手とは違うその感触だけで、佑亜はびくんとのけぞった。

「……駄目、待って……」

「どうして駄目なのだ？」

「だって……。すぐいっちゃいそうで、恥ずかしいし……」

両手で隠そうとしたが、シルヴァーノがそんなことを許すはずもない。

あっさり片手で両手首を押さえられてしまった。

「己の未熟さを恥じているのだとしたら、それは間違いだ。無知であることも未熟であることも、私にとってはむしろ喜びだ。なにしろ、魂の番に一から全てを教えることができるのだからな」

それに、と続けながら、シルヴァーノは佑亜のそこに顔を近づけていく。

「もう待てないのではないか？　ここはこんなに震えて、美味しそうな雫《しずく》を零《こぼ》しているというのに……」

シルヴァーノはそのまま舌先で佑亜の雫を舐め取り、咥《くわ》えた。

「あっ……ああっ！」

敏感なそこを咥えられ舌先で先端を探られると、ぴりぴりした甘い痺れが全身を駆け巡り、性に未熟な佑亜は耐えることができずあっさりシルヴァーノの口腔内に放ってしまっていた。

「だ、だから、駄目だって言ったのに……。すぐ出して」

一瞬の絶頂感から醒《さ》めた直後に佑亜が感じたのは罪悪感だ。

愛する人の口を汚してしまったと慌てたのだが、シルヴァーノはかまわずそれを飲み込んでしまう。

しかも、まるでそれを佑亜に見せつけるように濡《ぬ》れた唇を舌で舐めた。

「ごめんなさい。不味《まず》かったでしょう？」

「いいや。むしろ逆だ。まるで濃厚な果実酒のようだ。エンシェントエルフという種族は体液すらも甘いものなのか？」

「……そんなことないと思うけど……」

女神に刷り込まれた知識の中にそんな情報はない。

「もっと味わいたいところだが、私もそろそろ我慢できなくなってきた」

シルヴァーノは再び唇を舐めた。

横たわる佑亜を見下ろすその金色の瞳には、先程までより色濃い欲望の色が浮かんでいる。

(……興奮してる？)

さっきまでは紳士的だったのに、急に欲望を隠さなくなった。

実際、シルヴァーノのそれはすでに猛々《たけだけ》しく反り返っている。

(僕で興奮してくれてるんだ)

そう考えただけで、どくんと鼓動が跳ね上がる。

「どうすればいいのか教えてくれる？」

シルヴァーノのやりたいことに協力しようと思って聞いてみる。

「清浄魔法は使えるようになったのだったな？」

「うん」

「では、体内にその魔法をかけることはできるか？」

シルヴァーノが、佑亜の平たい腹の上に手の平をピタリと当てた。

言っている意味を理解した佑亜は、首を横に振る。

「したことない」

「そうか……。ならば仕方ない。不快だろうが我慢してくれ」

「不快？」

どういう意味かと聞くより先に、お腹に触れた手の平からシルヴァーノの体温と共に魔力が流れ込んでくる。

と同時に、佑亜の全身を強烈な快感が走り抜けた。

「あっ……あ、なに……？　……ひ……やぁ……ああああっ――――！」

感じたことのない強い快感が、唐突に全身を貫く。

自分の身体に何が起こっているのかわからない。

気がつくと、佑亜は一気に頂点まで達した熱を再び放ってしまっていた。

「……な……んで？」

さっきのあの強烈な快感はいったいなんなんだろう？

直接触れられてもいないのに射精してしまうなんて……。

呆然としながら荒い息を吐いている佑亜を見下ろしていたシルヴァーノも、やはり愕然《がくぜん》としていた。

「私は……今なにをした？」

佑亜の腹に触れていた手の平を眺めて呟く。

「清浄化の魔法をかけてくれたと思ったんだけど……」

「愛しいものに、そのような野蛮な真似《まね》をするなど、有り得ない」

「野蛮？」

「ああ、他者に清浄化の魔法をかけるのは礼を欠いた行為だ。しかも体内にまで魔力を及ばせるなど有り得ない。ユーアを導いて自分で魔法をかけてもらうつもりでいたはずなのに、その手間を惜しんでこの手で魔法をかけるとは……」

なにか妙だと、シルヴァーノは真剣に悩んでいる。

一方の佑亜は、一瞬の賢者タイムが過ぎ去り、またしても体内からじわりじわりと快感が迫《せ》り上がるのを感じて焦っていた。

「よくわかんないけど……。さっきの魔法、ただの清浄化の魔法だとは思えなかった。魔法をかけられた途端、なんか……急に気持ちよくなって……。あ……だめ、また……」

先程までの強烈なものとは違って、今度の快感はまるで内側を何本もの優しい指で撫でさすられているように感じられる。

お尻を使うと聞いたときは、あくまでも女性器の代わりとして、しかたなく使うのだろうと思っていた。

だが、今の佑亜はすでにもうそこで快楽を感じられることを実感として知っている。

内側の粘膜を絶えず刺激し続けるシルヴァーノの魔力のせいで、絶え間なく湧き上がってくる快感に勝手に腰が揺れてしまう。

「……や……お腹の中……きもち……いい」

「気持ちいい？　そんなはずはないのだが……」

だが、シルヴァーノはそんな佑亜の反応に困惑しているようだ。

身もだえする佑亜の頬を心配そうに撫で、やがてなにか気づいたのかハッとした。

「そうか。これは魂の番同士だからかもしれん。――ユーア、これはどう感じる？」

「……あっ……それ…も…気持ちいい」

魔力を纏《まと》わせた指先で脇腹を撫でられた佑亜は、びくびくっと身震いした。

「やはり魔力に反応しているのか。はじめてキスした時もかつてないほどよかったが、これのせいだったとは……」

「どういう……こと？」

「ユーア、今まで清浄化の魔法を誰かにかけられたことはあるか？」

「な……いよ。これは自分でするようにって言われたから……」

「だろうな」

本来、他人の魔力は気持ち悪いものなのだとシルヴァーノが言う。

佑亜は魔封じの手枷を嵌められた時のことを思い出した。

自分の魔力であっても、意に反して体内で魔力が動く感触は気持ち悪かった。他人のものならなおさらだろう。

「じゃあ、なんで今……は、……こんなになってるの？」

「やはりこれは、魂の番だからだろう」

ただ側にいるだけでも、ほっと安心できるあの感覚も、同じ魂を分け合って産まれた者同士だからこそのもの。

それ故に元々魔力の親和性は高く、しかも出会った瞬間に魂レベルで否応もなく惹かれ合う性質も持っている。

「魔力は肉体ではなく魂に由来している。それ故、魂と似た性質を持っているのだ」

だからこそ魂の番の魔力には不快感を覚えず、むしろ好ましさを感じる。

感じやすい粘膜から直接吸収してしまえば、それだけでもめろめろになってしまうほどに……。

「たぶん……というか、これは間違いなく媚薬《びやく》のような効果がありそうだ。唾液や精液等の体液にも、微量だが魔力が含まれている。……魂の番のほとんどが終生仲睦《むつ》まじく暮らしたと伝えられているが、その影響もあるのかもしれないな」

さすがに閨でのことは誰もおおっぴらに話したりしないから、伝えられてはこなかったのだろうとシルヴァーノが冷静に言う。

だが佑亜は、お腹の中に残るシルヴァーノの魔力の残滓《ざんし》にずっと内側を刺激され続け、絶え間ない快感に攻め立てられているせいで、シルヴァーノの話を半分も聞いていなかった。

「言い訳になるが、先程のユーアに対する無礼も、ユーアの精液を飲んでしまったせいだと思う」

すまなかったとシルヴァーノが謝罪する。

佑亜はといえば、もう限界ぎりぎりだ。

「いいよ。……ヴァンなら、なにしても……」

というか、謝罪する暇があったら、早くこの熱をなんとかして欲しい。

佑亜はのぼせたような赤い顔で、時たまびくっと身体を揺らしながら浅く早い呼吸を繰り返す。

そんな佑亜を見下ろして、シルヴァーノはごくりとつばを飲み込んだ。

「そうか。いや、むしろかえってよかったのかもしれないな。これならばユーアに辛い思いをさせずに済みそうだ」

「もう充分辛い……。お腹の中、熱いし……。ヴァン、お願い……。なんとかして！」

内側からひっきりなしに与えられる快感に音《ね》を上げた佑亜は、救いを求めてシルヴァーノに両手を伸ばした。

「ああ、まかせろ」

シルヴァーノは微笑んで、その願いをかなえることにした。


深く唇を合わせて、互いの唇を貪《むさぼ》り合う。

内側からの刺激で全身が敏感になっているようで、互いの唇の隙間《すきま》から零れ落ちた唾液が頬から耳元へと垂れていくのでさえびりびりするほどの快感を佑亜にもたらした。

「あ……あんっ、ひゃ……あん」

垂れた唾液を舌で舐め取ったシルヴァーノが、佑亜の耳をそろっと舐める。

ぞぞっと快感が走って、佑亜の耳が勝手にぴぴっと小刻みに揺れ、シルヴァーノの顔を叩いてしまった。

「あ……ごめ……」

くくっと耳元で笑われて、その刺激にまたしてもぴぴぴっとシルヴァーノの顔を叩く。

「いや。……この耳、ずっと思っていたのだが、よく動くのが可愛らしいな」

お返しとばかりに、はむっと耳の先を食《は》まれて舌先でくすぐられた。

「ひゃ、それ……だめ」

佑亜は首を竦めた。

ぴりっとした甘い刺激とくすぐったさに、ぞわぞわと快感が這《は》い上がってくる。

「もっとこれを可愛がりたいのだが、もう限界なのだったな」

下に降りたシルヴァーノの指が、頭をもたげて震える佑亜のそれを愛おしげにつつっと撫でた。

佑亜は、その刺激だけでぶるっと身を震わせる。

「っ……も、いきたい」

「わかった」

シルヴァーノはあっさり頷くと、佑亜のそこに迷わず唇を寄せる。

「飲んだら、また変になっちゃうんじゃ……？　あっ。——んんっ」

止める間もなく温かな口腔内にすっぽり咥えられる。

唾液と粘膜に直接触れることでぴりぴりする甘い刺激が加えられ、唇で二度三度と擦《こす》り上げられただけでまたあっさり達してしまった。

「……ごめ……我慢できなくて……。飲んで大丈夫？」

「ああ。最初からわかっていれば、我を忘れたりしない。だが、やはりこれは効くな」

最初どういう意味かわからなかったが、すっかり鎌首をもたげて雫を零したシルヴァーノのそれが視界に入って、佑亜は息を飲んだ。

「……僕も……その……しようか？」

恐る恐る大きなそれに手を伸ばそうとしたのだが、途中で止められる。

「いや、それよりもこちらで繋がりたい。ほぐしてもいいか？」

「えっと……どうぞ」

なにをどうするのかわからない佑亜が頷くと、シルヴァーノは佑亜の腰の下にクッションを敷いて、サイドテーブル上にあった香油を取り手の平に垂らした。

「これも薔薇の香りだね」

浴室で使ったものとは違い寝室に用意されていた香油はスパイシーさはなく、ただ甘やかな香りを放っている。

「ユーア、足を開けるか？」

「……うん」

膝頭を優しく手の平で撫でられた佑亜は、恥ずかしさを堪《こら》えて、ぴったりくっつけていた膝を恐る恐る開いた。

シルヴァーノは、あらわになった蕾《つぼみ》に香油で濡れた指に念のために魔力を纏わせてから、そうっと触れた。

「んっ」

はじめてそこに触れられて、条件反射的にびくっと身体が震える。

ぬるりと入り口をなぞった指は、何の抵抗もなく、つぷっと中へと吸い込まれていった。

「ああ、もうすっかり柔らかくなっている」

「あっ……あんん」

中に潜《もぐ》り込んだ指がぐりっと内壁を擦る。

魔力で刺激されたときとは違う、直接的な刺激に佑亜は夢中になった。

「んん……あ……あん……。ヴァンの指、きもちいい……」

ぐりっと内側で太い指が動く度、得も言われぬ快感に勝手に身体が揺れる。

「これは、ほぐすまでもないか。もう、ぐずぐずに蕩《とろ》けているようだ」

洗浄化の魔法が媚薬となって、佑亜のそこはすっかり柔らかになっている。

「ヴァン……もっと……お腹のなか、もっと……ぐりっとして……。んあっ……」

シルヴァーノが指を増やしてもなんなく受けとめ、もっと欲しいと柔らかく吸いついてくるほどに……。

「さすがにこれは……」

身をよじらせてもっとねだる佑亜の姿に、シルヴァーノはつばを飲み込んだ。

「ユーア、すまん。もう耐えられない。挿《い》れてもいいか？」

「ん。……はやくぅ」

そこではじめて感じる甘い感覚がもっと欲しくて、佑亜は耳をピコピコ動かしながら頷いた。

「そのまま……力を抜いていろ」

佑亜の足の間に身体を割り込ませたシルヴァーノは、佑亜の腰を抱き上げ、ヒクついている淡い蕾に、そそり立っているそれをぴたりと当てた。

「あっ……んあ……あ……あつい の……はいってくる……」

快感に酔って目元を赤く染めている佑亜の表情を見逃すまいとじっと見つめたまま、シルヴァーノがじりじりと己のものを進めていく。

「……くっ……ああ、もっていかれそうだ。さすがにこれは……」

マズいな、と呟くシルヴァーノも、余裕がない様子だ。

精液と言う名の媚薬を直前に飲み込み、粘膜からにじみ出ている佑亜の魔力に直接それが包み込まれてしまったことで、魂の番を思うまま貪りたいという本能に理性が呑み込まれかけているのだ。

「駄目だ。……いったん離れよう」

「いやっ！」

理性を総動員して身体を離そうとしたシルヴァーノを、佑亜は腕を伸ばして引き止めた。

「離れちゃやだ。……いいよ……好きにして……」

「だが、このままではおまえを傷つけて、壊してしまいそうだ」

我を忘れて思いっきり抱き締めただけでも、華奢な身体はきっと壊れてしまう。

魂の番を欲する本能と、守りたい本能。

ふたつの本能の狭間で、シルヴァーノは揺れ動く。

シルヴァーノがピタリと動きを止めたことで、佑亜もわずかに理性を取り戻していた。

「へ……いき……。だって、僕らが、こうなるのって……自然なことなんでしょう？　竜人が、魂の番を壊したことってあるの？」

「……それは……ない」

「それなら……大丈夫だよ」

佑亜は、苦しそうに顔を歪めるシルヴァーノの頬を両手で包んで微笑んだ。

「我慢しないで。……僕も……もっとヴァンが欲しいよ」

引き寄せて、自分からキスする。

積極的に舌を絡めていって、自分のそれより厚くて大きな舌を、口腔内に招き入れて吸いついた。

キスの心地好《よ》さに酔いしれていると、身体の中に埋め込まれたそれの熱がじわじわと体内に染み込んできて、じっとしていられなくなってくる。

佑亜はシルヴァーノの身体に足を絡め、無意識に腰を揺らした。

「んん……っ……ふ……」

喜びに喉を鳴らす佑亜の姿に、シルヴァーノの理性は音を上げた。

「ああ……ユーア。……俺の魂の番。お前に出会えたことが、どれほどの喜びか……」

「ああんっ！」

切羽詰まったようなシルヴァーノの声を耳元で聞くと同時に、ずんっと体内深くにシルヴァーノを受けとめる。

その甘い衝撃は、佑亜の理性をふっとばした。

そこからのことを、佑亜はほとんど覚えていない。

何度か体位を替え、深く穿《うが》たれ揺さぶられて、後ろの刺激だけで何度も何度もいったような気がする。

出るものが無くなっても喜びは終わらず、佑亜は我を忘れてシルヴァーノが与えてくれる悦楽に酔いしれた。

やがてシルヴァーノのそれが、佑亜の最奥に深く埋め込まれ熱く弾ける。

魔力をふんだんに含んだ熱いほとばしりを体内に直接注がれたことで、媚薬の効果もあってか佑亜は完全に我を忘れた。

「もっと……もっとして……」

愛する人の熱をもっと感じたい。

もっと強く抱き締めて、もっと激しく動いてと、シルヴァーノに何度もねだったような気がする。

「ならん。……これ以上力を入れたら、ユーアの身体が壊れてしまう」

だがシルヴァーノは、そんな佑亜の誘惑には乗らなかった。

その代わり、髪を撫で何度も甘いキスして佑亜を宥《なだ》めながら、宝物を扱うように優しく抱いてくれた。

甘く優しい番の腕の中で、佑亜はこの上のない喜びを感じて蕩《とろ》けていった。

☆　☆　☆

目覚めると、シルヴァーノが心配そうに顔を覗き込んでいた。

「よかった。目覚めたか。どこか痛いところはないか？　辛くはなかったか？」

「平気。その……すごく気持ちよかったし……。あの……よく覚えてないんだけど、なんか我が儘をいって、困らせたような気がするんだけど……」

ごめんなさいと謝ると、シルヴァーノは微笑んだ。

「気にするな。むしろ嬉しかったぞ。それだけ喜んでくれていたということだからな」

「うん。……凄く幸せだった」

愛し合うという行為はもちろんのこと、遠慮なく我が儘を言えたことも……。

あんな風に素直に我が儘を言えたのははじめてだったし、理不尽な我が儘をしっかり受けとめ、鷹揚にいなしてもらえたのも嬉しかった。

母と二人、ずっと親戚の家の離れを借りて生きてきた。

自分の家を持たずに生きてきた佑亜は、シルヴァーノの腕の中に心の底から安らげる場所を見いだしたのだ。

（……幸せだ）

シルヴァーノという運命の伴侶と、本当の意味で結ばれた幸福感に佑亜は自然と微笑んでいた。

どうやら意識を失っている間に、シルヴァーノが全身を清めてネグリジェも着せてくれていたようだ。

「お腹……ちょっと熱い」

「清浄化の魔法をかけたせいだ」

お腹に手の平を当てると、シルヴァーノが頷く。

「私が出したものがいつまでも中に残っていては、ユーアには刺激が強すぎるだろうからな。なるべく魔力を残さないようにしたのだが、違和感があるか？」

「ううん。これぐらいならじんわり温かくて気持ちいい」

互いの体液全てが媚薬のような効果をもたらすだけに、残ったままだったら目覚めてすぐにまたシルヴァーノを求めていたはずだ。

今感じているこの温かさは、さっきの狂おしいほどの熱とは違って、佑亜に穏やかな幸福感だけを与えてくれる。

「ねえ、ヴァン。これで婚姻の絆は結ばれたんだよね？」

佑亜は幸せな気分のまま、髪を撫でているシルヴァーノの手をとって頬に当て、すりすりする。

「いや、それはこれからだ」

「そうなの？」

結ばれる行為そのものが婚姻の絆だと短絡的に考えていた佑亜は驚いた。

「竜人は、魂の番と身も心も結ばれて心からの幸せを感じられた時、生涯に一度だけ竜玉を作り出すことができる。竜玉とは竜の魂の欠片《かけら》、これをふたりで分け合うことで婚姻の絆は結ばれるのだ」

シルヴァーノは、佑亜が頬に当てていた手の平を上に向けた。

「……よかった。私にもできそうだ」

「わあ」

シルヴァーノの手の平から、眩い光が放たれる。

光が収まると、そこにはルビー色の小さな玉が現れていた。

「これが竜玉？　あめ玉みたいだ」

透き通ったその赤い玉は、佑亜の目に硬質な宝石ではなく、とろっと甘そうに見える。

「竜玉は甘露だと言われている」

「本当に甘いの？」

「ああ。竜人と魂の番の舌の間で蕩けるのだそうだ。それを分け合って飲み込めば婚姻の絆は結ばれる」

シルヴァーノのご先祖である三の竜は、竜玉はこの上なく甘美な味わいだと言い残しているらしい。

互いの身体に入った竜玉が呼び水となり、分かたれていた魂がひとつに戻る。そしてまた同じ大きさのふたつの魂へと別れて互いに身体に収まるのだ。

「ユーア、婚姻の絆を受けてくれるか？」

「もちろん」

ベッドの上に向き合って座って、佑亜は頭を下げた。

「よろしくお願いします」

「こちらこそ、幾久しくよろしく頼む。――さあ、これを」

「うん」

佑亜はシルヴァーノの手の平に唇を寄せて、直接竜玉を口の中に入れた。

「……味しない」

「ひとりではな。ふたりなら……」

シルヴァーノは佑亜を抱き寄せ、深く唇を合わせる。

「……っ……」

竜玉を乗せた佑亜の舌にシルヴァーノの舌が絡みつく。

ふたりの舌の間で、竜玉は簡単にとろりと溶けた。

(……甘い)

舌に感じる甘さに佑亜がうっとりしていると、シルヴァーノが念話で話しかけてきた。

『ユーア、同時に飲み込もう』

(わかった)

念話を使えない佑亜は、目を開けて同意を伝える。

『では、一緒に』

シルヴァーノの合図で、互いの舌の上に掬《すく》い取った竜玉の雫をごくりと飲み込む。

飲み込んだ竜玉の雫は、とろんとしていて甘ったるいのに、後味は意外なほど爽《さわ》やかだった。

（……不思議な味）

今まで一度も味わったことのない至極の甘露。

シルヴァーノの魂が形を変えたものなのだと思えば、佑亜にとってこの上もなく甘く感じられるのも当然かもしれない。

幸せな甘みにうっとりしていると、互いの全身からふわっと光が放たれた。

「これ……なに？　なんか……ねむい」

「竜玉の作用だ。大丈夫。恐れずに身を任せるといい」

シルヴァーノに抱き寄せられて、佑亜はその胸に頬を寄せたまま、すうっと深い眠りに落ちていった。

12

ふと気づくと不思議な場所にいた。

靄《もや》のようなものが満ちている仄《ほの》明るく暖かな空間だ。

なんだかふわふわとしていて上下左右の感覚がない。緑魔法で樹に意識を飛ばした時にどこか似ていて、自分の肉体の感覚がない。

(……近くにヴァンもいる)

気配は感じるのに、姿は見えないし声も聞こえない。

きっと彼も意識だけでここに来ているのだろう。

(婚姻の絆を結んだことと関係があるのかな?)

——違うわ。あなたたちには、いらぬ苦労をかけてしまったから特別に呼び寄せたの。

佑亜の疑問に答えたのは、かつて聞いたことのある女性の声だった。

(女神さま?)

——そう。私はあなたたちが女神エルトリアと呼ぶ存在。

近くの空間に、ふわりとてつもないエネルギーを発する人型の光が浮かび上がってくる。

姿を見ようと意識を凝らしたが、眩しすぎて無理だった。

神という高次の存在だけに、その姿をはっきり認識することすらできないようだ。

――竜の子、それは違うわ。

突然、女神がシルヴァーノに向けて語りかけた。

――私にとって七体の竜は我が子同然。その血を引くあなたもまた特別に愛おしい存在なの。あなたの孤独は、決して私の望むものではなかった。

同じ空間にいるシルヴァーノも、佑亜と同じように女神に対してなんらかの問いかけをしたのだろう。

長く待たせてしまってごめんなさいねと、女神が謝っている。

（女神さま、僕はどうして向こうの世界で産まれたんですか？）

――かつて不幸な人生を送った招かれ人がいたの。あなたが産まれた世界から招いた人よ。

その人は、こちらの世界で生きると決意して洗礼を受けたが、幸せを摑《つか》むことができないまま、元の世界に戻りたいと願いながら不幸な死を迎えてしまった。

そして女神は、その最後の願いをかなえるために、彼女の魂を産まれた世界へ送り返してあげたのだ。

――きっとその時に、あなたの魂も巻きこまれて向こうの世界に流されてしまったのね。気づかなかった私の落ち度だわ。ふたりとも本当にごめんなさい。

（謝らないでください。僕は向こうの世界に産まれたことを不幸だとは思っていないんです）

決して幸せな生い立ちではなかったけれど、それでもあの母の子として産まれたことに後悔はない。

母と二人で過ごした時間は、佑亜にとって幸せなものだったから……。

――そう、それならよかった。

(女神さま、どうして僕をエンシェントエルフにしたんですか？　すごく違和感があるんですけど)

このチャンスを逃すものかと、佑亜はかねてからの疑問をさらにぶつけてみる。

――本来、あなたはエルフに変化するはずだったの。

(人族じゃなく？)

――違うわ。人族であるには、あなたは一途《いちず》すぎるから。

不器用なまでに、愛を捧げる対象に対して一途で献身的。

ただひたすらに母親に尽くしてきたこれまでの佑亜の人生の軌跡が、エルフ族が持つ極端に一途な性質に通じているのだと女神エルトリアが言う。

(……そうだったんですか)

友達と遊ぶ時間より、母と過ごす時間のほうをずっと優先してきた。アイドルやゲームにもあまり興味を持てなかったし、反抗期すら知らないまま、ひたすら母親のためだけに生きてきた。

(確かに普通の男子高校生じゃなかったのかも……。じゃあ、なぜわざわざ上位種に変化させたんですか？)

――あなたなら、私の願いをかなえてくれるのではないかと期待してのことよ。

(女神さまの願い？)

――エンシェントエルフという種族を、もう一度この世界に正しい形で甦らせたかったの。……かつて私が進化を促したエンシェントエルフ達は、荒れ果てた大地を癒すために次々に我が身を犠牲にしてしまったから……。

（そのせいで滅んでしまったんですよね）

――ええ。それは私があの子達に望んだ生き方ではなかった。死なせるために進化を促したりはしないもの。

エンシェントエルフは我が身を犠牲にしてでも大地と命を守る、尊い特別な存在。

彼らが絶滅すると同時に、エルフ族にはエンシェントエルフに対するそんな誤った先入観も植えつけられてしまった。

――その誤った先入観のせいで、エルフ達は上位種への進化の可能性を見失ってしまったわ。

女神エルトリアがエンシェントエルフという上位種を作りだしたのと同時に、エルフという種族全体にも僅《わず》かながら上位種への進化の可能性が与えられていたのだという。

だが現在、エルフは誤った先入観を持ってしまったせいで、進化の正しい道筋を見つけられずにいる。

――佑亜。あなたなら、私が望んでいたエンシェントエルフらしい生き方ができるのではないかと期待しているわ。

（エンシェントエルフらしい生き方って？）

――それはあなたが自分で見いだしてちょうだい。自由になることを願っていたあなたに、決められた生き方を強要するつもりはないの。あなたが思うまま自由に生きていってさえくれれば、いつかきっと私の願いはかなうはずだから……。

(……責任重大ですね。自信ないです)

——そう？　今この世界に生きる誰より、エンシェントエルフとしての適正はあるのだけれど……。あなたなら、エルフとして四百年ほど生きれば自然に進化できていたでしょうし。

(そうなんですか)

だったら、期待に応えようと焦らなくてもいいのかもしれない。

長い人生の中でのんびり試行錯誤しながら、エンシェントエルフとして与えられた能力を生かす道を捜していけばいい。

佑亜が心の中でそんなことを思っていると、目の前に浮かぶ光から、温かな波動を感じた。

——どうか、幸せに……。もうこれ以上、あなた達の人生に直接係わることはないけれど、ずっと見守っているわ。

(ありがとうございます)

佑亜はお礼を言ったが、ついついジャンクフードを抱えてソファに寝転び、テレビ画面でリアリティショーを見て楽しんでいる女神さまを連想してしまった。

その途端、ころころと鈴が鳴るような明るい女神の笑い声があたりに響く。

——もう、いやぁね。そんなことしてないわよ。

(あ、えっと……ごめんなさい)

――ふふ、面白いからこれで許してあげる。

こつんと額を軽く小突かれる感覚がして、佑亜の意識は薄れていった。


目覚めたら、すぐ側にシルヴァーノの気配があった。

「ユーア、起きたか。気分はどうだ？」

シルヴァーノはどうやらかなり前から目覚めていたようで、ベッド脇に椅子を置いて、佑亜が目覚めるのを待ってくれていたようだ。

「おでこ痛い」

嬉しそうなシルヴァーノに答えながら、佑亜は手の平で額に触れた。

「……なんかくっついてる」

手の平に感じる固い感触にゾッとする。

「さっきまではなんともなかったが……。見せてみろ」

シルヴァーノに助けられながらベッドの上に上半身を起こして、おそるおそる額から手の平を放した途端、ポロッと額からなにかが落ちた。

「取れた！」

びっくりして膝の上に落ちてきた固まりを見ると、それは複雑にカットされた雫形の黄色い宝石だった。

「これは……金剛石か。ここまで濃い色がついたものはかなり珍しいな」

「金剛石って、ダイヤモンドのことだよね」

佑亜は、宝石を手の平に載せてまじまじと眺めた。

「イエローダイヤか。凄く綺麗……。女神さまからのプレゼントかな？　お仕置きされたんじゃなかったんだ」

「お仕置き？」

シルヴァーノに事情を説明したら、不思議そうに首を傾げられた。

「女神エルトリアは、ユーアに対して随分親しげな口調で話されたのだな」

「ヴァンには違ったの？　ヴァンも僕と一緒に話を聞いていたように感じられてたんだけど」

「私にもユーアが共にいるように感じられていたが、女神の口調や態度はまるで違っていたぞ」

シルヴァーノには、女神の声は重々しく重厚な言葉遣いに聞こえていたらしい。

ふたりの記憶を照らし合わせてみたが、女神は二人に対して、ほぼ同じ内容を、それぞれまるで違う言葉遣いで話していたことがわかった。

「受け取る側のイメージの問題なのかもしれないね」

そもそも、この世界に招かれるまでの佑亜にとって、神さまという存在はファンタジーでしかなかった。だがシルヴァーノにとっての女神エルトリアは、実在する創世の女神だ。

その存在の重みがまるで違う。

「そうだな。神々は、我らのように肉の器に収まる存在ではない。受け手の持つイメージに左右されるのかもしれない」

「僕に対しては、優しそうでちょっとお茶目な感じだったよ。デコピンのふりで、こんなに素敵なプレゼントをくれたし」

佑亜は宝石を指でつまんで、シルヴァーノの目の側に寄せてみた。

「見て。この宝石、ヴァンの瞳の色とよく似てる。ヴァンにあげるね」

ブローチにして胸につけたら映えそうだ。

佑亜はその姿を想像してにっこりしたのだが、受け取るわけにはいかないとあっさり断られてしまった。

「どうして？」

「この宝石は、ユーアが女神エルトリアから賜ったものだ。女神のお力も感じるし、常に身につけていたほうがいい。最高の細工師を捜さねば」

「宝石のまま持っていたんじゃ駄目なの？」

「駄目だ。女神はユーアの額にその宝石を賜ったのだろう？　そのようにしなくては」

「そのようにって？」

意味がわからずシルヴァーノに説明を求めたら、あの女神のデコピンには、額に宝石を乗せておくようにという意味が込められているのだと言われた。

「ここはやはり、エルフ達のようにサークレットがいいだろう」

「え？　まさか、常にサークレットを身につけてなきゃ駄目ってこと？」

「そうだ。それが女神の御意志だろう」

「えーっ！」

サークレットだけは中二病っぽくて嫌だったのに……。

（女神さま、きっと僕が拒否るの見てたんだ）

中二病っぽいと恥ずかしがっているのもバレバレだったのだろう。

だからこそ、わざわざおでこに宝石をぺちっと押しつけてきたのに違いない。

「サークレットならば、やはりエルフ族の職人に任せるべきだろうな。だが、あやつらに頼むと完成まで何十年かかるかわからない。依頼する前に、この宝石をすぐに身につけられるよう間に合わせのものを先に用意せねば」

楽しみだと嬉しげなシルヴァーノの言葉を聞きながら、女神のお茶目なお仕置きに佑亜はがっくりとうなだれたのだった。


ちなみに、婚姻の絆を結んだ後、佑亜は一ヶ月間も眠っていたらしい。

竜人の力の恩恵を身体に馴染ませるのに必要な眠りだったのだそうだ。

（だからヴァンは婚姻の絆を結んだことが、皆にすぐばれるって言ってたのか……）

のんびり一ヶ月も眠っていたのだ。その間に、佑亜とシルヴァーノが結ばれたことは、間違いなく周知の事実になっている。

魔力の変化でばれるものだとばかり思っていたから、これには本気で驚いた。

早とちりしたせいで、気遣ってくれたシルヴァーノの真意に気づけなかった佑亜の自業自得だが……。

「僕が眠ってる間、ヴァンはどうしていたの？」

「もちろん、ずっとここにいた」

ベッドに座ったシルヴァーノは、佑亜を抱きかかえながら上機嫌で答えた。

「一ヶ月間も？　退屈じゃなかった？」

「いや。ずっと一緒にいられたのだ。幸せな時間だった。それに、一ヶ月しか経ってないと言うべきだろう。記録にある限り、この眠りは三ヶ月から半年の間だと言われているからな。ユーアの目覚めが早かったのは、たぶん上位種だったせいだろう。――身体に違和感はないか？」

「ないよ。逆にすっきりしてる。僕もヴァンみたいに強くなれたのかな？」

筋力がアップしたのなら剣を習ってみたいと思ったのだが、残念ながら種族的なものもあってそちらはあまり期待できないらしい。

「以前より生命力が格段に強くなっているはずだ」

生き物としての格が上がったために魔力が増え、肉体の強度も増して、滅多なことでは怪我をしない身体になっているとのこと。

「へえ、そうなんだ。自分では変わった感じがしないけど……」

「なにが起きるかわからない。自身の魔力量を把握するまで魔法は慎重に使うようにな」

エンシェントエルフは魔法特化の種族だ。当然、魔力のコントロールも得意なので、さほど苦労せずに新しい魔力にも馴染むことができるだろうと言われて少しほっとした。

起きて着替えようと思ったのだが、一ヶ月も眠っていたのだから急に動くのはよくないとシルヴァーノに止められる。

「とりあえず、水分を少し取るといい」

佑亜を抱きかかえたまま、シルヴァーノは魔法で水差しを引き寄せた。

水の注がれたグラスを受け取ろうとしたら、すいっと逃げられてシルヴァーノの手で直接口元へと運ばれる。

「ありがと」

どうやらシルヴァーノは以前より過保護になっているようだ。

佑亜に向けられる視線も、口元に浮かぶ微笑みも、以前より数段甘く感じられるのは気のせいじゃない。

幸せそうに微笑むシルヴァーノにお礼を言って、佑亜はグラスに口をつけた。

「……美味しい」

水かと思ったら、ほんのり甘い果実水だ。

もっと飲もうとしたら、すいっとグラスを離される。

「一気に飲むな。少しずつだ」

「わかった」

口元に添えられるグラスから果実水を舐めるようにチビチビ飲みながら、眠っていた間に起きたことを聞く。

まず聞かされたのは、ベスティータス国のことだ。

「え!?　もう全部決着がついちゃったの？」

「ああ。本来ならば被害者であるユーアが目覚めるまで処分の決定を待ちたかったのだが、そういう訳にもいかなくなってな」

ベスティータス国の者達から招かれ人を生け贄として誘拐する計画を聞き取ったヴェンデリン王国の国王カーティスは、招かれ人を女神から預けられたことのある他の国々にも事態を説明し、連名にてベスティータス国に対して愚かな行いを止めるようにと警告を発したのだそうだ。

遠話にて伝えられたこの警告を、ベスティータスの国王はやはり遠話にて一笑に付した。

『第二王子が勝手にやったことだ。我は知らぬ』

同時に、すでに第二王子は身分を剝奪《はくだつ》して追放処分にしたと宣言した。

全ての責任を第二王子に押しつけ、知らぬ存ぜぬを決め込んだわけだ。

そして、ベスティータスの国王が、いけしゃあしゃあと遠話で全世界に自らの無実を主張した直後にそれは起こった。

室内であったにもかかわらず、ベスティータスの国王の身に雷が落ちたのだ。

国王は即死だった。

同時刻、各国で同じように不自然な落雷による死亡事故が相次いだ。

調査の結果、この落雷にて命を落としたのはベスティータス国の関係者ばかり。国王や第二王子のみならず、招かれ人の誘拐に積極的に係わってきた者どもが、一斉に雷に襲われていた。

そして、各国の神殿に女神からの神託が下った。

――これは、女神エルトリアの怒りである。

客人として異世界より召喚した招かれ人達を、生け贄にしようとした愚かな者達へ神罰が下ったのだと……。

国王のみならず、要人のほとんどを女神の怒りで失ったベスティータス国は、協議の結果、辛うじて国家の解体は免れた。

だが、二度と同じ過ちを犯さぬよう、当分の間は複数の国からなる監視団が常駐することとなった。

雷に打たれて死した国王の跡を継いでベスティータス国を治めることになったのは、女神の罰を免れた第一王子だという。

招かれ人を生け贄にと企む王の意見に断固反対したことで、長きにわたり幽閉されていた人物だった。

シルヴァーノからその話を聞いた佑亜は、少しほっとした。

「国民には罪はないもんね。他国に侵略されるようなことにならなくてよかった」

「水涸れで疲弊しきっている国を侵略したところで、旨《うま》みはないからな。砂漠越えするだけでも一苦労だ」

「そうだね。……水不足の対処はしてもらえるの？」

ベスティータスの第二王子、エドヘルムは傲慢で好きになれない男だったが、水涸れに苦しむ民を思う気持ちだけは本物だったように思う。

今回のことで、何の罪もない民がこれ以上苦しまなければいいのだが。

「監視団を出した国々から、水魔法の使い手が派遣されているが、それでも足りていないようだ」

実は、とシルヴァーノが言い辛そうに語ってくれたところによると、これまでベスティータス国に水を援助していた南の地のエルフ達が、エンシェントエルフを生け贄にしようとしたことを知って門戸を閉ざしてしまい水不足に拍車をかけているらしい。

「エルフ達が……」

上位種であるエンシェントエルフを神の如《ごと》く崇《あが》めているエルフ達が、ベスティータスに怒りをむき出しにするのも無理はない。

だが、悪いのは国ではなく人。

しかも、悪事を企んだ者達は、すでに女神から罰を与えられている。

これ以上の罰は過剰だ。

「ごめんなさい」

「ユーアが謝ることはない。すまないがエルフ達を説得してくれないか?」

「もちろんだよ。アダスールケレグリンに遠話で僕の声を届けてくれる?」

「その必要はない」

「え?」

「あやつらなら、すでに我が屋敷に来ている」

佑亜がすでに婚姻の絆を結び、長い眠りに入ったことを知ったエルフ達は、シルヴァーノの屋敷に大挙して押しかけてきたのだそうだ。

「……僕を返せって？」

「いや。さすがにそれはない」

婚姻の絆が結ばれてしまった今となっては、佑亜をシルヴァーノから引き離すことはできない。だが、高貴なるエンシェントエルフのお世話ができるのは、同族であるエルフ族だけだと言い張り、強引に屋敷に居座っているらしい。

シルヴァーノが佑亜のために整えてくれていた部屋も、すでにエルフ好みに魔改造されているのだとか。

「もしかしなくても、この屋敷の使用人の皆さんにかなり迷惑をかけてるよね？」

「まあ、多少は……。だが、元々この屋敷の使用人は最低限の人数に抑えていたから、助かっている部分もあるようだ」

シルヴァーノは苦笑しつつフォローしてくれたが、その気遣いが逆に辛い。

「それと、カラングリンの里のエルフ達も、ユーアの目覚めを待っているぞ」

「わざわざ王都にまで来なくてもいいって伝言しておいたのに……」

佑亜に直接謝罪しなければ里に帰れないと言い張り、自分達は罪人だからと言って屋敷内に入ることも拒んで、勝手に屋敷の庭に天幕を張って居座っているそうだ。

現在、シルヴァーノの屋敷は人族よりエルフ族のほうが人数が多く、すっかり乗っ取られている状態だ。

「うわぁ。……なんかもう、うちの子達が色々と迷惑かけてごめんなさい」

思わず佑亜が深々と頭を下げると、シルヴァーノは気にするなと穏やかに微笑んだ。

「少々いきすぎてはいるが、全てがユーアを思っての行動だ。ユーアを大切に思う者達を迷惑だとは思わんよ。ユーアもあれらを怒ったりせず、上手《うま》くなだめながら話して聞かせてやってくれ」

「……わかった。ほんとにごめんね」

人族とエルフ族とでは生活様式もかなり違うし、きっと我が儘だって言っただろうに、穏やかに笑って受け入れてくれるシルヴァーノに佑亜は感動した。

(こういうとこ、格好いいなぁ)

長く生きてきた中で身につけたものか、それとも生来の性格か。

どちらにせよ、こういう鷹揚さにはとても憧れる。

「佑亜が謝るようなことじゃない」

「じゃあ、ありがとう」

「礼なら、言葉ではなくキスのほうがいいな」

「じゃあそうする」

顔を寄せてきたシルヴァーノに素直にちゅっと触れるだけのキスをすると、お返しだと頬にキスをもらった。

それじゃ礼にならないからともう一度キスしたら、またしてもお返しのキスをもらう。

「もう、これじゃいつまでたってもお礼ができないよ」

負けじとキスしてまたお返しされて、すっかり楽しくなってきた佑亜はくすくす笑いながらシルヴァーノに抱きついた。

「寝顔を眺めて過ごす日々も悪くはなかったが、やはりこうしてユーアの楽しげな顔を見られるのがなによりだな」

「一ヶ月も待たせちゃってごめん」

「だから、謝るな」

見つめ合い、ごく自然にふたりでベッドに倒れ込み、深いキスを交わし合う。

魂の番と直接触れあえる幸福感に酔いしれ、そのまま行為になだれ込もうとした時。

『ユーア様、お目覚めですね？』

『ルートシュテット公爵！　中に入れてください！』

どうやって気づいたものか、エルフ達の遠話が部屋に響いた。

さらには居間のドアを激しく叩く音が寝室にまで微かに響いてきて、佑亜はシルヴァーノと至近距離で見つめ合ったまま、思わず溜め息をついてしまった。

「……えーっと、さすがにこれは、ごめんなさい……でいいよね？」

「いや、ユーアが悪いわけではない。……だが、寝室に直接遠話するのはいただけない。あやつらには少し強めに言いきかせねばならぬようだ」

長く眠っていた最愛の番がやっと目覚めた喜びのまま、互いの愛を確かめ合おうとしていたところを邪魔されて、さすがのシルヴァーノも堪忍袋の緒が切れたようだ。

ゆらりと起き上がってベッドから降りると、居間へ向かう。

シルヴァーノの気持ちがよくわかる佑亜は、それを止めなかった。

だが、「できれば、お手柔らかに……」とついつい口添えしてしまったのは、下位種を保護したい上位種の本能ゆえか。

「それがユーアの望みならば」

振り返ったシルヴァーノは苦笑しながら頷いてくれた。

13

メルギルウィラスの里、黄水晶の宮の庭で、佑亜はのんびりシルヴァーノとお茶の時間を楽しんでいた。

常に側に控えているエルフ達に席を外してと頼んでも、エルフあるあるでスルーされるので、エルフの里では寝室以外でシルヴァーノの膝の上に乗ることはない。

だが、魂の番を膝の上に乗せたがるのは竜人の本能だ。

さすがにこの状態はシルヴァーノにとってはストレスだから、たいていは二人がけの椅子でぴったりくっついて座っているし、人前であっても固形物に限って給餌行為も認めている。飲み物に関しては、自分のペースで飲みたいので遠慮してもらった。

「どちらを食べる？」

「あっちのケーキをお願い。そのジャムもつけて」

「ほう、新作か。美味しそうだな」

「うん。……あ、このジャム、酸味があってさっぱりしてる。美味しいよ。ヴァンも食べる？」

「もらおうか」

魂の番のほうからの給餌行為は本来必要ないのだが、シルヴァーノは佑亜のこうした気遣いを愛情表現だと感じるようなので、積極的にやるようにしている。

日々仲良く暮らしているふたりが婚姻の絆を結んでから、六年が過ぎていた。

ちなみにまだ結婚式はあげていない。

結婚式をするのなら、佑亜のために最高の婚礼衣装やアクセサリーを用意せねばとエルフ達がやたらと張り切っていて、つい先日やっと貴重な素材をひとつ採取できたとの報告があったばかりだ。

そんなこんなで、いつ素材が全て揃うのかさえ予測できない状態だった。

あれらも悪気があるわけではないからなとシルヴァーノは笑って許してくれているが、佑亜としてはエルフ達のはっちゃけぶりに日々いたたまれない気分を味わっている。

香奈や計都からは、せめて自分達が生きている間に結婚式をあげてくれと懇願されているので、先にヴェンデリン王国で結婚式を挙げることにしたのだが、今度は人族の職人達がエルフに負けてられねぇとばかりにやっぱり張り切ってしまって、こちらもいつ準備が整うのかわからない状態だ。

さすがにエルフの場合と違って、人族の職人ならば十年か二十年ぐらいでなんとかなるんじゃないだろうかと気長に待つことにしている。

「はい、あーん」

佑亜はシルヴァーノの手からフォークを受け取り、一口分取ったケーキにジャムを乗せて口に運んだ。

「ありがとう。……なるほど、これはいい。このジャムなら、肉料理にも合いそうだな」

「あ、そうだね。今度、シェフに頼んで試してもらおうか」

たわいのない会話を楽しんでいると、『佑亜、今いい？』と風の精霊が仲介する遠話が響いた。

この手の遠話は、周囲にも声が響くし、風魔法が得意な者に傍受される心配もある。

特に魔法巧者が多いエルフの里では、確実に盗み聞きされていると思って間違いない。なので重要なことは話せないが、日常的なおしゃべりには最適だった。

「計都くん！　もちろんいいよ。貴史さんは側にいる？」

『いるよ。佑亜くん、久しぶり』

「え？　そうだっけ？」

『前の遠話は三ヶ月前だよー。佑亜ってば、エルフ時間に磨きがかかってきたんじゃない？』

「……確かに」

からかうような計都の言葉に、佑亜は苦笑しながら頷いた。

三ヶ月といえば、季節ひとつ分だ。

長命種となった佑亜にとってはつい昨日のことのようにも思えるが、計都達にとってはそれなりに長い時間だ。特に彼らは学生なのだからなおさらだろう。

「それで、今日はどうしたの？」

『えっとねー、佑亜と閣下にお願いがあるんだけど』

計都がちょっと甘えた声になる。

くりっと丸い琥珀色《こはくいろ》の目をきらきらさせて微笑む計都の顔が脳裏に浮かんで、佑亜は思わず微笑んだ。

以前の計都は、常に目を細めてニヤニヤと周囲を眺め、その反応を探って楽しんでいるようなところがあったが、学校に通うようになってからそんな姿勢に少しずつ変化が現れた。

目をぱっちりと見開いて、人とまっすぐに向き合えるようになってきたのだ。

そんな計都を見る度、こちらの世界で新しく得た命で、人生をしっかり生き直しているんだなと嬉しくなる。

(声だけじゃなく、映像も送れる魔道具があったらいいのにな)

通信関係の魔法を研究しているエルフ達に頼んでみてもいいかもしれない。

「お願いってなに?」

『俺達の卒業式って一月後なんだけど、保護者枠で出席して欲しいんだ』

「僕でいいの? 香奈さん達も行きたがるんじゃない?」

学校行事の際は、たいてい近くで暮らす香奈達が見に行ってくれていた。それなのに、卒業式という締めくくりとなる重要なイベントに参加する機会を奪うのは申し訳ない。

『それがねー。香奈ねーさん、おめでたなんだって』

「わあ、二人目かぁ」

香奈と相田は、二年ほど学校に通った後、結婚して市井《しせい》に降りて働きはじめた。

現在は王都の商業地区の子供達相手の幼年学校で相田が先生を、香奈は保健室の先生みたいなことをしながら、楽しそうに子育てにいそしんでいる。

赤ん坊に戻ってしまった安藤は、子供のいない下級貴族に引き取られ元気に成長しているそうだし、美夢《みゆ》を受け入れたマーフカの群れも平和を享受していると聞いている。

招かれ人仲間達は、それぞれが新たな人生に向かって確かな一歩を歩み出しているのだ。

『ちょうど今、つわりの真っ最中なんだって』

つわりが収まっても、安定期に入るまでは人混《ひとご》みは避けたほうがいいから、卒業式は泣く泣く諦めると言っているのだとか。

『仲之《のぶゆき》にーさんも、子供の面倒みなきゃいけないし、香奈ねーさんの側から離れたくないって……。佑亜、どーかな？』

「そういうことなら喜んで参加させてもらうよ。あ、でも、僕らが行くんなら、王宮に許可とらないとまずいかな」

『そこは大丈夫。アンジェリア姫に先に話をしといたから』

貴史が話に割り込んでくる。

『卒業式には王太子殿下がいらっしゃることになってるから、元々厳重な警備態勢が敷かれているし、佑亜くんには閣下という最強の護衛もついているから問題ないだろうって』

「そう。よかった。それにしても、もう卒業か。あっという間だったね」

現在、貴史は十六歳、計都は十二歳。

貴史は成人したものの、計都はまだまだ子供だ。

(せめて計都くんが成人するまでは、安全な学校にいて欲しかったのに)

周囲もそれを勧めたようなのだが、すでに学ぶべきものは学び終えたからとふたりとも頷かなかったようだ。

それならばと、比較的安全な王城勤務の近衛隊に入るようにと勧めたら、これもやはりふたりとも嫌がった。

コネ入社格好悪い、ということらしい。

当初の予定通り、王城の騎士団に入隊するつもりなのかと思ったら、これも違った。

招かれ人効果で人間相手の戦争はしばらく起きないだろうから、現在の騎士団の仕事のメインは治安維持だ。いわゆる警察みたいな仕事なのだが、それは気乗りがしなかったらしい。

そんなふたりが最終的に選んだのは、魔獣討伐部隊だった。

王都付近は安全だが、辺境の地では魔獣の脅威は日常的に訪れる。少しでも被害を減らすため、魔獣討伐部隊は辺境の地に散って日夜魔獣と戦っているのだ。

『向こうの世界ではずっと守られて生きてきたから、こっちでは守る側に回りたいんだ』

『魔法いっぱい使えそーだしね』

ふたりからそんな話を聞いたのが、ちょうど三ヶ月前のこと。

危険がある仕事だと聞いた佑亜は考え直すようにと説得したのだが、ふたりとも頷いてはくれなかった。

招かれ人だからとの配慮から安全な場所に配置されるのも格好悪いからと断り、ちゃんと下積みからやっていくつもりのようだ。

(怪我しなきゃいいけど……。心配だなぁ)

心配でたまらない佑亜は、ふたりが魔獣討伐部隊に配属される前に緑魔法でがっちがちに守護の魔法をかけようと決めていた。

『もうひとつお願いがあるんだけどー』

「なに？」

『卒業のお祝いで、竜になった閣下にぐるっと王都の空を飛んで欲しいんだ』

『佑亜くん、聞かなくていいから。計都は、凄い人達と知り合いの俺スゲー、したいだけなんだ』

貴史が苦笑気味の声で告げる。

計都は相変わらずぶれないなと、佑亜も苦笑した。

「ヴァン、どうかな？」

佑亜はとりあえず隣に座るシルヴァーノにお伺いをたててみる。

「ヴァンが王都の空を飛ぶと大騒ぎになりそうだけど……」

「なるだろうな。だが、まあよかろう。ユーアの大切な友達の門出を祝って、王都の上空を一回りしてやろう」

『やったぁ！』

「ありがとう」

鷹揚に頷いてくれるシルヴァーノに、佑亜はぎゅっと手を握って微笑みかけた。

手を握るのは、どうしても恥ずかしくて人前では抱きついたりキスしたりできない佑亜が、代わりに編みだした愛情表現だ。

それをわかっているシルヴァーノは、嬉しそうに微笑んでお返しにと、人前でもここまでなら大丈夫と許されている頬へのキスを返した。


遠話を終え、ふたりは並んで庭を歩いていた。

この庭には、この世界のありとあらゆる場所から集められた珍しい植物達が植えられている。

本格的に庭を造る前に、この世界にどんな植物があるか知りたいなとついうっかり呟いてしまったせいで、世界各地に散らばったエルフ達から珍しい植物が贈られてくるようになってしまったせいだ。

だが贈られるものの中には、雪山に咲く花や火山で芽吹くサボテンなど、メルギルウィラスの里では枯れてしまう植物も多い。

佑亜は日々緑魔法を駆使してそれらの植物が枯れないよう努力していたのだが、本来枯れていたはずの命を無理矢理引き延ばす行為に、まるでゾンビを生産しているような錯覚を覚えることもあり、どうしたものかと悩みの種になっていた。

『結界の中に入れれば枯れないのではないか？』

佑亜の悩みを解消したのは、そんなシルヴァーノの申し出だった。

聞くと、シルヴァーノは結界の内部の気温や湿度等を自在にコントロールすることもできるらしい。しかも一度張った結界は、特に力を加えずとも長く維持しておくことができるのだ。

佑亜は喜んでシルヴァーノの助力を求めた。

その結果、ここの庭は、多種多様の植物が地上だけではなく、空中にふわふわ浮かぶ複数の結界の中にも植えられているという、世界でただひとつの珍しい植物園と化していた。

そしてさらにその上空には、シルヴァーノが作った大きめの結界の球体が十数個浮いていた。

その結界内部は南の砂漠地帯と同じ状態に維持されていて、中には砂漠地帯に分布している植物を、いくつか砂ごと採集してきていた。

佑亜はそれらの植物を元に、砂漠地帯で広く繁殖できる植物を作り出すべく緑魔法を使用しての試行錯誤の真っ最中なのだ。

少しでも砂漠の緑地化が進めば、きっとカラングリンの里を助ける一助になる。慢性的な水不足に悩むベスティータス国にも、なんらかの恩恵をもたらしてくれるかもしれない。

「ヴァン、あの球体を降ろしてくれる？」

「わかった」

佑亜が指差した結界がふわふわと地上に降りてきた。

中を覗き込むと、一月前に交配した小型の多肉植物が結界内にびっしり増えていた。

「見てこれ！　良い感じ。食用にも使えるって」

鑑定をかけてみると、葉が薬や食用にも加工できるとある。繁殖能力は強いが、砂漠地帯以外では繁殖できないようだ。

「かなり生育が早いな」

「うん。しかも、うまく砂漠地帯でしか増えないようになってる。これなら、うっかり他国に渡っても大丈夫だ」

繁殖力を強くしすぎて、他国の植物相を荒らすようなことになってはいけない。新種の植物の開発には慎重さが必要だった。

「もうひとつ結界をつくって、株分けして増やすか？」

「う～ん、どうしよっかな……」

うまくいった場合、増やしたものを砂漠に持っていって実際に上手く繁殖するかどうか試すのだが、増やしてからとなるとまた一月経ってしまう。一月後といえば、計都達の卒業式があるから、砂漠地帯に行くのはその後ということになるだろう。

（なるべく早く進めたいな）

エルフ時間で考えれば、一月なんてあっという間だけど、人族にとっては違う。

現状、人族の魔法使いやエルフの助力で水を得ているベスティータス国では、このままではいけないと新たな地下水脈を捜すべく調査隊をあちこちに派遣しているが、国全体を潤すほどの水脈はいまだ見つけられずにいるようだ。

一日一日ぎりぎりで生き延びている状態なのだ。

この植物が上手く根付けば、少しはそんな彼らの助けになるだろう。

『今すぐ砂漠に植えに行くか？』

佑亜の表情から考えていることがわかったのだろう。シルヴァーノがエルフ達に盗み聞きされぬよう、念話で直接話しかけてきた。

『お願いできる？』

シルヴァーノを見上げて佑亜も念話で語りかけると、シルヴァーノは深く頷いてくれた。

『それがユーアの望みなら』

『ありがとう』

佑亜は、ぎゅっと強くシルヴァーノの手を握って感謝した。

シルヴァーノに新たに結界をひとつ作ってもらって、失敗した時のために株をひとつだけ魔法をつかってそちらに植え替えておく。

『では、行くか』

『うん！』

繋いでいたシルヴァーノの手がふっと消えると同時に、頭上高くに巨大な赤い竜が現れた。

新種の多肉植物が植えられた結界が、ふわふわと竜の元へと引き寄せられるように上がっていく。

佑亜も羽を広げて、ふわりと浮かぶと、その後を追った。

「ユーア様!!」

「どちらへ行かれるのです!?」

「ちょっと、カラングリンの里の近くまで行ってくる。明日か明後日《あさって》には戻ってくるよ。庭の手入れよろしくね！」

「ちょっ、お待ちください！」

「ユーア様ーっ!!」

待って、置いていかないでーっと叫ぶ悲しそうなエルフ達の声があちこちから聞こえてくる。

佑亜はその声を振り切って飛び続けた。

(甘やかしちゃ駄目だ)

勝手に出掛けて行ったとしても、エンシェントエルフは必ずここに帰ってくる。もう不安に思う必要はないのだと、佑亜はエルフ達に学んで欲しかった。

そのためにも、こうした不意の外出をたまにやっているのだが、残念ながらこの件に関するエルフ族の学習能力は極端に低い。

「ヴァン、もういいよ」

赤い竜の頭の上へと到着した佑亜は、角につかまって声をかけた。

『よし。逃げるが勝ちだな』

グルルッと赤い竜が喉を鳴らして笑う。

「その通り。さあ、行こう!」

赤い竜が巨大な翼を羽ばたかせると、あっという間にメルギルウィラスの里が遠くなる。

眼下に広がる森林には、芽吹いたばかりの若芽の淡い緑が広がっている。

ところどころに見える白やピンクは木に咲く花の色。

山肌を流れる雪解けの水が、太陽の光を弾いてきらきらと輝いていた。

「綺麗だね」

『ああ。見飽きることのない美しさだ』

愛する人とふたりきり、広い空を飛び、同じものを見て素直に感動する喜び。

この世界で生きる喜びに心は満たされている。
(僕は、自由だ)
佑亜は愛する竜の角にもたれかかって広い空を見上げ、深く深呼吸した。

待つ人々

招かれ人の洗礼が終わるのを待つ間、神殿内の待合室にはなんともいえない緊張感が漂っていた。アンジェリア姫を中心とする人族の者達は、ただひたすらに招かれ人が無事に洗礼を終えることだけを祈り、エルフ族やリザードマン族達は、同族に変化する招かれ人はいないかと期待に胸を膨らませそわそわしている。

そんな中、バンッと大きな音を立てて突然ドアが開いた。

ノックもせず神殿内の待合室に乗り込んできた強心臓の持ち主は誰だと、シルヴァーノが視線を向けると、そこには神殿内を走ってきたのか、ふうふうと荒い息を吐くドワーフ族の男がいた。

「おお、シルヴァーノ殿！　此度《こたび》のヴェンデリン王国への招かれ人の来訪、誠におめでとうございまする」

「ありがとう、ドゥーヴル」

室内にいる者達（主にエルフ族）の冷たい視線も気にせず、どかどかと足音高くシルヴァーノの元に駆け寄ってきたドゥーヴルは、ヴェンデリン王国に長く駐在しているドワーフ族の大使だ。

「それで此度の招かれ人は、全員洗礼をお受けになられるのかの？　もしもお受けになられないお方がおるのなら、儂《わし》がひとっ走り行って説得してきますがの」

気のいいドゥーヴルの言葉に、シルヴァーノは微笑《ほほえ》んだ。

「心配いらぬ。皆こちらの世界で生きる決意をしている。おお、ちょうど今、五人目が洗礼を終えたようだ」

待合室の中にしつらえられた水鏡が光を放ち、聖域内にいる神官の声を響かせる。

『五人目、ケイト殿は銀狐《ぎんぎつね》族の獣人になられました』

「ほう、彼は獣人族になったか」

「シルヴァーノ殿は此度の招かれ人と面識が？」

「ああ。私が保護したのだ」

「おお、ならば、ドワーフ族に転生しそうなお方はおられませんでしたかの？」

期待に満ちた眼差《まなざ》しを向けられ、シルヴァーノは苦笑する。

「皆、酒好きではあったが、残念ながら物作りに興味を示す者はいなかったな」

「残念ですのう。じゃが、招かれ人のために儂等が協力できることがござったら声をかけてくだされ。なんでもお造りしますからの」

「感謝する。後ほど個人的に頼み事をすることになると思うが、受けてもらえるか？」

「おまかせを。ヴェンデリンの守り神のためなら、儂等ドワーフ族の職人総出で取りかからせていただきますぞ」

「それは楽しみだ」

シルヴァーノは、ユーアの洗礼が終わったら、すぐにでも自分の屋敷に連れ帰るつもりでいた。

そのための準備も密《ひそ》かに整えていたが、時間もなかったしユーアの好みもわからないため、家具類は出来合いのものを揃《そろ》えることしかできなかったのだ。

家具の色や形、素材に至るまで、できうる限り本人が望むものを揃えてやりたい。

最高級の職人であるドワーフならば、たとえそれが異世界風の家具であろうとも、きっとユーアの希望通りの品をこしらえてくれるに違いない。

ユーアが喜ぶ顔を想像して、思わず微笑んでしまったシルヴァーノを見て、「いつになくご機嫌のようですの。なにかござったか？」とドゥーヴルが自らの髭《ひげ》を扱《しご》きながら聞いてくる。

「ああ。正式な発表は後日になるが、此度の招かれ人の中に我が魂の番《つがい》がいたのだ」

「なんと！　それはめでたい！　おお、では先程のご依頼も番様のためのものですかの？」

「そうだ」

「なんと光栄な！　家具に食器、装身具に至るまで、なんでも申しつけてくだされ。儂等は長耳共とは違って納期は守りますからの」

ドワーフ族には、なにかとエルフ族と張り合う癖がある。シルヴァーノはいつものことと聞き流し、注文したい品の大まかな種類をドゥーヴルに説明した。

そんな中、再び水鏡が光を放つ。

『女神エルトリアに感謝を！　六人目、ユーア様はエンシェントエルフに転生なされました！』

水鏡から響く興奮した声に室内はどよめき、エルフ達が真っ先に歓喜の声をあげた。

「始祖に感謝を！」「女神は我らをお見捨てにはならなかった」

遥《はる》か昔に失われた上位種の降臨にエルフ達は沸き立つ。

一方、正式な発表はなされていないものの、シルヴァーノの言動からユーアがシルヴァーノの魂の番であることを半ば確信していた人族の者達は、ユーアが人族以外に転生してしまったことに戸惑いを隠せない。

そしてシルヴァーノは、心の底から安堵《あんど》していた。

（エルフならばよい）

此度の招かれ人の中には、他種族の手が触れることを拒む種族に転生した者もいたのだ。それを思えば、転生先が人族ではなかったことなどたいした問題ではない。

とはいえ、ここで黙っていては後々めんどうなことになりかねない。だからシルヴァーノは、喜びに沸くエルフ達にユーアが自らの魂の番であることをまず最初に告げた。

「エンシェントエルフ様が、シルヴァーノ殿の魂の番？」

それを知ったエルフ達の反応は、なかなかの見物だった。

あまりの驚きにぽかんと口を開け、普段は動かない耳をいっせいにビビビッと激しく震わせる。

が、次の瞬間、その表情は一転して険しくなった。

「エンシェントエルフ様は我らの里にお連れします！　人族の国には渡しませぬ！」「そうだ！　魂の番だからといって、我らのエンシェントエルフ様を奪われてなるものか！」「戦ってでも、エンシェントエルフ様を我らの里にお連れする！」

「やれやれ、相変わらず長耳は意固地《いこじ》だの」

いきなり喧嘩《けんか》腰でまくし立てるエルフ達に、からかうような口調で話しかけるのはドゥーヴルだ。

「竜人にとって魂の番は唯一無二。女神より与えられし運命じゃぞ。引き離せるわけがあるまいにの」

「黙れ！　短軀《チビ》の酒乱めが。そなたには関係ない」

「関係あるともよ。ヴェンデリン王国は我らの友好国だからの」

エルフ族とドワーフ族は、遥か昔から『長耳』『短軀』と互いに罵《ののし》りあう間柄だ。当事者であるシルヴァーノや人族をよそに喧嘩を始めてしまう。

とはいえ、この二種族、心の底から仲違《なかたが》いしているわけではない。

煌《きら》びやかで美しいものを好むドワーフにとって、生きた芸術品であるエルフ族はむしろ好ましい存在だったからだ。

遥か古《いにしえ》の昔、弱体化したエルフ族が他種族からの奴隷狩りに苦しめられていた時代も、ドワーフ族だけはエルフ族の味方だった。

兄弟神の争いによって長く続いた災害に自分達も弱体化していたにもかかわらず、手の届く範囲ながらも囚《とら》われたエルフ達を救い出し、エルフの里に送り返し続けていたのだ。それ故、エルフ族もまたドワーフ族に今でも感謝しているし、他種族より好感度も高い。

仲良くなっていてもおかしくない二種族なのだが、いかんせん性格の相性が最悪だった。

豪放磊落《らいらく》といえば聞こえが良いが、細かなことに気を回さない無骨なドワーフ族。そして長く続いた迫害の歴史故《ゆえ》に、排他的で自尊心の高いエルフ族。

ドワーフ族の無神経な発言は、ちょいちょい過敏なエルフ族の自尊心を傷つけてしまう。

ドワーフ族にとってはちょっとからかうだけのつもりでも、エルフ族にとっては非常にカンに障り、ついついバチバチとやり合うことになってしまうのだ。

シルヴァーノはこの二種族のいつものやり取りを見ると、まるで幼い少年が好きな子をからかっているようにも見えて、その不器用さにむしろほのぼのとした気持ちになるのだが、経験の浅いアンジェリアはそうはいかなかったようだ。

「お、伯父《おじ》様。このような場合、わたくしはどのようにふるまえばよろしいの？」

歩み寄ってきたアンジェリアが、震える手でシルヴァーノの袖《そで》を摑《つか》む。

「エルフ族との戦《いくさ》に発展しないよう、どうか導いてくださいませ」

「そう怯《おび》えずともよい。戦にならないよ。私はただユーアが私の魂の番であるという事実を知ってもらいたかっただけだ。それ以上のことは望んでいない。強引にことを進めずとも、いずれ時が経《た》てば、我が番は運命に従ってこの腕の中に収まることとなるだろうからな」

シルヴァーノは長命種だ。三百年生きて、未《いま》だその寿命の半分にも達していない。

ユーアもまた転生して長命種となった。天寿を全うしたエンシェントエルフがいないため、その寿命は定かではないが、下位種であるエルフ族より短いということはないだろう。婚姻の絆《きずな》を結んで互いの寿命を折半した場合、逆にシルヴァーノのほうの寿命が延びてしまう可能性すらある。

時間はたっぷりある。今すぐ認めてもらう必要はないと、シルヴァーノは鷹揚《おうよう》に構えていた。

だが、シルヴァーノのその発言を聞いたエルフ族は、カッと頭に血を昇らせた。

「魂の番だからなんだというのです！　エンシェントエルフ様は我らのものです!!」

「ものだと？　我が番をもの扱いするつもりかっ!!」

エルフ族の言葉に怒りを覚えたシルヴァーノは、唸《うな》るような低い声を出した。

同時に、その全身からぶわっと強い魔力が放たれる。

その濃厚すぎる竜人の魔力は、物理的な圧力となって室内にいるもの全てに襲いかかった。

シルヴァーノを中心に発生し続ける力の波に、部屋に居る者達ははじき飛ばされ、床に倒れ伏すことしかできない。壁や家具にしがみつくことができた者は辛うじて立っていられたが、身動きすることさえできずにいる。

怒りの衝動に我を忘れたシルヴァーノを正気に戻したのは、ドゥーヴルだった。

頑強で力強い肉体を持つドワーフだけに、なんとか魔力の圧力に逆らってシルヴァーノの元まで這《は》いずっていくことに成功したのだ。

「シ、シルヴァーノ殿……。これでは、ひ弱な長耳が潰《つぶ》れてしまう。……姫君も、苦しそうですじゃ」

ブーツをがしっと摑まれ、シルヴァーノはハッと我を取り戻した。

「すまん。怒りのあまり我を忘れた。……兄上を亡くして以来、このようなことはなかったのだがな」

「番様絡《がら》みならば、それも当然ですの。――今のは長耳が悪い」

のう？　ドゥーヴルに声をかけられたエルフ達は、よろよろと立ち上がりながら気まずそうな顔をしている。

「ここは素直に謝った方がええぞ」

再びドゥーヴルに声をかけられたエルフ達は、無言のまま顎《あご》をちょっとだけ前に出した。

どうやら、これで頭を下げたつもりらしい。

「頑固なひねくれ者めが。素直に謝ることもできんようじゃの」

ドゥーヴルが呆《あき》れた顔で髭を扱く。

そんな中、騎士に支えられたアンジェリアが歩み寄ってきて、シルヴァーノの袖を摑んで小声で囁《ささや》いた。

「……お願いです、伯父様。どうか謝罪を受け入れてくださいませ。ことを荒立てて、もし戦にでもなったら……」

先程の魔力波のせいで、ドレスや髪が乱れたままのアンジェリアはすっかり涙目だ。

竜人であるシルヴァーノにとって、人族もエルフ族も等しく弱く儚《はかな》い存在だ。もとより、弱い者苛《いじ》めをするつもりはないし、ことを荒立てるつもりもない。

「わかっている」

幼かった頃のようにアンジェリアの頭を撫《な》でて落ち着かせてから、シルヴァーノはエルフ族に視線を向けた。

「謝罪を受け入れよう。だが今後、我が魂の番の尊厳を損なうような発言は慎んでもらいたい」

シルヴァーノの言葉に、エルフ族は無言で頷《うなず》く。

「甘いですの」

「いや。あの耳を見るがいい。彼らなりに反省はしているようだ」

シルヴァーノの魔力波を受けて以来、エルフ達の耳はへにょんと垂れ下がったままなのだ。

成人したエルフ族がこんな風に感情のままに耳を動かすことは珍しい。シルヴァーノの怒りがよっぽど骨身に応えたのだろう。

少し哀れになった。

「こちらも乱暴な真似《まね》をしたことは謝罪しよう。これまで通り、私も我が国もエルフ族との友好関係を望んでいる。その証拠として、神殿内にいる間は我が番に声をかけぬと誓おう」

「それは、どういう意味なのでしょう?」

「エンシェントエルフをはじめて出迎える栄誉を、エルフ族に譲ると言っているのだ」

「おお!」「さすがヴェンデリンの守り神は慈悲深い」「竜の血筋に感謝を!」

シルヴァーノの言葉にエルフ達の耳はぴんと上を向き、喜び勇んで先を競うように待合室から出て行ってしまった。

「なんじゃあいつら」

「招かれ人達が出てくるのを聖域の扉の前で待つつもりなのだろう。諸々説明もあるだろうし、戻るまでまだまだ時間がかかると思うのだがな」

「それほどまでに待ち遠しいのでしょうね。——ねえ、伯父様。エンシェントエルフ様って、どんなお姿なのかご存じ?」

「おお、それは儂も知りたいのう。長耳共はエンシェントエルフ様のことを外では滅多に話さん。偉大なる緑魔法を使うということ以外、ほとんどわかっておらんのだ」

興味津々《しんしん》の態《てい》で二人に聞かれ、シルヴァーノは苦笑しつつ首を横に振る。

「私もほとんど知らぬ。エルフ族の里には最後のエンシェントエルフの絵姿や彫像が残っているようだが、エルフ族の至宝だと言って見せてはもらえなかった。だが伝承は少しだけ聞いたことがある。なんでもエンシェントエルフは、『朝露に光る春の若葉』のような姿をしているのだそうだ」

——荒れた大地に芽吹いた希望の若葉。世界に再びの恵みをもたらすために地上に舞い降りた緑の息吹《いぶき》。

エルフ達はそんな風にエンシェントエルフを言い表していた。

「ほうほう。ならば長耳共とは違って、緑の髪をしておられるのかの」

「若葉というのなら、きっと淡い緑色なのではないかしら」

「わざわざ『朝露に光る』と言い表しとるのじゃ。長耳共のように、キラキラと光る綺麗《きれい》なお姿なのじゃろうの」

好奇心に駆られたのだろう。ふたりはそわそわした様子で、エルフ達の後を追うように待合室から出て行ってしまった。

「……すぐには出てこないだろうに」

とはいえ、待ち遠しさのあまりじっとしていられない気持ちはよくわかる。

誰よりも長い間この瞬間の訪れを望んでいたのは、シルヴァーノ自身なのだから……。

（この日が来ることをどれだけ待ち望んだことか……）

真っ暗闇の中、僅《わず》かな光を見いだそうと目をこらし続けた長い日々。

もしや視力を失ってしまったのではないか、そもそも最初から光など存在しなかったのではないかと不安に駆られたこともある。

希望を抱《いだ》くから絶望するのだと、光を待たず、近くにある手燭《てしょく》に手を伸ばしかけたことさえあった。

それでも、どうしても諦《あきら》めきることができず、甘んじて孤独を受け入れ生きていた。

そんな長い孤独の日々がやっと報われる時がくる。

今は聖域の結界に阻まれて気配を感じることもできないが、すぐ側《そば》に待ち望んだ光は確かに存在している。

こちらの世界の命に転生すると同時に、きっとユーアも魂の番としての自覚を得ているはずだった。

それは、ただの推測ではなく、竜人としての確信。

(やっと魂の番と共に生きられる。なんと幸せなことか……)

この先、エンシェントエルフとなったユーアを巡って、エルフ族とは間違いなく揉《も》めることだろう。

だが長い無為の日々を思えば、そんな小さな諍《いさか》いですら今のシルヴァーノにとっては喜びだ。

「さて、私も行くとするか」

今すぐ話しかけることはできずとも、転生したユーアの姿を見られるだけで充分だ。

長い夜の終わりに向かって、シルヴァーノはその一歩を踏み出した。

あとがき

異世界転生、異世界転移、実に心躍るテーマです。

古くは「ナルニア国物語」や「はてしない物語」にはじまり、アニメ化もされた人気作「十二国記」、そしてなろう系と言われる素晴らしい作品がよりどりみどり。

ずっと読むだけで満足してきたのですが、小説家の性でしょうか、むずむずと書きたい欲が湧いてきて、この度とうとう手を出すことに……。

初見の方は、はじめまして。
お馴染みの皆さまには、お久しぶりでございます。
長い長～いお休み明けの黒崎あつしでございます。

さて、異世界といえば魔法と竜、竜といえば番、番といえば溺愛。そして、エルフにドワーフと、トントン拍子で浮かんできたイメージを、このお話にはぎゅうぎゅうに詰め込んでみました。

書いていて、大変楽しかったです。

異世界ものの作品を読むたびに、つい考えてしまうのが、もしも異世界に行けたらなにをしたいかということ。

剣と魔法で魔王を倒す？　神獣と契約して世界を救う？　現世知識を駆使して商会経営、世界有数のお金持ちになる？　薬師になってスローライフ？　聖者になって世界を浄化する？　等々、色々ございますが、私の場合、根っこがナマケモノ故にどれも面倒臭いなぁと。

一番嫌なのが魔王討伐系。勝手に呼び出された挙げ句、痛い目に遭うのが確実の命がけの使命を与えられたりしたら、面倒臭いとキレる自信があります。

ことによると、呼び出した者達を逆に討伐してしまうかもw

理想的なのは、いてくださるだけで充分ですと言われての、三食昼寝つきののんびり生活ですか……。

とはいえ、それではまったくお話にならないので、今作では、現世で人生に行き詰まり、なんとか再スタートできないものかと模索したり、無駄と知りつつ心の中であがいていた人だけが選ばれて異世界転生するという縛りをつけることにしました。

その結果、スムーズにスタートを切れた人もいますし、そうではない形でのリスタートとなった人もいます。

スムーズ組はもちろんのこと、リスタート組に関しても私的にはこれはこれで悪くないなと思うのですが、皆さまはどう思われたでしょうか？

自分だったらどうなっていただろうかと、少しでも想像してみてもらえたら嬉しいです。

没頭できる読書体験も、一種の異世界転移なのではと思う今日この頃。

皆さまに少しでも楽しい時間を過ごしていただけたなら幸いです。

秋の終わりに　黒崎あつし

【初出】　異世界に転生して魂の番に溺愛されてます……書き下ろし
待つ人々……書き下ろし

異世界に転生して魂の番に溺愛されてます

2021年11月30日　第1刷発行
2021年12月31日　第2刷発行

著　者　黒崎《くろさき》あつし

発行人　石原正康
発行元　株式会社 幻冬舎コミックス
〒151-0051　東京都渋谷区千駄ヶ谷4-9-7
電話　03(5411)6431（編集）

発売元　株式会社 幻冬舎
〒151-0051　東京都渋谷区千駄ヶ谷4-9-7
電話　03(5411)6222（営業）
振替　00120-8-767643

デザイン　コガモデザイン

印刷・製本所　中央精版印刷株式会社

検印廃止

ISBN978-4-344-84951-8　C0093　Printed in Japan